정선육방옹시집 1
精選陸放翁詩集

An Anthology of Lu You' Poems

지은이

육유 陸游, 1125~1209

남송(南宋)의 시인으로, 자(字)는 무관(務觀)이고 호(號)는 방옹(放翁)이며 월주(越州) 산음(山陰, 지금의 절강성(浙江省) 소흥시(紹興市)) 사람이다.

이른바 남송사대가(南宋四大家)의 한 사람으로서 남송의 시단을 대표하는 시인이자, 평생 일만 수에 달하는 시와 우국의 열정으로 가득한 시편으로 인해 중국 최다 작가이자 대표적인 우국 시인으로서의 명성을 지니고 있다. 풍부한 문학적 소양과 방대한 지식, 부단하고 성실한 창작 태도 등을 바탕으로 시집『검남시고(劍南詩稿)』85권 외에『위남문집(渭南文集)』50권,『남당서(南唐書)』18권,『노학암필기(老學庵筆記)』10권,『가세구문(家世舊聞)』등 시와 산문, 역사 방면에 있어서도 많은 저작들을 남기고 있다.

옮긴이

주기평 朱基平, Ju Gi-Pyeong

호(號)는 벽송(碧松)이다. 서울대학교 중어중문학과를 졸업하고 같은 대학원에서 문학석사, 문학박사 학위를 취득하였다. 서울대학교 규장각한국학연구원의 책임 연구원과 서울대학교 인문학연구원의 객원 연구원을 역임하였으며, 현재 서울대와 서울시립대 등에서 강의하고 있다.

주요 저서로『육유시가연구』,『조선 후기 유서와 지식의 계보학』(공저), 역서로『향렴집』,『천가시』,『육유사』,『육유시선』,『잠삼시선』,『고적시선』,『왕창령시선』,『당시삼백수』(공역),『송시화고』(공역),『악부시집·청상곡사』(공역) 등이 있다.

정선육방옹시집 1

초판인쇄 2023년 6월 15일 **초판발행** 2023년 6월 25일

지은이 육유 **옮긴이** 주기평 **펴낸이** 박성모 **펴낸곳** 소명출판 **출판등록** 제1998-000017호

주소 서울시 서초구 사임당로14길 15 서광빌딩 2층

전화 02-585-7840 **팩스** 02-585-7848

전자우편 somyungbooks@daum.net **홈페이지** www.somyong.co.kr

값 31,000원 ⓒ 주기평, 2023

ISBN 979-11-5905-804-2 94820
ISBN 979-11-5905-803-5 (전4권)

이 저서는 2019년 대한민국 교육부와 한국연구재단의 지원을 받아 수행된 연구임 (NRF-2019S1A5A7068701)

한국연구재단
학술명저번역총서

정선육방옹시집 1
精選陸放翁詩集
An Anthology of Lu You' Poems

육유 저
주기평 역

일러두기

1. 이 책의 원문은『정선육방옹시집(精選陸放翁詩集)』(상해고적출판사, 1922)을 저본으로 하였으며 모진(毛晉)의 급고각(汲古閣) 본『검남시고(劍南詩稿)』와 전중련(錢仲聯)의『검남시고교주(劍南詩稿校注)』를 참고 자료로 하였다.

2. 주석의 표제음은 두음 법칙을 적용하여 표기하였으며, 한 글자인 경우 이를 적용하지 않고 원음을 표기하였다.

3. 이 책에 사용된 부호는 다음과 같다.

　　『　』: 서명.

　　「　」: 편명 또는 작품명.

　　(　) : 한자 병기 및 인용문의 원문.

　　[　] : 한글 표기와 한자 표기의 음이 다른 경우.

　　" " : 인용문.

　　' ' : 강조.

『정선육방옹시집精選陸放翁詩集』은 현전 육유 시선집 중 가장 이른 시기에 편찬된 것으로, 남송南宋 나의羅椅가 편찬한『간곡정선육방옹시집澗谷精選陸放翁詩集』10권과 남송南宋 유진옹劉辰翁이 편찬한『수계정선육방옹시집須溪精選陸放翁詩集』8권 및 명明 유경인劉景寅이 편찬한『육방옹시별집陸放翁詩別集』1권의 합본으로 이루어져 있다. 여기에 수록된 작품 수는 총687수이다.

『간곡』에는 시체詩體에 따라 고시 39수, 7언 율시 159수, 7언 절구 61수, 5언 율시 33수, 5언 절구 3수 등 총295수가 수록되어 있으며, 『수계』에는『간곡』의 체제를 따라 고시 93수, 7언 율시 44수, 7언 절구 62수, 5언 율시 18수, 5언 절구 3수 등 총220수가 수록되어 있다. 『별집』은 원元 방회方回가 편찬한『영규율수瀛奎律髓』에 수록된 육유의 시 중에서『간곡』및『수계』에 선록된 것과 중복된 것을 제외하고 따로 보충한 것으로, 5언 율시와 7언 율시 총172수가 수록되어 있다.

육유의 시전집은 명대까지도 아직 완정한 간본이 없이 필사본으로만 전해지고 있다가, 명대 모진毛晉,1599~1659의 급고각汲古閣에서 시전집『검남시고劍南詩稿』가 간행되어 오늘날까지 전하고 있다. 『정선육방옹시집』은『검남시고』보다 백여 년 전에 간행된 것으로, 남송南宋의 나의羅椅와 유진옹劉辰翁 및 명明 유경인劉景寅이 편찬한 개별 선집을 하나로 엮어 각각 전집, 후집, 별집으로 구분하여 간행한 것이다. 이 책은 육유의 시전집이 나오기 이전에 육유의 시를 보존하고 유통시키는 데 커다란 기여를 했을 뿐 아니라, 비평가의 관점에서 적절한 평점과 평어를 병기함으로써 육유시의 전모를 잘 드러내 보여주고 있는 대표적인 시선집이라 할 수 있다.

이 책은 선록된 시가의 구성면에 있어 육유시의 서로 다른 풍격을 살펴볼 수 있는 매우 유용한 선집이다. 『간곡』에는 육유의 시 중에서 청신하고 맑은 감성을 노래한 시가나 자연의 풍광을 노래한 산수시 등이 수록된 반면, 『수계』에는 침략당한 나라를 애통해하는 비분강개한 감정과 강한 투쟁 정신을 표출하는 애국주의 정신을 담고 있는 시가들이 많다. 이러한 두 가지 풍격은 전종서錢鍾書가『송시선주宋詩選注』에서 "육유의 작품에는 두 가지 측면이 있다. 하나는 비분과 격앙에 찬 감정으로 나라를 위해 설욕하고 잃어버린 국토를 찾아 도탄에 빠진 백성들을 구하고자 하는 것이다. 다른 하나는 한적하고 섬세한 느낌으로 일상생활 속의 깊은 재미를 음미하고 눈앞의 경물의 다양하게 굴곡진 모습을 세밀하게 그려내는 것이다"라고 밝힌 바와 같이, 육유의 시세계를 구성하는 커다란 두 흐름이라고 할 수 있다.

육유의 시는 그 문학사적 의의와 중요성에도 불구하고 일만 수에 달하는 방대한 분량으로 인해 아직 모든 시에 대한 완역은 이루어져 있지 않다. 다만 전중련錢仲聯의 『검남시고교주劍南詩稿校注』상해고적, 1985에서 명대 모진毛晉의 급고각汲古閣 본『검남시고』를 저본으로 하고『정선육방옹시집』및 기타 잔본殘本을 참고하여 자구의 교정과 함께 간략한

주석을 병기하였다. 선집류의 경우 중국 최고의 우국시인으로서의 명성에 걸맞게 중국 내에서는 이미 수십 종에 달하는 선집본이 간행되었으며, 국내의 경우에도 『육유시선』이라는 이름으로 역자지만지, 2011를 비롯하여, 이치수문이재, 2002, 류종목민음사, 2007이 총3종의 시선집을 출간한 바 있다. 그러나 이들은 모두가 다만 50여 수에 불과한 시만을 수록하고 있고 주석과 작품의 해설 또한 다소 소략한 한계가 있었다.

따라서 본 역서에서는 『정선육방옹시집精選陸放翁詩集』을 번역의 대상으로 삼아 육유시의 전체적인 면모와 문학적 성취를 보다 분명하게 알수 있도록 하고자 하였다. 아울러 전중련의 『검남시고교주』에서의 연구성과를 최대한 수용하여 『정선육방옹시집』에 수록된 시와 모진의 급고각본 『검남시고』와의 제목이나 자구 상의 차이를 밝혔으며, 중국에서기출간된 다른 선집류의 견해를 참고하여 주석과 해설을 보충하였다.

본 번역은 매 작품마다 번역문, 원문, 해제, 주석, 해설의 총5부분으로 이루어져 있으며, 각 부분마다 다음과 같은 사항에 중점을 두어 번역하였다.

1) 번역문

번역문은 맨 앞에 제시하여 작품 자체를 읽고 감상할 수 있도록 하였고, 시 원문은 번역문 뒤에 따로 실어 원문과 대조하며 읽을 수 있도록 하였다. 아울러 번역시의 가독성을 높이기 위해 원문의 의미를 손상하지 않는 범위 내에서 추가적인 어휘나 용어를 보충하였으며, 한자어 어휘는 가능한 한 풀어서 번역에 반영하였다.

2) 해제

해제에서는 작품의 작시 시기와 배경 및 당시 육유의 나이를 밝힘으로써 육유의 생애 속에서 작품을 이해할 수 있도록 하였으며, 전체적인 시의 대의를 밝혔다. 아울러 급고각본『검남시고』와 비교하여 제목이나 자구상의 차이를 밝힘으로써 이에 따른 다른 해석의 가능성도 열어놓았다. 다만 판본 상의 단순 이체자의 경우에는 따로 밝히지 않았다.

또한『정선육방옹시집』에는 시인의 자주自注가 많은 부분 누락되어 있는데, 시를 이해하는 데 있어 필수적인 자주가 적지 않다. 따라서 급고각본『검남시고』에 수록되어 있는 자주自注는 모두 해제에서 원문과 번역을 추가하여 보충하였다.

3) 주석

주석은 가능한 한 상세히 달아 특정 자구의 의미나 활용의 예를 설명하고, 의미나 독음이 다소 어려운 글자나 어휘들에 대해 보충 설명을 하였다. 아울러 전고典故의 경우 해당 전고의 원전 출처를 직접 인용하거나 원전의 내용을 요약 설명함으로써 해당 작품의 이해뿐 아니라 원전 해독 능력 또한 높일 수 있도록 하였다.

4) 해설

해설은 해당 작품의 구조분석을 위주로 작품의 내용과 함의 및 표현상의 특징 등을 설명하고, 육유의 생애와 사상에 근거하여 해당 작품이 가지는 의의를 보충 설명하였다. 아울러 작품에 따라 창작 배경에 대한 소개를 추가하거나 작품 분석의 내용을 보충함으로써 전체적인 해설 분량을 균등하게 안배하였다.

스스로 돌이켜 보면 지금까지 적지 않은 한시 작품들을 역해하고 출간한 듯하다. 하지만 늘 느껴왔듯이 한시 번역은 최고이자 최종의 번역이 없다는 것을 이번 번역 과정을 통해 다시 한번 깨닫게 되었다. 번역을 완료하고 검토가 진행될수록 이전에 미처 깨닫지 못했던 번역상의 오류들이 발견되었고, 문의가 보다 잘 통하도록 다듬고 수정해야 할 부분이 적지 않았다. 작품 해설도 나름 충실히 했다고는 하나 여전히 부족함이 느껴지는 부분이 있으며, 주석 또한 최대한 보충하고 보완하였지만 완벽하게 했다고 자신할 수도 없다. 하지만 이 또한 역해자의 식견과 역량의 한계 때문임을 인정하지 않을 수 없다. 앞으로도 부족한 부분들을 지속적으로 보완할 것을 약속하며 독자 제현의 질정을 기다린다.

2023년 6월

벽송碧松 주기평 삼가 씀

3   역자 서문

간곡정선육방옹시집(澗谷精選陸放翁詩集) 권1

고시(古詩)(17수)

21   촉 땅 술의 노래(蜀酒歌)

25   청성도인과 술 마시며 쓰다(與靑城道人飮酒作)

29   여름밤 크게 취했다 깬 후 느낀 바 있어(夏夜大醉醒後有感)

33   빗속에 안복사 탑에 올라(雨中登安福寺塔)

37   이재(怡齋)

41   양 참정에게 드리다(投梁參政)

46   한주의 서호를 노닐며(遊漢州西湖)

50   취한 후 글씨를 쓰고 시를 노래하며 놀이 삼아 쓰다(醉後草書歌詩戱作)

54   추념하여 한나라 태액지의 황곡가를 보충하다(追補漢太液黃鵠歌)

57   저녁에 거닐며(晩步)

60   소나무와 천리마의 노래(松驥行)

63   봄밤에 책을 읽다 느낀 바 있어(春夜讀書感懷)

67   해가 뜨고 지는 노래(日出入行)

70   강에 뜬 달의 노래(江月歌)

73   양백자에 화운하여(和伯子)

79   책을 읽다가(讀書)

권2

고시(古詩)(22수)

85 우연히 완화계를 지나다 옛날 노닐던 일을 생각하고 놀이 삼아 쓰다(偶過浣花感舊遊戲作)

88 만리교 문을 나서 강가에 이르러(步出萬里橋門至江上)

92 용화산에 유숙하는데 고요히 한 사람도 없고 선방 앞에 매화가 무성하게 피어 있어 달 아래에서 한밤중까지 홀로 감상하다 (宿龍華山中, 寂然無一人, 方丈前梅花盛開, 月下獨觀至中夜)

96 성도를 떠나면서 만리교 막사에서 술 마시며 담덕칭에게 드리다(臨別成都, 帳飲萬里橋, 贈譚德稱)

102 거문고 소리를 듣고(聽琴)

105 서초교를 지나는 도중에 쓰다(瑞草橋道中作)

109 저녁에 양산기에 유숙하는데 새벽 무렵 큰비가 오고 북풍이 매우 거셌다. 잠시 후 삼백 리를 가서 마침내 안시포에 도착하였다(夜宿陽山磯, 將曉大雨北風甚勁. 俄頃行三百里, 遂抵雁翅浦)

113 항해하며(航海)

117 강가 누대에서 피리 불고 술 마시다 크게 취한 중에 쓰다(江樓吹笛飲酒, 大醉中作)

121 장가행(長歌行)

124 새해가 시작된 지 보름 만에 호숫가 마을에 매화가 남김없이 피어(開歲半月湖村梅開無餘)

126 한식날에 나가(一百五日行)

130 술 대하고 단양과 성도의 옛 친구를 생각하며(對酒懷丹陽成都故人)

133 객에 답하다(答客)

136   여름 모시 2수(夏白紵二首)

140   옛 촉왕의 별원은 성도 서남쪽 15, 6리에 있는데 매화가 매우
          많다. 용처럼 뒤틀린 큰 나무 두 그루가 있는데 전하기를 '용
          매'라 한다. 내가 처음 촉 땅에 와서 일찍이 시를 지었고 이로
          부터 해마다 이곳을 찾아 왔는데 오늘 다시 이 시를 쓴다(故
          蜀別苑, 在成都西南十五六里, 梅至多. 有兩大樹夭矯若龍, 相
          傳謂之梅龍. 予初至蜀嘗爲作詩, 自此歲常訪之, 今復賦此)

144   방화루에서 매화를 감상하며(芳華樓賞梅)

147   신선이 되어 노닐며(遊仙)

150   천왕광교원은 줍산 동쪽 산기슭에 있는데, 내가 스무 살 때
          노승 혜적과 노닐며 거의 열흘 동안 가지 않은 적이 없었다.
          순희 갑신년 가을에 바다에서 조수를 구경하다 우연히 그 문
          에 배를 매어두고 지팡이 끌고 다시 노니니, 멍하니 격세지감
          을 느꼈다(天王廣敎院在嶯山東麓, 予年二十時, 與老僧惠迪
          遊, 略無十日不到也. 淳熙甲辰秋觀潮海上, 偶繫舟其門, 曳杖
          再遊, 怳如隔世)

154   아비산에 올라 정상에 이르러 진나라 때 새긴 비석을 찾아보
          고 다시 북으로 큰 바다를 바라보았는데, 산길이 매우 가팔라
          인적이 드물었다(登鵝鼻山至絶頂, 訪秦刻石且北望大海, 山路
          危甚, 人迹罕至也)

158   10월 26일 밤에 꿈에서 남정 길을 가다 깨어나 문득 붓을 잡
          고 이 시를 쓰니, 시간은 오경이었다(十月二十六日, 夜夢行南
          鄭道中, 旣覺怳然攬筆作此詩, 詩成時已五鼓)

권3

칠언율시(七言律詩)

165   비가 개어 동궁산에서 노닐었는데 잠깐 사이 다시 비가 오다
(雨晴遊洞宮山, 坐間復雨)

168   취중에 백애에 갔다 돌아오다(醉中到白崖而歸)

171   교유를 멀리하고 살며(深居)

173   장인관 도관 벽에 쓰다(題丈人觀道院壁)

176   강원현 동쪽 십 리 장씨의 정자에서 자다 새벽에 일어나(宿江
原縣東十里張氏亭, 未明而起)

178   저녁에 횡계각에 올라 2수(晚登橫溪閣二首)

182   무담산 동쪽 누대에서 저녁에 바라보며(武擔東臺晚望)

184   청성도인을 기다리는데 오지 않아(待靑城道人不至)

187   활쏘기를 배우다가 느껴(學射道中感事)

190   검남의 서천문에 올라 느껴(登劍南西川門感懷)

193   성 위에서(城上)

195   일찍 길을 나서(早行)

197   가을 저녁에 성 북문에(秋晚登城北門)

199   취중에 우연히 쓰다(醉中偶書)

201   완화계에서 매화를 감상하며(浣花賞梅)

203   촉원에서 매화를 감상하며(蜀苑賞梅)

206   연회 자리에서 쓰다(席上作)

209   나그네 시름(客愁)

211   매화를 보내며(送梅)

213   즉석에서(卽席)

216   배 타고 소고산을 지나다 느낀 바 있어(舟過小孤有感)

219   집 벽에 쓰다(題齋壁)

222 밤길 가다 호두사에 유숙하며(夜行宿湖頭寺)

224 눈 내린 후 나가 노닐며 놀이 삼아 쓰다(雪後出遊戲作)

226 마을에서 살며 눈에 보이는 대로 쓰다(村居書觸目)

228 옛날을 느껴 2수(感昔二首)

232 한밤중 독서 마치고 문을 나서 오래도록 배회하다 돌아와 단구를 쓰다(夜半讀書罷出門, 徙倚久之, 歸賦短句)

234 탄식을 담아(寓歎)

권4

칠언율시(七言律詩)

239 유림 주막의 작은 누각에서(柳林酒家小樓)

242 상우의 여관에 옛날 쓴 글을 보고 세월을 느껴(上虞逆旅見舊題, 歲月感懷)

244 낮에 누워(晝臥)

246 취해 돌아오며(醉歸)

249 상청 세계의 연경관에서 장인관으로 돌아와 잠시 머무르며(自上淸延慶歸丈人觀少留)

252 몸소 농사지으며(躬耕)

255 운문산 초당에 쓰다(留題雲門草堂)

257 망강을 지나며(望江道中)

259 승방에 잠시 머물러 지내며(僧房假榻)

261 맑은 저녁에 호각 소리를 듣고 느낀 바 있어(晚晴聞角有感)

264 십사 일에 동림사에서 유숙하며(十四日宿東林寺)

267 금릉에서 먼저 유 유수께 드리다(金陵先寄獻劉留守)

270 꿈에 성도에 이르러 비통해하며 쓰다 2수(夢至成都悵然有作二首)

274 감회를 쓰다(書感)

277 눈 속에서 성도를 생각하며 (雪中懷成都)

279 서촌에서 취해 돌아오다(西村醉歸)

281 임 사군에게 드리다 2수(贈林使君二首)

285 흥을 보내어(遣興)

287 겨울 저녁에 산방에서 쓰다 2수(冬晚山房書事二首)

291 조약천의 편지를 받고 인하여 부치다(得趙若川書因寄)

293 밤에 취해 돌아오며 쓰다(夜歸醉中作)

295 이른 가을(早秋)

298 교외로 나갔다 밤에 돌아오며 눈에 보인 대로 쓰다(郊行夜歸書觸目)

300 초여름에 은거하며(初夏幽居)

권5

칠언율시(七言律詩)

305 빗속에 자율에게 보이다(雨中示子聿)

307 산 서쪽 마을에서 노닐며(遊山西村)

309 가을비 막 개어 붓을 놀려(秋雨初霽戲筆)

311 꿈을 꾸다(作夢)

314 구당에 홀로 앉아 번민을 풀어내어(龜堂獨坐遣悶)

316 봄날 거닐며(春行)

318 칠십 삼 세의 노래(七十三吟)

320 잠에서 깨어 뜰 가운데 이르러(睡起至園中)

322 비틀거려(蹭蹬)

324 초봄에 산책하러 나가려다 추위가 두려워 돌아와(初春欲散步畏寒而歸)

326 흥을 보내어 2수(遣興二首)

329 취하여 보 서쪽 주막에 쓰다 2수(醉題埭西酒家二首)

332 가까운 산을 노닐며(遊近山)

334 감회를 쓰다(書感)

336 며칠을 문을 나서지 않다가 우연히 쓰다(數日不出門偶賦)

338 초겨울(初冬)

340 지난날의 잘못(昨非)

343 사원에서 저녁에 나와(史院晚出)

346 배불리 먹다(飽食)

349 초봄에 감회를 쓰다(初春書懷)

352 오랜 비(久雨)

355 이튿날 다시 꿈에서의 생각을 정리하여 쓰다(明日復理夢中意作)

358 여름밤(夏夜)

360 늙음이 심함을 스스로 읊다 2수(老甚自詠二首)

정선육방옹시집 전체 차례

1 ───────

간곡정선육방옹시집(澗谷精選陸放翁詩集)
권1
　고시(古詩)(17수)

권2
　고시(古詩)(22수)

권3
　칠언율시(七言律詩)

권4
　칠언율시(七言律詩)

권5
　칠언율시(七言律詩)

2 ───────

권6
　칠언율시(七言律詩)

권7
　칠언율시(七言律詩)(30수)

권8
　칠언율시(七言律詩)(33수)

칠언절구(七言絶句)

권9
칠언절구(七言絶句) (46수)

권10
오언율시(五言律詩)
오언절구(五言絶句)

3

수계정선육방옹시집(須溪精選陸放翁詩集)
권1
고시(古詩)

권2
고시(古詩)

권3
고시(古詩)

권4
고시(古詩)

권5
고시(古詩)
칠언율시(七言律詩)

권6
칠언율시(七言律詩)

권7
　칠언절구(七言絶句)

4

권8
　칠언절구(七言絶句)
　오언율시(五言律詩)
　오언절구(五言絶句)

육방옹시별집(陸放翁詩別集)
　오언시(五言詩)
　칠언시(七言詩)

간곡정선육방옹시집

澗谷精選陸放翁詩集

권1

육유(陸游) 무관(務觀) 찬(撰)

나의(羅椅) 자원(子遠) 선(選)

고시古詩(17수)

촉 땅 술의 노래

한주의 아황주는 난새와 봉새 같아

사납지도 공격하지도 않으니 덕은 남음이 있고,

미주의 파려주는 천마와 같아

문을 나서면 이미 만 리 길도 없다네.

병든 이 젊어서부터 천제의 궁궐을 꿈꾸어

일찍이 허황께서 푸른 옥빛 술을 내려주었으니,

문덕전에서 새벽에 상소 올리고

관서로 돌아오면 황제께서 하사한 백 병 술이 늘어서 있었네.

십 년을 떠돌며 광기를 없애지 못하고

인간 세상 두루 다니며 술집을 찾고,

푸른 실 묶은 옥병으로 곳곳에서 술을 샀었건만

아황주와 파려주는 한 방울도 없었다네.

어찌하면 호걸을 연이어 이르게 하여

잔과 사발도 필요 없이 술병 기울일 수 있으리?

비파 소리는 우레처럼 자리 곁에서 떠들썩하리니

사마상여처럼 갈증 나 죽어도 시름겨워하지 않으리.

蜀酒歌

漢州鵝黃鸞鳳雛,**1** 不鷙不搏德有餘.

眉州玻瓈天馬駒,**2** 出門已無萬里塗.**3**

病夫少年夢淸都,**4** 曾賜虛皇碧琳腴.**5**

文德殿門晨奏書,**6** 歸局黃封羅百壺.**7**

十年流落狂不除, 遍走人間尋酒壚.**8**

青絲玉瓶到處酤, 鵝黃玻瓈一滴無.

安得豪士致連車,**9** 倒瓶不用杯與盂.

琵琶如雷聒坐隅,**10** 不愁渴死老相如.**11**

【해제】

49세 때인 건도乾道 9년1173 10월 가주嘉州에서 쓴 것으로, 뛰어난 인재를 만나 그와 함께하고 싶은 바람을 나타내고 있다.

【주석】

1 漢州(한주) : 지명. 성도부(成都府)에 속했으며 치소는 낙현(雒縣)이었다.

鵝黃(아황) : 술 이름. 한주(漢州)의 명주(名酒)이다.

鸞鳳雛(난봉추) : 난새와 봉황. 여기서는 아황주를 비유한 것으로, 아황주의 품질이 뛰어남을 말한다.

2 眉州(미주) : 지명. 지금의 사천성 미산현(眉山縣)이다.

玻瓈(파려) : 술 이름. 미주(眉州)의 명주(名酒)이다.

天馬(천마) : 하늘을 나는 말.

3   萬里塗(만리도) : 만 리 머나먼 길. 여기서는 만 리 길도 단번에 날아갈 수 있음을 말한다.

4   病夫(병부) : 병든 사람. 시인 자신을 가리킨다.

   淸都(청도) : 전설상 천제(天帝)가 사는 궁궐.

5   虛皇(허황) : 도가에서의 신선 이름.

   琳腴(임유) : 옥빛이 나는 술. 술의 미칭이다.

6   文德殿(문덕전) : 송대 궁전 이름.

7   黃封(황봉) : 노란 종이로 입구를 봉한 술. 황제가 하사한 술을 가리킨다.

8   酒壚(주로) : 술 항아리를 열 지어 놓은 토탄(土壇). 주점을 가리킨다.

9   豪士(호사) : 호걸(豪傑).

   連車(연거) : 수레를 연결하다. 호걸의 수레가 연달아 이르는 것을 가리킨다.

10 坐隅(좌우) : 자리 옆.

11 渴死(갈사) : 갈증 나 죽다. 몹시 목마른 것을 말한다.

   老相如(노상여) : 사마상여(司馬相如). 서한(西漢)의 저명한 부(賦) 작가로 자가 장경(長卿)이다. 효문원령(孝文園令)에 봉해져 문원(文園)이라 불린다. 폭음으로 인해 일찍이 소갈증(消渴症)을 앓았으며, 후에 이를 핑계로 사직하고 무릉(茂陵)에서 살았다.

【해설】

　육유는 46세 때인 건도乾道 6년1170 10월 기주통판으로 부임하며 촉蜀에서의 관직 생활을 시작하였다. 이후 건도乾道 8년1172 봄 사천선무사四川宣撫使 왕염王炎의 부름을 받고 남정南鄭의 막부로 들어가며 북벌의 희망과 기대에 부풀었지만, 단지 6개월 만에 조정을 장악한 주화파主和派에 의해 왕염의 막부는 해산되었고 육유 또한 안무사참의관安撫司參議官으로 임명되어 성도成都로 물러 나오게 되었다. 이후 가주嘉州, 영주榮州 등지를 전전하며 10년 가까운 기간 동안 촉 지역에서 관직 생활을 하였다.

　이 시에서는 촉 지역의 명주名酒인 아황주와 파려주를 신선의 술로 높이며 그 품격을 칭송하고, 자신이 일찍부터 신선 세계를 지향했던 일과 도성에 있을 때 황제에게서 술을 하사받았던 일을 회상하고 있다. 이어 관직 생활을 지낸 지난 10년 동안 온갖 술집을 찾아다녔으나 아황주와 파려주 같은 술을 얻지 못했음을 말하고, 이제는 촉 땅으로 와 이와 같은 술을 얻게 되었으니 다만 뛰어난 인재를 만나 그와 함께 어울리며 거리낌 없이 이를 즐기고 싶은 마음을 나타내고 있다.

　육유에게 있어 촉 지역에서의 관직 생활은 북벌의 이상을 실현할 수 있는 절호의 기회이자 또한 커다란 실의를 안겨준 시기이기도 하였으니, 그는 이 시를 통해 하루빨리 뛰어난 인재를 얻어 그를 통해 실현하지 못한 북벌의 소망을 이룰 수 있게 되기를 바라고 있다.

청성도인과 술 마시며 쓰다

그대 보지 못하였는가?

사안은 만년에 바다에서 배를 함께 타며

돌아가 동산에서 노니는 뜻을 다하고자 하였고,

이백은 우연히 야랑의 귀양길에서 벗어나

크게 취하여 황학루 시를 썼었다네.

두 현인의 궁달을 어찌 족히 말할 수 있겠는가만

모두가 뛰어난 기상을 맑은 가을에 드리웠는데,

나는 하는 일 하나 없이 만 리를 떠나와

푸른 산과 흰 구름 속에서 그저 시름만 삭이고 있다네.

술이 있으면 서쪽 양주 땅과 바꾸지 않지만

술이 없어도 매 갖옷을 저당 잡히지는 않으니,

왕맹처럼 오만하게 바라보며 앉아 이를 잡지도 않고

영척처럼 슬피 노래하며 일어나 소를 먹이지도 않으리.

오색구름이 솥을 뒤덮고 황금 단약이 익으니

신선의 학이 날며 십주를 희롱하네.

與靑城道人飮酒作

君不見太傅晚歲具海舟,[1] 歸欲極意東山遊.

翰林偶脫夜郎謫,[2] 大醉賦詩黃鶴樓.

兩賢窮達何足道,[3] 同是逸氣橫淸秋.

我無一事行萬里, 青山白雲聊散愁.

有酒不換西涼州,[4] 無酒不典鷫鸘裘.[5]

不作王猛傲睨坐捫蝨,[6] 不作寧戚悲歌起飯牛.[7]

五雲覆鼎金丹熟,[8] 笙鶴飄然戲十洲.[9]

【해제】

52세 때인 순희淳熙 3년1176 3월 성도成都에 있을 때 쓴 것으로, 멀리 떠나와 공업을 이루지 못한 채 허송세월하고 있는 자신을 한스러워하며 현실도피적인 심정으로 신선 세계에 대한 지향을 나타내고 있다.

급고각汲古閣본『검남시고劍南詩稿』이하『검남시고』에서는 제5구의 '현賢'이 '공公'으로 되어 있다.

【주석】

1 太傅(태부) : 동진(東晉)의 사안(謝安). 자가 안석(安石)이며, 관직에 뜻을 두지 않고 왕희지(王羲之), 지둔(支遁) 등과 동산(東山)에서 노닐다가 40세가 넘어서야 환온(桓溫)의 청을 받아 관직에 나아갔다. 태원(太元) 8년(383) 전진(前秦)의 대군이 남하하자 이를 물리치고 대승을 거두었고 낙양까지 영토를 회복하였다. 사후에 태부(太傅)에 추증되었다.

2 翰林(한림) : 당(唐)의 이백(李白)을 가리킨다. 영왕(永王)의 난에 연루되어 야랑(夜郎)으로 유배되었다가 풀려났으며, 현종(玄宗) 때 한림공봉(翰林供

奉)을 지냈다.

3 兩賢(양현) : 두 현인. 사안과 이백을 가리킨다.

4 換西涼州(환서양주) : 서쪽 양주 땅과 바꾸다. 위(魏)나라 때 맹타(孟他)가
중상시(中常侍)로 있던 장양(張讓)에게 포도주 10말을 바치고 양주자사(涼
州刺史)에 임명되었던 일을 가리킨다.

5 典(전) : 저당 잡다.

鷫鸘裘(숙상구) : 매의 깃털로 만든 갖옷. 사마상여(司馬相如)와 탁문군(卓
文君)이 성도에서 빈곤하게 살면서 입고 있던 갖옷을 저당 잡혀 술을 산 일을
가리킨다.

6 捫蝨(문슬) : 이를 잡다. 동진의 대장군 환온(桓溫)이 관중으로 정벌 나갈 때
왕맹(王猛)이 찾아와 천하의 일을 논의하였는데, 왕맹이 옆에 사람이 없는 듯
이 태연하게 이를 잡으며 장안 정벌의 방안을 말한 것을 가리킨다.

7 飯牛(반우) : 소를 먹이다. 춘추시기 위(衛)나라의 영척(甯戚)이 곤궁하게 지
내다가 상인이 되어 제나라로 가서 성 아래에서 소를 먹이고 소뿔을 두드리며
슬피 노래하여 환공(桓公)에게 등용된 일을 가리킨다.

8 五雲(오운) : 청(靑), 적(赤), 백(白), 흑(黑), 황(黃)의 오색구름.

9 笙鶴(생학) : 신선이 타는 학. 주(周) 영왕(靈王)의 태자(太子) 왕자교(王子
喬)가 생황을 잘 불었는데, 도사 부구공(浮丘公)을 따라 숭산(崇山)에 올라갔
다가 30년 후에 신선이 되어 학을 타고 날아왔다는 일에서 유래하였다.

十洲(십주) : 전설상 신선이 산다고 하는 열 개의 섬. 동방삭(東方朔)의 『십
주기(十洲記)』에 한(漢) 무제(武帝)가 서왕모(西王母)에게서 팔방 큰 바다

에 십주가 있는데 그곳은 인적이 닿지 않은 곳이라는 말을 듣고는 동방삭을 불러 십주의 기이한 사물들에 대해 물었다는 기록이 있다. 여기에서는 십주를 구체적으로 조주(祖洲), 영주(瀛洲), 방주(方洲), 염주(炎洲), 장주(長洲), 원주(元洲), 유주(流洲), 강주(江洲), 봉린주(鳳麟洲), 취굴주(聚窟洲)라 칭하였다.

【해설】

이 시는 청성도인과 함께 술을 마시며 쓴 것으로, 청성도인이 누구인지는 알 수 없다. 시에서는 은거 생활을 하다가 마침내 공업을 이룬 사안과 유배 생활을 겪었던 이백을 들어 그들이 비록 현실에서의 궁달은 달랐지만 모두 뛰어난 기상을 지니고 있었음을 말하고, 고향을 멀리 떠나와 성도成都에서 무료한 삶을 살며 시름에 빠져 있는 자신과 대비하고 있다. 이어 이러한 자신에게 술은 무엇과도 바꿀 수 없는 최고의 위안이 되지만 그렇다고 술에 빠져 헤어나지 못할 정도는 아님을 말하고, 왕맹과 영척의 일을 들어 그들과는 달리 공명 수립의 욕망에서 벗어나고 자유롭게 살고 싶은 바람을 나타내며 신비로운 오색구름 속에 황금 단약이 익고 선학仙鶴이 날아다니는 신선의 세계를 꿈꾸고 있다.

여름밤 크게 취했다 깬 후 느낀 바 있어

젊었을 때 동해 가에서 술에다 마음 기탁하며

사귀었던 이는 모두가 영웅호걸이었으니,

삼 척 용천검은 우수와 두수에서 요동쳤고

한 권 음부경으로 귀신을 부렸었네.

산남의 객이 되어서는 밤에 기운을 바라보며

왕의 군대가 진 땅으로 들어갈 것이라 말하고,

하늘의 은하수를 기울여

관중의 오랑캐 먼지를 깨끗이 씻어 버리고자 하였네.

어찌 알았으리? 하루아침에 일이 크게 어긋나

검각에서 나귀 타며 흰 머리칼 새로이 돋고,

털 깔개 덮고 격문을 쓰던 손이

하찮은 시로 서주의 봄을 쓰고 있을 줄을.

본디 마음은 비록 바위와 산골짜기에서 늙기 원하지만

대의 상 임금의 신하 된 자의 도리를 잊을 수 없으니,

닭이 울고 술이 깨도록 잠을 이루지 못하고

일어나 앉아 부질없이 애간장만 끓이고 있네.

夏夜大醉醒後有感

少時酒隱東海濱,[1] 結交盡是英豪人.

龍泉三尺動牛斗,[2] 陰符一編役鬼神.[3]

客遊山南夜望氣,⁴ 頗謂王師當入秦.

欲傾天上河漢水,⁵ 淨洗關中胡虜塵.⁶

那知一旦事大繆, 騎驢劍閣霜毛新.⁷

却將覆瓿草檄手,⁸ 小詩點綴西州春.⁹

素心雖願老巖壑,¹⁰ 大義未敢忘君臣.¹¹

雞鳴酒解不成寐, 起坐肝膽空輪囷.¹²

【해제】

52세 때인 순희^{淳熙} 3년¹¹⁷⁶ 4월 성도^{成都}에 있을 때 쓴 것으로, 오랑캐 섬멸의 의지와 뜻을 이루지 못하는 현실의 회한을 나타내고 있다.

【주석】

1 酒隱(주은) : 뜻을 얻지 못하여 술에 마음을 기탁하여 살다.

2 龍泉(용천) : 보검 이름. 『진서(晋書)・장화전(張華傳)』에 따르면, 뇌환(雷煥)이 '용천(龍泉)'과 '태아(太阿)'라는 한 쌍의 보검을 찾았는데, 그 중 하나는 장화(張華)에게 보내고 나머지 하나는 자기가 가지고 있었다고 한다. 훗날 장화가 죽고 난 후 그의 보검이 홀연 없어져 버렸다. 뇌환이 죽고 그의 아들이 그가 남긴 보검을 허리에 차고 연평진(延平津)을 지나는데 검이 갑자기 갑 속에서 빠져나와 물속으로 뛰어 들어가 버렸다. 그리고 다만 용 두 마리가 아름답게 얽혀있고 물방울이 격렬하게 튀는 것이 보이더니 결국 검을 잃어버리고 말았

다. 알고 보니 이 두 마리의 용은 용천과 태아 두 자루의 칼이 변한 것이었다.

牛斗(우두) : 별자리 이름. 우수(牛宿)와 두수(斗宿)를 가리킨다.

3 陰符(음부) : 도가의 경전인 『황제음부경(黃帝陰符經)』을 말한다. 작자와
   편찬 연대는 미상이며, 황제(黃帝)의 이름을 빌려 양생, 기공, 식사 요법, 정신
   수양, 방중술 등의 도교 수양술을 두루 다루었다.

4 山南(산남) : 종남산(終南山)의 남쪽 지역. 육유가 종군했던 남정(南鄭)을 가
   리킨다.

5 河漢(하한) : 은하수.

6 關中(관중) : 지금의 섬서성(陝西省) 지역을 가리킨다. 진(秦)이 멸망한 후 항
   우(項羽)는 관중 지역을 삼분하여 투항한 진(秦)의 장수인 장한(章邯)과 사마
   흔(司馬欣), 동예(董翳)를 각각 옹왕(雍王)과 새왕(塞王), 적왕(翟王)으로 삼
   아 다스리게 하였는데, 이 때문에 이 지역을 '삼진(三秦)'이라고 하였다.

7 劍閣(검각) : 지명. 지금의 사천성(四川省) 검각현(劍閣縣)으로, 북쪽에 촉
   (蜀)으로 들어가는 관문인 검문관(劍門關)이 있다.

8 覆氈(복전) : 털 깔개를 덮다. '전(氈)'은 털로 짠 양탄자를 가리킨다. 서한(西
   魏) 때 진원강(陳元康)이 군서(軍書)를 쓴 일을 차용한 것으로, 진원강은 당
   시 날이 차고 눈이 많이 내려 떨 깔개를 덮어쓰고 군서를 써서 붓이 얼지 않아
   몇 장의 글을 쓸 수 있었다고 한다.
   草檄(초격) : 초서로 쓴 격문. '격(檄)'은 군중에서 병사의 소집이나 고시의 용
   도로 사용되던 문서를 가리킨다.

9 西州(서주) : 파촉(巴蜀) 지역으로, 지금의 섬서성(陝西省) 지역을 가리킨다.

10 巖壑(암학) : 바위와 산골짜기.

11 君臣(군신) : 임금의 신하. 여기서는 군신의 도리를 가리킨다.

12 輪囷(윤균) : 얽히어 굽은 모양.

【해설】

　이 시에서는 호탕하게 술 마시고 영웅호걸들과 어울리며 포부와 기개가 강성했었던 젊은 날의 자신을 회상하고, 이어 남정南鄭으로 종군한 이후에는 금金의 오랑캐를 섬멸하고 마침내 중원을 수복할 기대에 부풀었음을 말하고 있다. 그러나 북벌의 기대는 무산되고 성도로 물러나와 시름 속에 헛되이 세월만 보내며 봄을 노래하는 시나 쓰고 있는 자신의 신세를 한탄하고 있다. 마지막에는 본디 산림에 은거하며 사는 삶이 자신이 바라는 것이지만 나라를 위한 대의를 차마 저버릴 수 없음을 말하고, 새벽닭이 울고 술이 깨도록 밤새 잠을 이루지 못하며 깊은 회한에 빠지고 있다.

빗속에 안복사 탑에 올라

평생 높이 오르기를 좋아하여

취한 눈에 경계가 없으니,

북으로 돌아보며 유주와 병주 끝까지 다하고

동으로 바라보며 발해와 태산을 뛰어넘네.

한숨지으며 손 어루만지고 탄식하니

예부터 성패가 얼마였던가?

영웅은 지나가는 새와 같고

성곽은 남은 흔적만 있네.

오늘 아침 흑탑에 오르니

천 리에 거칠 것 없이 드넓은데,

홀연 광풍과 우렛소리 갈라져 놀랍더니

이어 천지가 어두워지는 것이 느껴지네.

급한 비가 용의 비릿한 냄새를 끼고

습한 더위가 꺾여 사라지니,

하늘이 움츠리고 위축된 나를 생각하여

나에게 상쾌함을 한 번 보내주네.

어찌 알았으리? 서생이 광폭해지고

저절로 마음속 생각이 담대해질 줄을.

게다가 동관에 주둔할 것을 생각하니

황하가 띠처럼 보이네.

雨中登安福寺塔[1]

平生喜登高, 醉眼無疆界.

北顧極幽幷,[2] 東望跨海岱.[3]

喟然撫手歎, 從古幾成敗.

英雄如過鳥, 城郭但遺塊.

今朝上黑塔,[4] 千里曠無礙.

忽驚風霆劈,[5] 坐覺天地晦.

急雨挾龍腥,[6] 溽暑爲摧壞.[7]

皇天念蟠鬱,[8] 令我寄一快.[9]

那知書生狂,[10] 自倚心眼大.[11]

更思駐潼關,[12] 黃河看如帶.

【해제】

52세 때인 순희淳熙 3년1176 3월 성도成都에 있을 때 안복사 탑에 올라 쓴 것으로, 금에 함락된 중원 지역을 바라보며 중원수복의 바람과 의지를 나타내고 있다.

『검남시고』에서는 제9구의 '벽劈'이 '체掣'로 되어 있다.

【주석】

1 安福寺(안복사) : 성도(成都) 근처에 있는 사찰 이름.

2   幽幷(유병) : 유주(幽州)와 병주(幷州). 고대 주(州) 이름. 지금의 하북성(河

    北省)과 산서성(山西省) 일대로, 당시 금(金)에 함락되어 있었다.

3   海岱(해대) : 발해(渤海)와 태산(泰山). 지금의 산동성(山東省) 발해(渤海)

    와 태산(泰山) 사이 지역을 가리키며, 당시 금(金)에 함락되어 있었다.

4   黑塔(흑탑) : 안복사 경내에 있는 탑으로, 검은빛을 띠어 이와 같이 불렀다.

5   風霆(풍정) : 광풍과 우레.

    劈(벽) : 갈라지다, 쪼개지다.

6   龍腥(용성) : 용 비린내.

7   溽暑(욕서) : 습하고 더운 기운.

    摧壞(최괴) : 꺾이고 무너지다. 더운 기운이 순식간에 사라지는 것을 의미한다.

8   皇天(황천) : 하늘 또는 천신(天神)의 존칭.

    蟠鬱(반울) : 얽히어 맺혀있는 모양. 여기서는 실의하여 움츠리고 있는 시인

    을 가리킨다.

9   一快(일쾌) : 한바탕의 상쾌함.

10 狂(광) : 광폭하다. 자유롭고 거리낌이 없는 것을 말한다.

11 心眼(심안) : 마음속 생각, 도량.

12 潼關(동관) : 관문 이름. 지금의 섬서성(陝西省) 동관현(潼關縣) 동남쪽에 있

    으며, 당시 금(金)에 함락되어 있었다.

【해설】

시에서는 안복사의 흑탑에 올라 금金에 함락된 중원 지역과 동쪽의

발해와 태산 지역을 바라보며 이곳을 호령했던 역대의 영웅호걸들을 떠올리고, 역사와 시대에 대한 감회와 함락지의 수복에 대한 바람을 나타내고 있다. 이어 홀연 천둥과 비바람이 몰아쳐 더위가 사라진 상황을 실의에 빠진 자신을 위해 보내온 하늘의 위안으로 여기고, 하늘의 도움으로 오랑캐가 섬멸된 상황으로 연결하고 있다. 마지막에는 하늘의 도움으로 인해 더는 위축되지 않고 광폭하고 담대해진 자신을 말하고, 북벌을 꿈꾸며 더욱 강해진 중원수복의 결의를 나타내고 있다.

이재

동호의 한여름에 초목은 무성한데

고옥에 사람은 없고 정자는 한낮에 서늘하네.

원추리 씨방은 살짝 열려 해를 보지 못하고

죽순 껍질은 절로 벌어져 때로 향기가 불어오네.

야생 등나무는 얽히어 창틈으로 들어오고

습한 버섯은 드문드문 들보에 자라네.

도랑에 드리운 몇 개 서까래가 가장 깊고 어둑하며

불어난 물은 난간까지 이르고 비에 담장은 무너졌네.

푸른 네가래는 고요히 물에 젖고 향초는 춤추며

백로는 한가로이 서 있고 원앙은 떠다니네.

부용은 비록 야위었어도 가득 펼쳐져

눈에 비치는 푸른 연잎이 붉은 연꽃을 가리네.

물결무늬 아름다운 대자리를 걷어치우려 했다가

둥근 달 같은 흰 부채를 천천히 들어 올리네.

바람결에 홀연 탑의 풍경소리 들려와

소수와 상수를 노닐던 맑은 꿈에서 깨어나네.

怡齋

東湖仲夏草樹荒,[1] 屋古無人亭午涼.

萱房微呀不見日,[2] 筍籜自解時吹香.[3]

野藤蟠屈入窗罅,[4] 濕菌扶疎生屋梁.[5]

跨溝數椽最幽翳,[6] 漲水及檻雨敗牆.

靜涵靑蘋舞藻荇,[7] 閑立白鷺浮鴛鴦.

芙蕖雖瘦亦瀰漫,[8] 照眼翠蓋遮紅妝.[9]

水紋珍簟欲卷却, 月團素扇嬾復將.[10]

天風忽送塔鈴語,[11] 喚覺淸夢遊瀟湘.[12]

【해제】

50세 때인 순희淳熙 원년1174 여름 촉주蜀州에서 쓴 것으로, 동호東湖의 아름다운 경관을 묘사하고 있다.

『검남시고』에서는 제14구의 '월단月團'이 '단단團團'으로 되어 있다.

【주석】

1 東湖(동호) : 촉주(蜀州)에 있는 호수 이름. 촉주팔경(蜀州八景) 중의 하나로 꼽혔다.

2 萱房(훤방) : 원추리 씨방.

3 筍籜(순탁) : 죽순 껍질.

4 蟠屈(반굴) : 얽히어 구부러져 있는 모양.

5 扶疎(부소) : 드문드문 자라 있는 모양.

6 椽(연) : 서까래.

幽翳(유예) : 깊고 어둑하다. 서까래 아래가 그늘져 어둑한 것을 말한다.

7 藻蓀(조순) : 향초 이름.

8 瀰漫(미만) : 가득히 펼쳐져 있는 모양.

9 翠蓋(취개) : 비췻빛 덮개. 푸른 연잎을 가리킨다.

10 素扇(소선) : 흰 비단부채.

嬾復將(난부장) : 바닥에 눕혀 놓았다가 다시 들다. 더위가 오락가락하는 것을 가리킨다.

11 塔鈴(탑령) : 탑에 매달린 풍경(風磬).

12 瀟湘(소상) : 소수(瀟水)와 상수(湘水). 호남성(湖南省)을 지나 동정호(洞庭湖)로 들어가며, 전설에 순(舜) 임금의 두 비인 아황(娥皇)과 여영(女英)이 순 임금을 따라 죽은 곳이라 한다.

【해설】

이 시는 전편에 걸쳐 물과 땅 및 사물과 사람 등으로 제재와 시선을 각기 달리하며 동호東湖에 있는 이재怡齋의 여름 풍경을 섬세하고 생동감 있게 묘사하고 있다.

시에서는 이재가 동호 가의 인적이 드문 고옥古屋으로 여름 한낮에도 청량한 곳임을 말하고, 원추리, 죽순, 등나무, 버섯 등의 육지 식물과 네가래와 향초 및 백로와 원앙 등의 수상 생물들로 그 대상을 옮겨가며 동호 주변의 경관을 세밀하게 묘사하고 있다. 이어 오락가락하는 더위로 인해 대자리를 치울까 망설이고 부채를 놓았다 들었다 반복하고 있는 모습과 꿈속에서 소수와 상수를 노닐다가 바람결에 들려오는 풍경 소리에 깨어난 상황을 말하고 있다.

양 참정에게 드리다

정처 없는 인생은 뿌리가 없어

뜻 있는 선비는 떠돌다 죽는 것을 안타까워하니,

닭이 우는 것이야 어찌 사람과 상관있겠는가만

베개 밀치고 한밤중에 일어난답니다.

저는 본디 뛰어난 재주 없어

허리 굽혀 백관의 아래에 있었으니,

이리저리 떠돌며 살쩍 머리는 실이 되었고

슬퍼 탄식하니 눈물은 물을 씻는 듯하였답니다.

노년에 파협 땅으로 가게 되니

힘든 고통은 그저 한 말 쌀 때문이요,

멀리 삼복더위를 겪고

그곳에서 가을 물을 가리키고 있겠지요.

고개 돌려 장안성 바라보니

만 리 길 차마 견딜 수 없는데,

소매에 시를 넣고 승상부를 찾아가

두 번 절하며 만나 뵙기를 청하였습니다.

평생 참으로 쉽게 만족하고 지내며

이름이 다행히 조서에 올랐지만,

다만 죽도록 명성이 없고

공업이 청사에 걸리지 않을까 두려울 뿐입니다.

흉노가 난을 일으켰다는 말 들려오고

성상의 뜻은 뱀 돼지 같은 오랑캐를 섬멸하는 데 있으니,

어느 때나 표요장군을 얻어

위교에서의 치욕을 크게 설욕할 수 있겠습니까?

사람들이 각기 뛰어남을 발휘하고

유생들은 비루해서는 안 되리니,

털 깔개 덮고 군서 쓰다가

추위에 손가락이 떨어진들 두려워하지 않겠습니다.

投梁參政[1]

浮生無根株, 志士惜浪死.

鷄鳴何預人,[2] 推枕中夜起.

游也本無奇, 折腰百僚底.[3]

流離鬢成絲, 悲咤淚如洗.[4]

殘年走巴峽,[5] 辛苦爲斗米.

遠衝三伏熱, 直指九月水.

回首長安城,[6] 未忍便萬里.

袖詩叩東府,[7] 再拜求望履.[8]

平生實易足, 名幸汚黃紙.[9]

但憂死無聞, 功不挂靑史.

頗聞匈奴亂,[10] 天意殄蛇豕.[11]

何時嫖姚師,[12] 大刷渭橋恥.[13]

士各奮所長, 儒生未宜鄙.

覆氈草軍書,[14] 不畏寒墮指.

【해제】

46세 때인 건도乾道 6년1170 윤5월 임안臨安에서 촉蜀 지역으로 떠나며 당시 참지정사參知政事로 있던 양극가梁克家에게 쓴 것으로, 공업 수립에 대한 기대와 결의를 나타내고 있다.

『검남시고』에서는 제4구의 '야夜'가 '석夕'으로, 제6구의 '절요折腰'가 '요절腰折'로, 제12구의 '직直'이 '전前'으로 되어 있다.

【주석】

1 梁參政(양참정) : 참지정사(參知政事) 양극가(梁克家). 참지정사는 문하성(門下省)과 상서성(尚書省)의 시랑(侍郞)을 가리키며, 승상(丞相)을 보좌하여 국정에 참여하는 임무를 담당하였다.

2 鷄鳴(계명) : 닭이 울다. 진(晉)의 조적(祖逖)이 한밤중에 닭 울음소리를 듣고 일어나 춤을 추었다는 고사를 인용한 것으로, 스스로 부단히 정진하는 것을 의미한다.

3 百僚底(백료저) : 모든 관직의 말단. 자신이 그동안 진강통판(鎭江通判), 융흥통판(隆興通判) 등 낮은 관직을 지냈음을 말한다.

4 悲吒(비타) : 슬퍼 탄식하다.

5 巴峽(파협) : 무산(巫山)에서 파동(巴東)에 이르는 지역을 가리키며, 여기서는 기주(夔州) 지역을 의미한다.

6 長安(장안) : 당대의 도성. 여기서는 남송의 도성인 임안(臨安)을 가리킨다.

7 東府(동부) : 승상부(丞相府).

8 望履(망리) : 만나기를 구하다. 양극가를 찾아가 뵙는 것을 말한다.

9 汚黃紙(오황지) : 황제의 조서를 더럽히다. 황명을 받아 관직에 오른 것을 겸양한 말이다.

10 匈奴(흉노) : 한대(漢代)의 북방 이민족으로, 여기서는 금(金)의 오랑캐를 가리킨다.

11 蛇豕(사시) : 뱀과 돼지. 금의 오랑캐를 비유한다.

12 嫖姚(표요) : 표요교위(嫖姚校尉) 곽거병(霍去病). 한(漢) 무제(武帝) 때의 명장으로, 흉노를 토벌하는 데에 큰 공을 세웠다.

13 渭橋恥(위교치) : 위교(渭橋)에서의 치욕. 위교는 서위교(西渭橋)를 가리키며, 지금의 섬서성 함양시(咸陽市) 서남쪽에 있다. 당(唐) 대종(代宗) 때 토번(吐蕃)이 이곳으로 침략하여 대종이 섬주(陝州)로 피난한 일을 가리키는 것으로, 여기서는 금의 침략으로 인해 송 조정이 임안으로 옮겨간 것을 의미한다.

14 覆氈(복전) : 털 깔개를 덮다.

　　육유는 42세 때인 건도乾道 2년1166에 융흥부통판隆興府通判에서 파직되어 고향 산음山陰으로 돌아와 지내다가, 45세 때인 건도乾道 5년1169 12월에 기주통판夔州通判으로 부임하라는 명을 받았다. 그러나 건강상의 이유로 즉시 부임하지 못하고 이듬해인 건도乾道 6년1170 윤5월에야 기주로 출발하게 되었다. 당시 양극가梁克家는 참지정사參知政事로 있으며 육유와 친분이 있었는데, 육유는 기주로 출발하며 그에게 이 시를 써서 자신의 감회를 피력하였다.

　　시에서는 먼저 미관말직을 전전하며 뜻을 이루지 못한 현실에 비통의 눈물을 흘렸던 지난날의 자신의 삶을 말하고 있다. 이어 뒤늦게 기주통판으로 임명되어 촉蜀 지역으로 떠나가게 되었음을 말하며 공업 수립에 대한 기대를 나타내고 있다. 마지막에는 금金에 대한 적의와 설욕의 의지를 드러내며 엄중한 시국에 모두가 나라를 위해 헌신해야 함을 말하고, 자신 또한 전장에서 복무하며 일신의 안위에 연연하지 않겠다는 단호한 결의를 나타내고 있다.

한주의 서호를 노닐며

방관이 한 번 실패하자 무리가 폄훼하여

팔 년을 한주에서 자사로 지냈으니,

성 둘러 백 경의 호수를 파고

서너 리에 크고 작은 섬을 굽이져 만들었다네.

작은 암자 고요한 집에 대나무 뚫고 들어오고

높은 정자 나는 듯한 누대는 성을 압도하고 솟았는데,

아름다운 소나무와 녹나무에 안개비는 자욱하고

오래된 갈대에 바람서리 뒤덮였네.

시간은 괴롭게도 길고 일신은 괴롭게도 한가로워

만사를 내버려 두고 호숫물 바라보니,

공이 줄곧 거문고 좋아했던 것은 비록 하나의 취미였지만

과오를 보니 공이 군자였음을 절로 알겠네.

화려한 배에 술 싣고 호수 물빛을 타고 넘으며

공이 천만 번 마시며 즐겼던 일을 상상하니,

풍류는 지금도 아직 사라지지 않았건만

양천의 명주들이 아황주를 피함을 탄식한다네.

遊漢州西湖[1]

房公一跌叢衆毀,[2] 八年漢州爲刺史[3]

遶城鑿湖一百頃, 島嶼曲折三四里.

小菴靜院穿竹入, 危榭飛樓壓城起.[4]

空濛煙雨媚松楠,[5] 顚倒風霜老葭葦.

日月苦長身苦閑, 萬事不理看湖水.

向來愛琴雖一癖,[6] 觀過自足知夫子.[7]

畫船載酒凌湖光, 想公樂飮千萬場.

歎息風流今未泯, 兩川名醞避鵝黃.[8]

【해제】

48세 때인 건도乾道 8년1172 11월 무렵 한주漢州에서 서호西湖를 노닐며 쓴 것으로, 당대 방관房琯에 기탁하여 자신의 불우한 생을 안타까워하고 있다.

『검남시고』에서는 제15구의 '불不'이 '미未'로 되어 있으며, 저본과 『검남시고』 모두 마지막 구 다음에 "한중의 술은 이름이 아황으로, 촉 땅의 술은 모두 미칠 수가 없다漢中酒名鵝黃, 蜀酒皆不能及"라는 자주自注가 있다.

【주석】

1 漢州(한주) : 주(州) 이름. 당시 성도부(成都府)에 속했다.

2 房公(방공) : 당대(唐代) 방관(房琯)을 가리킨다. 방관은 자가 차율(次律)이며, 천보(天寶) 5년(746) 급사중(給事中)에 임명되었다가 천보 15년(756) 현종(玄宗)이 촉(蜀)으로 몽진할 때 재상으로 임명되었다. 숙종(肅宗) 건원

(乾元) 2년(759)에 진도사(陳濤斜) 전투에서의 패배로 인하여 빈주자사(邠州刺史)로 좌천되었다. 상원(上元) 원년(760)에 예부상서(禮部尚書)가 되었다가 다시 진주자사(晉州刺史)와 한주자사(漢州刺史)로 폄적되었다. 대종(代宗) 보응(寶應) 2년(763)에 특진형부상서(特進刑部尚書)에 배수되었는데 도중에 병에 걸려 낭주(閬州)의 절에서 죽었다. 사후에 태위의 관직이 추증되었다.

一跌(일질) : 한 번 넘어지다. 진도사(陳濤斜) 전투에서 패배한 것을 가리킨다.

3 八年(팔년) : 8년. 방관이 한주자사(漢州刺史)로 있었던 기간을 가리킨 것으로, 실제 방관은 숙종(肅宗) 상원(上元) 원년(760)부터 보응(寶應) 2년(763)까지 약 3년 정도 한주자사로 재임하였다.

4 危榭(위사) : 높이 솟은 정자.

5 松楠(송남) : 소나무와 녹나무.

6 愛琴(애금) : 거문고 연주를 좋아하다. 방관은 거문고 연주를 좋아하여 거문고 연주에 뛰어났던 동정란(董庭蘭)을 문객으로 받아들였다.

癖(벽) : 취미, 애호.

7 觀過(관과) : 과오를 보다. 동정란이 후에 방관의 총애를 빌미로 사적인 이익을 도모하다가 쫓겨나 방관의 과오가 되었음을 말한다.

知夫子(지부자) : 군자임을 알다. 『논어(論語)·이인(里人)』에서 "사람의 과오를 보면 그가 인한지를 알 수 있다(觀過, 斯知仁矣)"라 한 뜻을 인용한 것으로, 방관이 거문고 연주를 즐기고 좋아하는 군자적 품성을 지니고 있었음을 말한다.

8 兩川(양천) : 동천(東川)과 서천(西川). 당(唐) 숙종(肅宗) 지덕(至德) 연간에 검남도(劍南道)에 동천과 서천 절도사(節度使)를 설치하여 이와 같이 불렀으며, 여기서는 촉(蜀) 지역을 범칭한다.

鵝黃(아황) : 한주(漢州)의 술 이름.

【해설】

　이 시에서는 서호西湖가 방관에 의해 만들어졌음을 말하고, 넓고 아름다운 호수의 경관과 높이 솟아 있는 누각의 모습을 통해 방관의 고상한 품격과 빼어난 기상을 칭송하고 있다. 이어 아무런 일도 없이 한가로이 호수를 노닐고 있는 자신의 고뇌를 말하고, 거문고 연주를 즐겼던 방관이 비록 그 취향으로 인해 동정란董庭蘭을 총애하여 마침내 그의 과오가 되기는 했지만, 오히려 이를 통해 그의 군자적 풍모가 잘 드러나게 되었음을 말하고 있다. 마지막에서는 서호에 배를 띄워 술을 즐기며 옛날 자신과 마찬가지로 서호에서 노닐었을 방관의 모습을 상상하고, 자신을 한주漢州의 명주인 아황주에 비유하며 아무도 그와 뜻을 함께하려 하지 않고 다만 그를 피하려 하고만 있음을 탄식하고 있다.

취한 후 글씨를 쓰고 시를 노래하며 놀이 삼아 쓰다

붉은 누각에서 고개 드니 팔방 먼 땅은 비좁고

푸른 술 한 번 마시니 백 잔이 쌓이는데,

높이 가득 쌓여 있는 내 가슴의 회포를 씻어내고

흠뻑 붓 적셔 마음껏 문장을 쓴다네.

먹물 드날리니 처음엔 귀신이 노한 듯하고

글자 수척하니 홀연 뻣뻣한 교룡처럼 되며,

보검은 갑에서 나와 눈 같은 칼날을 휘두르고

큰 배는 파도를 가르며 돛대를 치달리네.

종이 떨어져 붓 내던지니 벼락같은 소리 울리고

부녀자는 놀라 달아나고 아이들은 숨는데,

지난날 격문 써서 서역에 대해 고할 때

분분한 말들이 조정을 격동시켰다네.

하루아침에 쫓겨나 홀연 십 년이 되어

서쪽에서 삼파를 방어하고 야랑에서 고생하니,

산천은 멀리 떨어져 있어 풍속은 다르지만

좋은 술에 의지하여 오히려 내 마음대로 할 수 있다네.

취하여 스스로 머리 위 두건 벗으니

푸른 머리칼은 아직 약간의 서리도 허락하지 않았거늘,

인생의 득실이야 참으로 사소한 일이니

늙은이 비통함이 많다고 누가 말하는가?

醉後草書歌詩戲作

朱樓矯首隘八荒,[1] 綠酒一擧累百觴.

洗我堆阜崢嶸之胸次,[2] 寫爲淋漓放縱之詞章.[3]

墨翻初若鬼神怒, 字瘦忽作蛟螭僵.[4]

寶刀出匣揮雪刃, 大舸破浪馳風檣.

紙窮擲筆霹靂響,[5] 婦女驚走兒童藏.

往時草檄喩西域,[6] 颯颯聲動中書堂.[7]

一朝放跡忽十載,[8] 西掠三巴窮夜郎.[9]

山川荒絶風俗異, 賴有酒美猶能狂.

醉中自脫頭上幘, 綠髮未許侵微霜.[10]

人生得喪良細事,[11] 孰謂老大多悲傷.[12]

【해제】

49세 때인 건도乾道 9년1173 가을 가주嘉州에서 쓴 것으로, 폭음하며 격정적으로 시를 쓰는 모습을 통해 뜻을 이루지 못하고 있는 현실에 대한 불만을 나타내고 있다.

『검남시고』에서는 제13구의 '조방적朝放跡'이 '수조적收朝跡'으로 되어 있다.

【주석】

1 隘(애) : 좁다, 협소하다.

八荒(팔황) : 팔방의 먼 땅.

2 崢嶸(쟁영) : 우뚝 솟은 모양.

3 淋漓(임리) : 흠뻑 적시다. 붓에 먹물을 가득 묻히는 것을 말한다.

4 蛟螭(교리) : 교룡(蛟龍). 때를 만나지 못해 뜻을 이루지 못한 영웅호걸을 비유한다.

5 霹靂(벽력) : 천둥, 벼락.

6 喩西域(유서역) : 서역을 회유하다. 소흥(紹興) 32년(1162)에 북벌의 의지가 강했던 효종(孝宗)이 즉위하며 주전파들이 점차 중시를 받게 되었는데, 당시 육유는 추밀원편수(樞密院編修) 겸 편류성정소검토관(編類聖政所檢討官)으로 있으면서 중원을 회복할 군사적 책략과 정치적 주장을 제안하며 장준(張浚)의 북벌군을 지지하였다.

7 颯颯(삽삽) : 급한 모양. 여기서는 논의가 분분한 것을 가리킨다.

中書堂(중서당) : 중서성(中書省)의 관서. 여기서는 조정을 비유한다.

8 放跡(방적) : 쫓겨나다. 융흥(隆興) 원년(1163) 장준의 북벌군이 부리(符離)에서 금군에 대패하면서 남송 조정은 주화파(主和派)가 득세하게 되었고 이때 장준의 북벌을 지지하였던 육유는 진강통판(鎭江通判)으로 좌천되었는데, 여기서는 이 일을 가리킨다.

9 三巴(삼파) : 파군(巴郡), 파동(巴東), 파서(巴西)의 총칭. 지금의 사천성 가릉강(嘉陵江)과 기강(綦江) 동쪽 지역으로, 여기서는 기주통판(夔州通判)을

지낸 일을 가리킨다.

夜郞(야랑) : 지금의 귀주성 서북부와 운남성, 사천성 일부 지역으로, 여기서는 섭지가주(攝知嘉州)의 일을 맡고 있는 것을 가리킨다.

10 綠髮(녹발) : 푸른 머리칼. 젊음을 의미하며, 여기서는 불굴의 기개와 의지를 비유한다.

11 得喪(득상) : 득실(得失).

12 老大(노대) : 늙은이. 시인 자신을 가리킨다.

【해설】

이 시에서는 첫 단락에서 누각에 올라 폭음하며 자신의 회포를 시에 담아 거침없이 쓰고 있는 모습이 나타나 있다. 팔방 먼 땅이 비좁아 보이고 백 잔의 술을 연이어 마시고 있는 시인의 모습에서 가슴속 가득한 호기와 이를 풀지 못하는 울분을 느낄 수 있으며, 종횡무진으로 거침없이 휘갈기는 붓놀림에서 공업 수립의 결의와 열망을 느낄 수 있다. 이어 옛날 조정에서 중원수복의 책략을 건의하던 때를 회상하며 지금은 촉 땅 멀리까지 나와 있음을 말하고, 지금은 비록 나이는 들었어도 젊었을 때의 기상과 의지는 변함이 없음을 말하고 있다.

추념하여 한나라 태액지의 황곡가를 보충하다

건장궁 안에 봄바람은 차갑고

태액지에 물이 불어 수면은 드넓었네.

환관이 달려가 황곡이 내려왔음을 아뢰니

황제의 어가가 연못에 임하여 보았다네.

미나리 향기롭고 물풀 따스하여 황곡은 만족해하고

좌우 신하들은 만세를 불렀다네.

곧바로 조칙을 내려 공경에게 연회를 베푸니

환호성 소리가 우레와 같이 천지를 울렸다네.

시절은 평온하고 궁중에 즐거운 일 많았으니

황곡은 날개를 닦고 은택에 젖었다네.

소신 궁궐 계단 아래에서 관모에 붓을 꽂고

이전 조대의 천마가를 이어 쓸 수 있기 바랍니다.

追補漢太液黃鵠歌

建章宮裏春風寒,[1] 太液水生池面寬.[2]

中人馳奏黃鵠下,[3] 龍旗豹尾臨池看.[4]

芹香藻暖鵠得意,[5] 左右從官呼萬歲.

須臾傳詔宴公卿, 驩聲如雷動天地.[6]

時平宮省樂遊多, 黃鵠刷羽涵恩波.[7]

小臣珥筆龍墀下,[8] 願繼前朝天馬歌.[9]

  50세 때인 순희淳熙 원년1174 12월 영주榮州에서 쓴 것으로, 한漢나라
의 일을 노래하며 송宋나라의 번영과 평안을 기원하고 있다.

  『검남시고』에서는 제목이 「태액지의 황곡가太液黃鵠歌」로 되어 있으며,
제목 다음에 "한나라 시원 원년 2월에 황곡이 건장궁의 태액지 안으로
내려왔다. 공경들이 황제께 헌수하였고 여러 후왕과 제후, 종실에 금전
을 하사하였다. 내가 『한서』를 읽고 추념하여 시 한 수를 썼다漢始元元年春
二月, 黃鵠下建章宮太液池中. 公卿上壽, 賜諸侯王列侯宗室金錢. 予夜讀漢書追作歌一首"라는 서
문序文이 있다. 또한 제9구의 '낙유樂遊'가 '유락遊樂'으로 되어 있다.

【주석】

  1   建章宮(건장궁) : 한대(漢代) 궁전 이름. 한(漢) 무제(武帝) 때 건립하였다.
      『삼보황도(三輔黃圖)・한궁(漢宮)』에 따르면 무제 태초(太初) 원년(B.C.
      104)에 백량전(柏梁殿)에 화재가 발생하니 불의 기운을 막기 위해 장안성 밖
      미앙궁(未央宮) 서쪽에 건장궁을 새로 지었다. 무제는 신선 사상을 추구하여
      건장궁 서쪽 신명대(神明臺)에 12장(丈) 높이의 구리 기둥을 세우고, 그 위에
      쟁반을 받쳐 든 선인상(仙人像)을 설치하여 신선로(神仙露)를 받아 마시며
      불로장생을 추구하였다.

  2   太液(태액) : 태액지(太液池). 건장궁 안의 연못 이름.

  3   中人(중인) : 환관(宦官).

  4   龍旗豹尾(용기표미) : 용 문양이 장식된 깃발과 표범 꼬리로 장식한 어가. 황

제의 어가를 가리킨다.

5   得意(득의) : 득의하다, 만족해하다.

6   驩聲(환성) : 기뻐하는 소리.

7   刷羽(쇄우) : 날개를 닦다.

   恩波(은파) : 황제의 은택(恩澤).

8   小臣(소신) : 신하의 겸칭(謙稱). 시인 자신을 가리킨다.

   珥筆(이필) : 붓을 꽂다. 고대 사관이나 간관들이 기록하기 편하도록 관모 옆
   에 붓을 꽂고 있었던 것을 가리킨다.

   龍墀(용지) : 궁궐 계단.

9   前朝(전조) : 이전 조대. 한(漢)나라를 가리킨다.

   天馬歌(천마가) : 천마(天馬)의 노래. 한(漢) 무제(武帝) 때 이사장군(貳師
   將軍) 이광리(李廣利)가 대완국(大宛國)을 정벌하고 한혈마(汗血馬)를 얻
   어다 바치며 「서극 천마의 노래(西極天馬之歌)」를 지은 것을 가리킨다.

【해설】

   이 시는 한漢 무제武帝 때 건장궁建章宮의 태액지太液地에 황곡黃鵠이 내
려온 일을 노래한 것이다. 시에서는 먼저 역사적 사실에 근거하여 태
액지에 황곡이 내려온 과정과 이후의 상황을 상상을 통해 재구성하고
있다. 이어 한漢 무제武帝의 선정으로 인해 황곡이 내려오고 천마가가
불러질 수 있었음을 말하며, 송宋나라 또한 한나라에 이어 강성한 나라
가 될 수 있기를 소망하고 있다.

저녁에 거닐며

사원은 황량하여 오래된 느낌이 있고

승려는 적어 사람 소리 없는데,

녹나무 그늘 아래에서 배회하며

지는 석양을 감상하네.

책 쓰는 것이 어찌 급한 일이리?

사후의 명성은 적막할 뿐이라네.

올해 다시 술 끊었으니

춤과 노래는 빈 술잔 앞에 있을 뿐이네.

한가로이 거니는 것만 못해

문을 나서 마음 가는 대로 가니,

대나무 보며 황폐한 정원에 들어가고

강물 바라보며 높은 성에 오르네.

곱디고운 흰 달이 나오고

자욱이 푸른 안개 드리워져,

이 밤 다시금 기이하니

구씨산에서 옥 생황을 부는구나.

晚步

院荒有古意, 僧少無人聲.

徘徊楠陰下,[1] 賞此落日明.

著書亦何急, 寂寞身後名.[2]

今年復止酒, 歌舞陳空觥.

不如且消搖,[3] 出門隨意行.

看竹入廢園, 望江上高城.

纖纖素月出,[4] 靄靄蒼煙橫.[5]

此夕當復奇, 緱山吹玉笙.[6]

【해제】

52세 때인 순희淳熙 3년1176 겨울 성도成都에 있을 때 쓴 것으로, 저물녘 산책을 나서는 감회를 나타내고 있다.

【주석】

1 楠陰(남음) : 녹나무 그늘.

2 身後名(신후명) : 사후의 명성.

3 消搖(소요) : 한가로이 유유자적하게 거닐다.

4 纖纖(섬섬) : 희고 고운 모양.

5 靄靄(애애) : 안개가 자욱한 모양.

6 緱山(구산) : 구씨산(緱氏山). 왕자교(王子喬)가 신선이 되어 날아간 곳을 가리킨다. 『신선전(神仙傳)』에 "왕자교는 주나라 영왕의 태자인 희진(姬晉)이다. 생황 부는 것을 좋아하여 봉황 울음소리를 냈는데, 이수와 낙수 일대에서

노닐 때 도사 부구공이 그를 데리고 숭산에 올라갔다. 30년 넘게 지난 뒤에 흰 학을 타고 구씨산 정상에 머물다가 손을 들어 당시 사람들에게 인사하고 떠나 갔다(王子喬, 周靈王太子晉也. 好吹笙作鳳鳴, 遊伊洛間, 道士浮丘公接上 嵩山, 三十餘年後乘白鶴, 駐緱氏山頂, 擧手謝時人而去)"라 하였다.

【해설】

이 시에서는 저물녘에 홀로 산책하러 나가 밤에 이른 상황이 시간적 순서에 따라 나타나고 있다. 인적이 드문 오래된 사찰과 황폐한 정원 의 모습이 시인의 외롭고 쓸쓸한 심경을 대변하며, 술조차 끊어 만사 에 흥미가 시들고 무료해져 있는 시인의 상황을 느낄 수 있다. 무료함 을 달래려 자리에서 일어나 목적지 없는 발걸음을 옮기던 시인은 밤이 되어 떠오른 흰 달과 자욱이 드리운 푸른 연기 너머로 들려오는 옥 생 황 소리를 들으며 마치 선계에 와 있는 듯한 환상에 빠져들고 있다.

소나무와 천리마의 노래

천리마가 천 리를 갈 수 있어도 어찌 갈 수 있으리?

고개 떨구고 마구간에 엎드려 마침내 스스로 슬퍼할 뿐이라네.

소나무가 천 년을 살아도 골짜기에 버려져 있으니

자신을 죽여 큰 집을 지탱하느니만 못하다네.

선비로 태어나 재주를 품고서 잠시나마 쓰이기 원하니

연나라 제나라에 발탁되어 군왕에게 귀의할 것을 맹서한다네.

문 닫고 베개 높이 하고 누운 채 몸은 늙어가려 하니

닭 울음소리 듣고 발길질하며 몇 줄기 눈물 흘리네.

침상에서 신음하며 죽는 것이

어찌 전장에서 몸 드러눕는 것과 같으리?

반쯤 취해 크게 노래하며 소리는 격렬하니

수레바퀴 백 번 돌 듯 시름겨운 애간장은 꼬이기만 하네.

松驥行

驥行千里亦何得,[1] 垂首伏櫪終自傷.[2]

松閱千年棄澗壑, 不如殺身扶明堂.[3]

士生抱材願少試, 誓取燕趙歸君王.[4]

閉門高臥身欲老,[5] 聞鷄相蹴淚數行.[6]

正令呻嚘死牀簀,[7] 豈若橫身當戰場.

半酣浩歌聲激烈, 車輪百轉盤愁腸.[8]

　52세 때인 순희淳熙 3년1176 3월 성도成都에서 쓴 것으로, 기회를 얻지 못하여 뜻을 이루지 못한 비통함을 나타내고 있다.

　『검남시고』에서는 제8구의 '루淚'가 '체涕'로 되어 있다.

【주석】

　1　驥(기) : 천리마.

　2　伏櫪(복력) : 마구간에 엎드리다. 재주를 발휘할 기회를 얻지 못하고 있는 것을 비유한다.

　3　明堂(명당) : 넓고 커다란 집.

　4　燕趙(연조) : 연나라와 조나라. 예부터 영웅호걸들이 많기로 유명하였다.

　5　高臥(고와) : 베개를 높이 하고 눕다. 은거하는 삶을 비유한다.

　6　相蹴(상축) : 발로 차다. 울분을 이기지 못하는 행동을 말한다.

　7　咿嚶(이앵) : 병들어 신음하는 소리.

　8　愁腸(수장) : 시름겨운 애간장.

【해설】

　이 시에서는 마구간에 묶여 있는 천리마와 개울에 버려져 있는 천년 소나무의 비유를 들어 능력을 지니고 있어도 발휘할 기회를 얻지 못하고 있는 자신의 신세를 나타내고 있다. 이어 침상 누워 늙어 죽는 것보다 전장에서 장렬하게 싸우다 전사하는 것이 선비의 참된 모습임

을 말하며, 술에 취하여 격하게 내뱉는 노랫소리를 통해 뜻을 이루지

못하고 있는 현실의 비통함을 토로하고 있다.

봄밤에 책을 읽다 느낀 바 있어

황량한 숲에 올빼미는 홀로 울고

들녘 호수에 거위 떼는 우는데,

봉창 아래에 앉아

책 읽은 소리로 화답하네.

슬프도다, 백발 늙은이여

세상사 이미 충분히 겪었으니,

이 한 몸이야 가련하지 않지만

나라 걱정에 종횡으로 눈물 흘린다네.

천보 연간 말에 이 장군과 곽 장군이 나와

병란 다스렸던 일을 항상 생각하니,

하북을 비록 함락시키지 못했어도

두 도성은 수복하였다네.

삼천의 뜻을 함께한 군사와

백만의 우림군이

한 갑자의 세월이 지나도록

오랑캐 먼지 맑아지는 것을 보지 못하는구나.

적의 우두머리는 실로 나약한 왕이요

적의 장수는 영웅이 아니건만,

어찌하여 이때를 잃어버리고

간사한 무리가 생겨나도록 앉아 기다리기만 했단 말인가?

내 죽으면 뼈는 썩고

청사에 이름조차 없을 터이니,

이 시가 만약 쓰이지 않는다면

나의 충정을 누가 알아줄 수 있으리?

春夜讀書感懷

荒林梟獨嘯, 野水鵝羣鳴.

我坐蓬窓下,**1** 答以讀書聲.

悲哉白髮翁, 世事已飽更.**2**

一身不自恤, 憂國涕縱橫.

永懷天寶末,**3** 李郭出治兵.**4**

河北雖未下, 要是復兩京.**5**

三千同德士,**6** 百萬羽林營.**7**

歲周一甲子,**8** 不見胡塵淸.

賊酋實犬羊,**9** 賊將非人英.

如何失此時, 坐待姦雄生.**10**

我死骨卽朽, 靑史亦無名.**11**

此詩倘不作, 丹心尙誰明.

 60세 때인 순희淳熙 11년1184 봄 산음山陰에서 쓴 것으로, 금을 섬멸
할 절호의 기회를 헛되이 흘려보내고 있는 현실을 안타까워하고 있다.

【주석】

1 蓬窓(봉창) : 쑥대를 얽어 만든 창.

2 飽更(포경) : 충분히 경험하다.

3 天寶(천보) : 당(唐) 현종(玄宗)의 연호(742~756)이다. 천보 14년(755)에 안
    사(安史)의 난이 발발하였다.

4 李郭(이곽) : 이광필(李光弼)과 곽자의(郭子儀). 당대의 명장(名將)으로, 안
    사의 난 때 장안(長安)과 낙양(洛陽)을 수복하였다.

5 兩京(양경) : 당대 서경(西京)인 장안(長安)과 동경(東京)인 낙양(洛陽).

6 同德士(동덕사) : 동일한 지향과 뜻을 지니고 있는 군사. 송(宋)나라의 군사
    를 가리킨다.

7 羽林營(우림영) : 우림군(羽林軍). 송대(宋代) 황제의 금위군(禁衛軍)을 가
    리킨다.

8 一甲子(일갑자) : 간지(干支)가 한 번 순회하는 기간. 60년을 의미한다.

9 賊酋(적추) : 적의 추장. 금(金)의 임금을 낮추어 부른 것으로 당시 금의 임금
    은 완안옹(完顔雍)이었다.

10 姦雄(간웅) : 간사한 무리. '간웅(奸雄)'이라고도 하며, 여기서는 금의 오랑캐
    를 가리킨다.

11 靑史(청사) : 역사 또는 역사서. 고대에 죽간(竹簡)에 일을 기록했기 때문에
   이와 같이 불렸다.

【해설】

　이 시에서는 노년에 이르도록 나라에 대한 근심을 잊지 못하고 있는
시인의 우국충정이 잘 나타나 있다. 시에서는 당대 안사의 난 때 장안
과 낙양을 수복했던 이광필과 곽자의의 일을 떠올리며 충의가 드높은
수많은 군사를 지니고 있으면서도 북벌에 나서지 않고 있는 조정을 비
판하고 있다. 아울러 나약한 적의 상황을 말하며 지금이 중원을 수복
할 절호의 기회임을 말하고, 자신의 충심을 시로 남겨 후세에 전하고
싶은 바람을 나타내고 있다.

해가 뜨고 지는 노래

내 듣기로 천지가 개벽한 이래로

해는 긴 하늘을 운행하였는데,

부상에 누가 일찍이 가보았을 것이며

엄자에는 다다를 수가 없었네.

그저 아침마다 하늘 동쪽에서 떠오르는 것만 보고

그저 저녁마다 땅 가운데로 들어가는 것만 보았거늘,

홀연 늙은이가 되어

거울 속 노쇠한 얼굴에 시든 양 살쩍 머리 드리우게 하였네.

하루가 일백이십 각이길 원하고

일생이 일천이백 년이길 원하니,

사해의 제공들과 늘 술자리에 있으며

푸른 술과 금 술통에 종일토록 취하리.

높은 누각에 아름다운 비단을 한낮에 펼치고

즐기며 봄 우레와 같은 아름다운 북을 울리니,

너 해에게 권하노라, 서쪽으로 저물지 말고

늘 구십만 리를 가는 것이 어떠한지?

日出入行

吾聞開闢來, 白日行長空.

扶桑誰能到,[1] 崦嵫不可窮.[2]

但見旦旦升天東, 但見暮暮入地中.

使我倏忽成老翁,[3] 鏡裏衰顔垂雙蓬.[4]

我願一日一百二十刻, 我願一生一千二百歲.

四海諸公常在座, 綠酒金尊終日醉.[5]

高樓錦繡中天開,[6] 樂作畫鼓如春雷.

勸爾白日無西頹, 常行九十萬里胡爲哉.[7]

【해제】

　　57세 때인 순희淳熙 8년1181 봄 산음山陰에서 쓴 것으로, 짧은 하루해와 인생을 아쉬워하며 오래도록 봄을 즐기고 싶은 바람을 나타내고 있다.

　　저본에는 제9구에 '이二'가 누락되어 있다. 『검남시고』에서는 제3구의 '능能'이 '증曾'으로, 제8구의 '안수쌍顔垂雙'이 '빈성상鬢成霜'으로 되어 있다.

【주석】

　　1　扶桑(부상) : 전설상 해가 뜨는 곳.

　　2　崦嵫(엄자) : 전설상 해가 지는 곳.

　　3　倏忽(숙홀) : 순식간에, 홀연.

　　4　雙蓬(쌍봉) : 쑥처럼 쇠한 양 살쩍 머리.

　　5　金尊(금준) : 금 술통. '준(尊)'은 '준(樽)'과 같다.

6 中天(중천) : 한낮.

7 胡爲哉(호위재) : 어떠한가?

【해설】

　이 시에서는 짧은 하루해가 뜨고 짐을 반복하며 유한한 인생이 덧없이 흘러 어느새 노년이 되고 말았음을 아쉬워하고 있다. 이어 하루가 일백이십 각이고 일생이 일천이백 년이 된다면 마음 맞는 지인들과 늘 함께하며 즐겁게 연회할 수 있을 것이라 말하고, 높고 화려한 누각에서 북을 울리고 봄을 즐기면서 하루해가 오래도록 저물지 않아 아름다운 봄을 마음껏 누릴 수 있게 되기를 바라고 있다.

강에 뜬 달의 노래

방탕한 늙은이 평생 낚싯배 타고 지냈으니

가을 물은 줄지 않아 강은 아득하기만 하네.

이슬에 씻긴 하늘은 연기 한 점 없이 맑고

달은 만 리 하늘을 천천히 운행하네.

인간 세상 명리를 어찌하면 버릴 수 있을지?

크게 노래하고 달 바라보니 추위 잠들지 못하네.

외로운 학이 물을 스치며 천천히 날아오니

마치 나를 이끌어 선계를 따르게 하려는 듯.

내 인간 세상에 머문 지 몇 년이나 되었던가?

고삐와 사슬 굽어보며 늘 스스로 가련히 여겼다네.

즐겁도다, 손 흔들고 달 곁으로 가니

가을바람에도 옥정의 연꽃은 아직 시들지 않았구나.

江月歌

放翁平生一釣船. 秋水未落江渺然.[1]

露洗玉宇清無煙,[2] 月輪徐行萬里天.[3]

人間聲利何足捐,[4] 浩歌看月冷不眠.

孤鶴掠水來翩翩,[5] 似欲駕我從此仙.

我寓紅塵今幾年, 俛首韁鎖常自憐.[6]

樂哉揮手過月邊, 西風未凋玉井蓮.[7]

【해제】

  60세 때인 순희淳熙 11년1184 가을 산음山陰에서 쓴 것으로, 강 위에
뜬 달을 바라보며 선계에 귀의하고 싶은 도가적 지향을 노래하고 있다.

【주석】

  1 渺然(묘연) : 아득한 모양.

  2 玉宇(옥우) : 옥으로 만든 전우(殿宇). 전설상 천제(天帝)나 신선(神仙)이 거
     주하는 곳으로, 화려한 궁전이나 맑고 드넓은 하늘을 가리킨다.

  3 月輪(월륜) : 달의 수레바퀴. 달의 범칭으로, 달의 모양이 수레바퀴와 같으며
     끊임없이 운행하는 까닭에 이와 같이 불렀다.

  4 聲利(성리) : 명성과 이익.

  5 翩翩(편편) : 새가 나는 모양.

  6 韁鎖(강쇄) : 고삐와 쇠사슬. 인간 세상의 얽매임을 비유한다.

  7 西風(서풍) : 가을바람.

     玉井(옥정) : 선계의 우물.

【해설】

  이 시에서는 가을밤 강에 배를 띄워 낚시를 나간 상황을 말하고, 구
름 한 점 없이 청명한 하늘에 떠오른 밝은 달과 물 위를 나는 학을 바
라보며 세상의 명리名利에서 벗어나 청정무욕淸靜無欲의 선계에서 살고
싶은 바람을 나타내고 있다. 이어 학의 인도를 따라 마침내 인간 세상

과 작별하고 하늘로 날아오른 상황을 상상하고, 가을에도 여전히 시들
지 않고 피어 있는 선계 우물의 연꽃을 바라보고 있다.

양백자에 화운하여

삼가 절하며 공의 서신을 받듭니다.

다행히도 저를 마른 쑥이 되게 하시니,

마른 쑥은 세상에 백에 하나도 쓸모가 없지만

가을바람 타고 만 리를 갈 수 있답니다.

이내 생은 빈천에 편안해하며

백발로 고요히 책을 대하고 있으니,

지금 사람은 비록 현자라도 만나지 못하지만

옛사람은 오히려 책에서 만날 수 있답니다.

원숭이 울고 달은 져 차가운 산은 쓸쓸한데

오래도록 은거한 채 잠 못 이루며 종남산을 생각하니,

궁궐 계단에서 높은 관모 쓰는 것을 원치 않았고

또한 먼지 속에서 짧은 검 들 수 있었답니다.

평생토록 극심한 고통 물어보는 사람 없었어도

눈으로 푸른 하늘 바라보며 스스로 자부하였고,

술 대하고 마음껏 먹지 못해

훗날 헛되이 무덤 흙에 뿌려짐을 안타깝게 여겼지요.

문장은 다른 사람들의 옷을 가장 꺼리고

화룡의 아름다운 무늬를 세상 사람들은 알지 못하니,

누가 기를 길러 천지를 가득 채우고

토해내어 절로 무지개를 이룰 수 있으리?

강을 건너온 여러 현인의 뼈는 이미 썩어 버렸고

늙은이들 또한 장차 고향 쪽으로 머리를 향하려 하는데,

두랑은 수척하여 모자가 귀를 덮었고

정자는 가난하여 옷에 팔꿈치가 드러났답니다.

그대가 다시 뜻을 세우고 저와 함께하기를 구하지만

쇠하고 나약한 제가 후배들을 두려워하는 줄 어찌 알겠습니까?

그대의 글을 한 번 읽으면 나를 일으켜 세우니

그대가 법도를 얻었음을 기뻐하며 집안에 전한답니다.

아무리 커다란 곤이와 붕새도 붙어 있을 하늘의 연못이 절로 있으니

저의 광기를 묶어 두어야 한다고 말하지 마시고,

문장의 요체는 그대가 이미 전했으니

그것에 이 늙은이는 편안히 주석이나 달고 있으렵니다.

和伯子[1]

齋戒叩頭賤天公,[2] 幸矣使我爲枯蓬.

枯蓬於世百無用, 始得萬里乘秋風.

此生安然在貧賤, 白髮蕭蕭對黃卷.[3]

今人雖賢有不覬, 古人却向書中見.

猨啼月落寒山空, 舊隱無寐思東蒙.[4]

不願峨冠亦垤下,[5] 且可短劍紅塵中.

終年無人問良苦,[6] 眼望靑天惟自許.

可憐對酒不敢豪, 它日空澆墳上土.**7**

文章最忌百家衣, 火龍黼黻世不知.**8**

誰能養氣塞天地, 吐出自足成虹蜺.

渡江諸賢骨已朽,**9** 老夫亦將正丘首.**10**

杜郞苦瘦帽攲耳,**11** 程子苦貧衣露肘.**12**

君復着意尋齊盟,**13** 豈知衰懦畏後生.

大篇一讀我起立, 喜君得法傳家庭.

鯤鵬自有天池著,**14** 莫謂大狂須束縛.

大機大用君已傳,**15** 那遣老夫安注脚.**16**

【해제】

65세 때인 순희淳熙 16년1189 겨울 임안臨安에 있을 때 양백자의 시에 화운하여 쓴 것으로, 지난날의 자신의 삶을 회상하며 양백자의 시문을 칭송하고 있다.

『검남시고』에서는 제목이 「양백자 주부가 화운하여 보내온 시에 차운하여次韻和楊伯子主簿見贈」로 되어 있으며, 제4구의 '만리萬里'가 '광쾌曠快'로, 제5구의 '연재然在'가 '왕실往失'로, 제7구의 '현賢'이 '린鄰'으로, 제9구의 '한寒'이 '청靑'으로, 제24구의 '고苦'가 '구久'로, 제25구의 '착着'이 '작作'으로, 제28구의 '전傳'이 '종從'으로, 제30구의 '막莫'이 '수誰'로, '대大'가 '태太'로 되어 있다.

【주석】

1 伯子(백자) : 양백자(楊伯子). 『검남시고』의 제목에 따르면 당시 주부(主簿)를 지냈던 것으로 여겨지며, 자세한 사적은 알려져 있지 않다.

2 天公(천공) : 상대의 존칭(尊稱)으로, 여기서는 양백자(楊伯子)를 가리킨다.

3 蕭蕭(소소) : 적막하고 고요한 모양.

  黃卷(황권) : 누런 책. 고서적을 가리킨다.

4 東蒙(동몽) : 종남산(終南山)의 봉우리 이름. 여기서는 종남산을 의미한다. 육유는 남정(南鄭)에서 종군할 때 종남산에서 수렵하며 지냈는데 이 구는 이때의 일을 그리워함을 말한다.

5 峨冠(아관) : 높이 솟은 관모(冠帽). 높은 관직을 비유한다.

  赤墀(적지) : 궁궐의 붉은 계단.

6 良苦(양고) : 극심한 고초.

7 空澆(공요) : 헛되이 붓다. 무덤에 술을 붓는 것을 의미한다.

8 火龍(화룡) : 전설상 온몸에 불을 두르고 있는 신룡(神龍).

9 渡江諸賢(도강제현) : 강을 건너온 여러 현인. 북송이 멸망하고 장강을 건너 남하한 사람들을 가리킨다.

10 丘首(구수) : 고향 언덕 쪽으로 머리를 향하다. 여우가 죽을 때는 고향 쪽으로 머리를 향하는 것에서 유래한 말로, 죽을 때가 되어 고향 쪽을 바라보며 그리워하는 것을 의미한다.

11 杜郎(두랑) : 두여(杜旟). 남송 문인으로 자가 백고(伯高)이다. 여조겸(呂祖謙)의 문하에 있었으며 문장에 뛰어나 육유를 비롯하여 섭적(葉適), 진량(陳

亮), 진부량(陳傅良) 등이 모두 그의 문장을 칭송하였다.

帽揜耳(모엽이) : 모자가 귀를 덮다. 여기서는 몸이 수척해질 정도로 문장에 힘을 쏟은 것을 말한다.

12 程子(정자) : 정유휘(程有徽). 남송 시인으로 자가 문약(文若)이다. 오언시에 뛰어나 당시 '오자장성(五字長城)'으로 칭해졌다.

露肘(노주) : 팔꿈치가 드러나다. 여기서는 가난에도 굽힘 없이 시문에 정진한 것을 말한다.

13 齊盟(제맹) : 동맹을 맺다. 자신과 뜻을 함께하기로 약속하는 것을 말한다.

14 鯤鵬(곤붕) : 곤이(鯤鮞)와 붕새. 전설상의 커다란 물고기와 새.

15 大機大用(대기대용) : 불가에서의 참된 이치나 깨달음을 가리키는 것으로, 여기서는 문장의 요체를 의미한다.

16 注脚(주각) : 주석과 각주. 내용을 풀어 설명하는 것을 말한다.

【해설】

이 시에서는 만년에 독서를 하며 지내고 있는 자유롭고 한가로운 삶에 대해 말하고, 젊었을 때 남정南鄭에 종군했을 때의 일과 당시 뜻을 이루지 못해 안타까워했던 감정을 술회하고 있다. 이어 문장에 대한 자신의 견해를 말하며, 다른 사람의 글을 빌어다 써서는 안 되고 기를 길러 자신의 진솔한 마음을 토해내야 용의 무늬와 무지개 같은 아름다운 문장을 써낼 수 있음을 말하고 있다. 이어 남도南渡했던 뛰어난 문인들은 이미 다 죽거나 노쇠하여 죽음을 눈앞에 두고 있지만, 두여나 정유휘 같은 후학들이 부단히 정진하며 뛰어난 시문을 쓰고 있음을 칭송하고 있다. 아울러 양백자가 시문에 있어 자신과 뜻을 함께할 것을 청한 것에 대해 자신은 이러한 후학들에 비할 바가 아니라며 겸손해하고, 양백자의 시문이 문장의 법도와 요체를 얻었음을 칭송하며 자신의 광기를 염려하는 양백자를 안심시키고 있다.

책을 읽다가

사경까지 책 읽으니 등불은 꺼지려 하고

가슴속에 화산은 천 인 높이로 서려 있건만,

푸른 하늘 우러러 부르짖는 소리를 어디에서 들어줄 수 있으리?

궁벽한 흰머리 노인만 스스로 믿을 뿐이라네.

관직에 나아가 헌신함은 본디 나라를 위한 것이니

어찌 다만 헛되이 황금 인장을 취하려는 것이리?

옛 도성은 지금 차마 말할 수 없으니

빈 궁성에 밤마다 도깨비불 날아다닌다네.

선비로서 처음에는 직과 계와 짝한다고 자부하였지만

만년에 서 있는 것은 염파와 인상여에 부끄럽고,

막 공업의 성취가 어긋남을 보고서 분노했지만

이미 적의 빈틈이 보여서 다시 편안해졌네.

비록 그렇지만 사람을 아는 것은 경솔해서는 안 되니

어찌 천하의 선비를 모두 경시할 수 있으리?

그대 보지 못하였는가?

긴 소나무는 골짜기에 누워 서리 바람에 고생하지만

때가 되면 우뚝 서서 큰 집을 지탱하는 것을.

讀書

讀書四更燈欲盡, 胸中太華蟠千仞.[1]

仰呼靑天那得聞, 窮到白頭猶自信.

策名委質本爲國,[2] 豈但空取黃金印.[3]

故都卽今不忍說, 空宮夜夜飛秋燐.

士初許身輩稷契,[4] 歲晩所立慚廉藺.[5]

正看憤切詭成功,[6] 已復雍容託觀釁.[7]

雖然知人要未易, 詎可例輕天下士.

君不見長松臥壑困風霜, 時來屹立扶明堂.[8]

【해제】

58세 때인 순희淳熙 9년1182 9월 산음山陰에서 쓴 것으로, 북벌에 대한 희망과 뛰어난 인재의 출현에 대한 믿음을 나타내고 있다.

【주석】

1 太華(태화) : 산 이름. 서악(西岳)인 화산(華山)을 가리킨다. 지금의 섬서성 화음현(華陰縣) 남쪽에 있다.

仞(인) : 길이의 단위. 깊이나 높이를 나타내며, 7척(尺) 또는 8척에 해당한다. 같은 길이의 단위로 넓이나 폭을 나타내는 '심(尋)'이 있는데, 각각 두 팔을 상하와 좌우로 뻗었을 때의 길이에 해당되어 본래는 1척의 차이가 있었으나 후에는 이를 혼용하여 사용하였다.

2 策名委質(책명위질) : 명부에 이름이 적히고 몸을 헌신하다. 관직에 나아가

조정의 일에 헌신하는 것을 말한다.

3 黃金印(황금인) : 황금 인장. 재상이나 대장군의 지위를 가리킨다.

4 許身(허신) : 자신을 허락하다. 자부(自負)하는 것을 의미한다.

稷契(직계) : 직(稷)과 계(契). 요(堯) 임금과 순(舜) 임금 때의 현신(賢臣)이다.

5 廉藺(염인) : 염파(廉頗)와 인상여(藺相如). 전국시기 조(趙)나라의 명장(名將)과 명신(名臣)이다.

6 詭成功(궤성공) : 성공이 어긋나다. 북벌의 계획이 수포로 돌아간 것을 말한다.

7 雍容(옹용) : 느긋하고 여유로운 모양.

觀釁(관흔) : 틈을 엿보다. 여기서는 금(金)의 허점과 빈틈을 가리킨다.

8 屹立(흘립) : 우뚝 서다.

明堂(명당) : 고대 제왕이 정치와 교화를 펼치던 장소. 조회(朝會)나 제사(祭祀) 등의 각종 행사를 거행하였다.

【해설】

이 시는 밤늦도록 책을 읽다 감회를 쓴 것으로, 북벌을 이루지 못한 자신의 울분을 나타내며 사람이 관직에 나아가는 이유가 일신의 영달이 아닌 나라를 위한 헌신에 있음을 말하고 있다. 이어 처음 관직에 나갈 때는 어진 신하가 되어 나라를 보좌할 수 있을 것이라 자부하였지만 만년이 되도록 공을 이루지 못하고 있는 자신을 부끄러워하고, 북벌의 공업은 비록 이루지 못했지만 적의 허점으로 인해 아직 그 가능성은 남아 있음을 위안으로 삼고 있다. 마지막에는 사람에 대한 믿음을 버려서는 안 됨을 말하며, 언젠가 때가 되면 모든 역경을 이겨내고 나라를 받들 동량과 같은 뛰어난 인재가 반드시 나타날 것이라는 희망을 나타내고 있다.

간곡정선육방옹시집
澗谷精選陸放翁詩集

권2

육유(陸游) 무관(務觀) 찬(撰)

나의(羅椅) 자원(子遠) 선(選)

고시古詩(22수)

우연히 완화계를 지나다 옛날 노닐던 일을 생각하고 놀이 삼아 쓰다

옛날 처음 금성의 나그네가 되었던 때를 생각하면

취하여 준마 타고 복사꽃은 피었었네.

아름다운 이가 손 끌어 강가 누대에 올라

함께 웃으며 주렴 걷고 가는 눈발을 감상했으며,

아름다운 쌍갈래 비녀를 술로 바꾸고 홀연 떠나가니

사흘 동안 누대에 향기 사라지지 않았네.

고을 사람들은 알지도 못하고 술의 신선이라 부르며

기이한 일 놀라 전하며 온 성에서 이야기했으니,

지금도 서쪽 벽에 작은 풀은 남아 있건만

세월은 번개 치듯 눈앞을 지나쳐 버렸네.

정월 금강에 봄물은 불고

꽃 가지 틈 사이로 작은 배는 가로놓여 있는데,

한가로이 의자에 기대어 옥 피리를 부니

십 리 봄바람에 애간장 끊어지는 소리라네.

偶過浣花感舊遊戲作[1]

憶昔初爲錦城客,[2] 醉騎駿馬桃花色.

玉人攜手上江樓, 一笑鉤簾賞微雪.[3]

寶釵換酒忽徑去,[4] 三日樓中香未滅.

市人不識呼酒仙, 異事驚傳一城說.

至今西壁餘小草, 過眼年光如電掣.[5]

正月錦江春水生,[6] 花枝缺處小舟橫.

閑倚胡牀吹玉笛,[7] 東風十里斷腸聲.

【해제】

53세 때인 순희淳熙 4년1177 1월 성도成都에 있을 때 쓴 것으로, 옛날 처음 성도에 왔을 때의 일을 회상하며 시간의 빠른 흐름과 중원수복의 꿈이 좌절된 현실을 안타까워하고 있다.

【주석】

1 浣花(완화): 완화계(浣花溪). 탁금강(濯錦江) 또는 백화담(百花潭)이라고 도 하며, 지금의 사천성 성도시(成都市) 서쪽 교외에 있다.

2 錦城(금성): 성도(成都).

3 鉤簾(구렴): 주렴을 묶다. '구(鉤)'는 주렴을 묶는 고리 모양의 기물을 가리킨다.

4 寶釵(보채): 아름다운 쌍갈래 비녀.

5 電掣(전체): 번개가 번쩍이며 지나가다.

6 錦江(금강): 민강(岷江)의 지류로, 지금의 사천성 성도를 지난다. 전설에 촉 (蜀) 사람이 비단을 짜서 이 강물에 씻으면 색이 선명해지고 다른 강물에 씻으

면 색이 암담해진다고 하여 이와 같이 불렀다.

7   胡牀(호상) : 교의(交椅). 팔걸이와 등받이가 있으며 다리가 접이식으로 되어

있는 이동식 의자. 처음에 외지에서 전래되었기 때문에 이와 같이 불렀으며,

'호상(胡床)'이라고도 한다.

【해설】

건도乾道 8년1172 왕염王炎의 막부가 해산되고 육유는 안무사참의관安
撫司參議官으로 임명되어어 그해 겨울 남정南鄭을 나와 성도成都로 부임하
였다. 이후 성도를 중심으로 가주嘉州, 촉주蜀州, 영주榮州 등을 오가며
촉 지역에서의 관직 생활을 하였는데, 이 시에서는 다시 성도로 돌아
와 옛날 성도에서 지냈던 일을 회상하고 있다. 복사꽃 가득한 완화계
에서 준마를 타고 노닐고 아름다운 이와 함께 누대에 올라 술 마시며
풍경을 감상했던 일은 시인에게 오래도록 좋은 추억으로 남아 있었음
을 알 수 있다. 그러나 홀연 떠나 버린 아름다운 이는 시인의 소망과
좌절을 비유적으로 나타내고 있으며, 섬광과도 같이 훌쩍 지나가 버린
세월에 아쉬워하며 한가로이 앉아 불고 있는 옥피리 소리에 어찌할 수
없는 비통함을 담고 있다.

만리교 문을 나서 강가에 이르러

오래도록 앉아있으며 마음 즐겁지 않다가

책 덮고 산책 나서네.

지팡이 하나로도 충분하니

어찌 수레와 말이 필요하리?

정처 없는 인생이라 뿌리도 없이

두 발로 온 나라를 다녔네.

항상 큰 바다를 항해할 때를 생각하니

흰 포말은 파도 위에 말려 있었고,

새로 비가 갠 날이면

희미하게 대만섬이 보였었네.

서쪽으로 와서도 족히 즐거워하며

가을 종남산에서 종횡으로 사냥하였으니,

몸을 날려 사나운 호랑이를 찔렀고

지금도 갖옷에 피가 뿌려져 있다네.

박복한 운명이 스스로 우습기만 하니

교위도 거의 이미 제후가 되었건만,

짧은 검 들고 시장 속에서 은거한 채

크게 노래하며 강가 누대에서 취하고 있다네.

백정괴 노름꾼 사이에서도

빼어난 계책 함께할 수 있으니,

대장부 함께 죽음을 같이하며

적을 섬멸하고 나라의 원수를 갚고자 한다네.

만리교로 가 기대어 있노라니

차가운 해가 앞 모래섬에 떨어지네.

步出萬里橋門至江上[1]

久坐意不懌, 掩卷聊出遊.

一筇吾事足, 安用車與騶.

浮生了無根,[2] 兩踵蹋百州.

常憶航巨海,[3] 銀山卷濤頭.[4]

一日新雨霽, 微茫見流求.[5]

西行亦足快,[6] 縱獵南山秋.[7]

騰身刺猛虎,[8] 至今血濺裘.

命薄每自笑, 校尉略已侯.[9]

短劍隱市塵, 浩歌醉江樓.

頗疑屠博中,[10] 可與共奇謀.

丈夫等一死, 滅賊報國讎.

徙倚萬里橋, 寒日墮前洲.

52세 때인 순희淳熙 3년1176 겨울 성도成都에서 쓴 것으로, 복주福州와 남정南鄭에서의 옛일을 회상하며 금金에 대한 항전의 결의를 나타내고 있다.

【주석】

1 萬里橋(만리교) : 다리 이름. 지금의 사천성 성도(成都) 남쪽에 있다.

2 浮生(부생) : 정처 없이 떠도는 인생.

3 航巨海(항거해) : 큰 바다를 항해하다. 소흥(紹興) 28년(1158)에 복주(福州) 영덕현주부(寧德縣主簿)로 있을 때의 일을 가리킨다.

4 銀山(은산) : 은빛 산. 파도의 거대한 포말을 비유한다.

5 流求(유구) : 지명. 대만(臺灣)을 가리킨다.

6 西行(서행) : 서쪽으로 가다. 촉(蜀) 지역으로 온 것을 가리킨다.

7 南山(남산) : 종남산(終南山).

8 刺猛虎(자맹호) : 사나운 호랑이를 찌르다. 남정(南鄭)에서 종군할 때 종남산에서 수렵하며 호랑이를 잡던 일을 가리킨다.

9 校尉(교위) : 군직(軍職) 이름. 낮은 직위를 가리킨다.

己侯(이후) : 이미 제후가 되다. 여기서는 『사기(史記)·이장군열전(李將軍列傳)』에서 이광(李廣)이 점을 치는 왕삭(王朔)에게 자신의 관상을 물어보며, 교위(校尉) 이하 재능이 중간에 미치지 못하는 사람도 오랑캐를 무찌른 공으로 제후에 봉해진 이가 수십 명인데 자신은 능력이 떨어지지 않는데도

봉읍을 얻을 작은 공조차 세우지 못하는 까닭을 물었던 일을 차용하였다.

10 屠博(도박) : 백정과 노름꾼. 신분이나 지위가 낮은 사람을 가리킨다.

【해설】

육유는 35세 때인 소흥紹興 29년1159 가을 복주福州에서 영덕현주부寧
德縣主簿로 있을 때 배를 타고 바다를 항해하였으며, 48세 때인 건도乾道
8년1172에는 남정南鄭에서 종군하며 종남산에서 호랑이를 수렵했었다.
이 시에서는 그때의 일들을 떠올리며 당시의 웅대했던 포부와 기상을
회상하고 있다. 그러나 지금은 성도成都로 물러 나와 사람들 속에서 어
울리며 그저 술에 빠져 지내고만 있는 자신의 신세를 탄식하고, 그래
도 자신과 함께 오랑캐를 섬멸하고 나라의 원수를 갚을 장대한 계책을
함께할 사람이 있으리라 말하며 스스로를 위안하고 있다.

용화산에 유숙하는데 고요히 한 사람도 없고 선방 앞에 매화가 무성하게 피어 있어 달 아래에서 한밤중까지 홀로 감상하다

매화는 고고한 사람과 같아

마르고 여위었으나 도는 더욱 높기만 하다네.

그대는 바라보며 빈 골짜기에서 있으니

도시의 문에 기대어 있는 것과 어찌 비교할 수 있으리?

내 와서 의관을 정제하고

깨끗이 재계하여 세 번 목욕하고 향을 쬐니,

꽃 아래에서 취하고도 싶지만

나의 편안하고 나태함이 그대를 더럽힐까 두렵네.

공경히 녹기 거문고를 안고

현주를 옛 잔에 따르니,

흐르는 물 사이로 달은 밝아

세상의 혼탁한 기운을 씻어내네.

향과 그림자를 묘사하고 싶지만

생각하면 그대는 이미 충분히 알려져 있으니,

늙은이 그렇지 않아도 뛰어난 생각이 부족한데

오히려 진부한 말 하지 않아도 됨이 기쁘다네.

宿龍華山中, 寂然無一人, 方丈前梅花盛開, 月下獨觀至中夜[1]

梅花如高人, 枯槁道愈尊.

君看在空谷,**2** 豈比倚市門.

我來整冠佩,**3** 潔齋三沐熏.**4**

亦思醉花下, 燕婿恐凟君.**5**

敬抱綠綺琴,**6** 玄酒挹古罇.**7**

月明流水間, 一洗世濁昏.

摹寫香與影, 計君已厭聞.**8**

老我少傑思,**9** 尚喜非陳言.**10**

【해제】

53세 때인 순희淳熙 4년1177 12월 광도廣都 용화산龍華山의 사원에서 유숙하며 쓴 것으로, 선방 앞에 피어 있는 매화의 고상한 자태를 칭송하고 있다.

『검남시고』에서는 제7구의 '화花'가 '기其'로, 제11구의 '간間'이 '한閑'으로, 제13구의 '모摹'가 '모摸'로 되어 있다.

【주석】

1   龍華山(용화산) : 산 이름. 지금의 사천성 광도현(廣都縣) 남쪽에 있다.

    方丈(방장) : 선방(禪房). 본래 사원(寺院)을 가리켰으나, 후에 장로나 주지가 거처하는 방을 의미하였다.

2   君(군) : 그대. 이하 모두 매화를 가리킨다.

3 冠佩(관패) : 모자와 패옥. 의관을 가리킨다.

4 三沐熏(삼목훈) : 세 번 목욕하고 향을 쐬다. 정중하고 경건한 행동을 가리킨다.

5 燕婼(연타) : 편안하고 게으르다. '타(婼)'는 '타(惰)'와 같다.

6 綠綺(녹기) : 한대(漢代) 사마상여(司馬相如)의 거문고 이름으로, 일반적으로 좋은 거문고를 대칭(代稱)한다. 부현(傅玄)의 「금부서(琴賦序)」에 "제 환공에게 거문고가 있어 '호종'이라 하였고 초 장왕에게 거문고가 있어 '요량'이라 하였으며, 중세에는 사마상여에게 '녹기'가 있었고 채옹에게 '초미'가 있었으니, 모두가 악기 이름이다(齊桓公有鳴琴曰號鍾, 楚莊有鳴琴曰繞梁. 中世司馬相如有綠綺, 蔡邕有焦尾, 皆名器也)"라 하였다.

7 玄酒(현주) : 제례에서 술 대신 사용하는 맑은 물.

8 厭聞(염문) : 충분히 알려져 있다.

9 傑思(걸사) : 뛰어난 생각. 매화를 묘사하는 탁월하고 남다른 표현을 의미한다.

10 陳言(진언) : 진부한 말. 매화를 묘사하는 상투적인 말을 의미한다.

【해설】

이 시에서는 매화의 자태를 고고한 사람의 덕에 비유하여 칭송하고, 빈 산골짜기에 피어 있는 모습이 번화한 도시에 피어 있는 모습과 비교할 수 없음을 말하고 있다. 아울러 이러한 매화의 고고한 자태로 인해 자신 또한 경건한 태도와 마음가짐으로 이를 대하게 됨을 말하고 있다. 이어 매화의 모습과 향기를 시로 써내고 싶지만, 이미 많은 사람이 이를 말한 까닭에 글재주가 부족한 자신은 오히려 진부한 말을 더하지 않아도 됨을 다행으로 생각하고 있다.

성도를 떠나면서 만리교 막사에서 술 마시며 담덕칭에게 드리다

성도 성 남쪽 만리교에

갈대 뿌리와 네가래잎 끝에 바람은 부는데,

꽃 가리고 풀 짓누르는 아름다운 수레는 작고

언덕 달려 내려가고 개울 뛰어넘는 청총마는 건장하네.

문 안의 푸른 길은 그지없이 단아한데

물가 나는 듯한 누각은 어찌 이리 드높은가?

썩지 않을 공명이 도통 없으니

다만 시와 술을 짝하여 무료함을 달랜다네.

서리 일찍 내려 꿩과 토끼 사냥할 수 있고

약간의 추위에도 문득 여우와 담비 갖옷 생각나니,

접시와 젓가락에 비친 가느다란 회를 기뻐 바라보고

등자와 산초 곁들인 잘라놓은 게가 없음을 아쉬워하네.

좌중에 계신 담공은 천하의 선비이니

용마의 털과 뼈는 장엄하여 아득히 뛰어나시고,

물소 뿔 장신구와 모시 적삼은 귀양 온 신선의 모습이니

우연히 만날 수만 있을 뿐 부를 수는 없다네.

올해 한 번 전투하여 남은 적들의 귀를 베고

바람에 새가 날아 푸른 하늘을 올랐건만,

아름다운 여인들은 두 번 절하며 돈을 구하고

술 취한 시문은 비상하다가 떨어져 눈물을 흘렸네.

내 노쇠하여 세상에 백에 하나도 쓸모없고

십 년을 조정에 나아가지도 못했으니,

아름다운 갓끈을 어찌 시든 살쩍 머리에 가에 드리우고

보배로운 띠를 어찌 노쇠한 허리에 묶을 수 있으리?

그대는 현명한 군주를 잘 섬기시길 축원하고

나는 물고기 잡고 땔나무 하며 즐거워하길 바라니,

이런저런 상세한 말이야 또한 사소한 일일 뿐

술에 기탁하여 사마상여의 갈증을 풀어본다네.

臨別成都, 帳飮萬里橋, 贈譚德稱[1]

成都城南萬里橋, 蘆根蘋末風蕭蕭.

映花碾草鈿車小,[2] 駐坡驀澗靑驄驕.[3]

入門翠徑絶窈窕,[4] 臨水飛觀何岧嶢.[5]

判無功名著不朽,[6] 惟仗詩酒寬無聊.[7]

迎霜早已足雉兎,[8] 微冷便欲思狐貂.[9]

喜看縷膾映盤箸,[10] 恨缺斫蟹加橙椒.[11]

坐中譚侯天下士, 龍馬毛骨矜超遙.

烏犀白紵謫僊樣,[12] 但可邂逅不可招.

今年一戰馘餘子,[13] 風送六翮凌靑霄.[14]

美人再拜乞利市, 醉墨飛落生蛟綃.[15]

我衰於世百無用, 十年不趍含元朝.[16]

華纓肯傍蕭颯鬢, 寶帶那束龍鍾腰.[17]

祝君好去事明主, 日望分喜來漁樵.[18]

遊談引類亦細事,[19] 寄酒且解相如消.[20]

【해제】

50세 때인 순희淳熙 원년1174 10월 섭지영주攝知榮州가 되어 성도成都를 떠날 때 담덕칭譚德稱에게 쓴 것으로, 공업 수립의 열망이 좌절된 현실을 비통해하고 있다.

【주석】

1 譚德稱(담덕칭) : 담계임(譚季壬). 자가 덕칭(德稱)으로 촉(蜀)의 명사(名士)이다. 지금의 사천성 숭경현(崇慶縣)인 숭경부(崇慶府)의 부학교수(府學教授)를 지냈으며, 육유가 성도에 있을 때 시문으로 창화하였다.

2 鈿車(전거) : 아름답게 장식한 수레.

3 駐坡(주파) : 언덕을 달려 내려가다. '주(駐)'는 '머무르다'는 뜻으로, '주(注)'의 오류로 여겨진다.

4 窈窕(요조) : 정갈하고 단아한 모양.

5 岧嶢(초요) : 높이 솟아 있는 모양.

6 判(판) : 두무지, 두통.

7 寬(관) : 너그럽게 하다, 달래다.

8 雉兔(치토) : 꿩과 토끼. 여기서는 사냥감을 의미한다.

9 狐貂(호초) : 여우와 담비. 여기서는 이들의 털로 만든 갖옷을 의미한다.

10 縷膾(누회) : 가늘게 저민 생선회.

11 斫蟹(작해) : 잘라놓은 게.

   橙椒(등초) : 등자와 산초. 게에 곁들여 먹는 음식이다.

12 烏犀白紵(오서백저) : 검은 물소와 흰 모시. 물소 뿔 장신구와 모시 적삼을 가
   리킨다.

13 今年一戰(금년일전) : 올해 한 번의 전투. 사서(史書)에는 순희(淳熙) 원년
   (1174)의 금(金)과의 전투에 대한 기록이 없어, 구체적으로 어떤 전투를 가리
   키는지는 알 수 없다.

   馘(괵) : 귀를 베다. 고대에 전쟁에서 죽인 적이나 포로의 귀를 베어 전공의 수
   로 삼았다.

   餘子(여자) : 남은 자. 여기서는 금(金)의 오랑캐를 가리킨다.

14 風送六翮(풍송육핵) : 바람이 새에 불어오다. 새가 바람을 타고 날아오르는
   것을 말하며, 여기서는 금(金)과의 전투에서 승리하여 당시 의기양양했던 상
   황을 의미한다. '육핵(六翮)'은 새의 양쪽 날개에 있는 여섯 개의 깃촉으로,
   여기서는 새를 가리킨다. 『한시외전(漢詩外傳)』에 "무릇 큰 기러기와 고니
   는 한 번에 천 리를 날아가니, 믿는 것은 여섯 깃촉일 따름이다(夫鴻鵠一擧
   千里, 所恃者六翮耳)"라 하고, 예형(禰衡)의 「앵무부(鸚鵡賦)」에 "찢기고
   꺾인 여섯 깃촉을 바라보니, 비록 힘써 날아가고자 한들 어찌 갈 수 있으리?
   (顧六翮之殘毀, 雖奮迅其焉如)"라 하였다.

15 醉墨(취묵) : 술에 취하여 쓰는 시문.

蛟綃(교초) : 교인(鮫人)이 짠 명주. '교초(鮫綃)'라고도 하며, 여기서는 교인
이 흘리는 눈물을 의미한다. 전설상 남해에 진주 눈물을 흘리며 길쌈을 하는
교인이 있다고 한다.

16 含元(함원) : 함원전(含元殿). 당대 대명궁(大明宮) 안의 전각 이름으로, 여
기서는 조정을 가리킨다.

17 龍鍾(용종) : 늙고 쇠약하다.

18 漁樵(어초) : 물고기 잡고 땔나무 하다.

19 遊談引類(유담인류) : 비유를 끌어와 말하다. 여러 가지 비유를 들어 자신의
속사정을 자세히 이야기하는 것을 말한다.

20 相如消(상여소) : 사마상여(司馬相如)의 갈증. 사마상여가 소갈증(消渴症)
을 앓았던 것에 자신의 갈망을 비유한 것이다.

【해설】

이 시에서는 만리교 앞을 지나는 수레와 말을 통해 자신이 성도를 떠
나는 상황을 말하고, 막사에 차려진 술과 안주를 통해 담덕칭과 전별연
을 벌이고 있음을 나타내고 있다. 이어 담덕칭을 용마(龍馬)와 같은 천하
의 뛰어난 선비와 인간 세상으로 귀양 온 신선에 비유하며 그의 재능과
품덕을 높이고, 올해 금(金)과의 전투에서 승리하여 한껏 고무되었지만
이내 현실에 안주한 채 북벌로 이어지지 못해 회한의 눈물을 흘리게 된
상황을 아쉬워하고 있다. 아울러 자신은 이미 노쇠하여 공업 수립의 기

회가 없음을 안타까워하고, 현명한 군주를 잘 보필하라는 담덕칭에 대한 축원의 말로 이루지 못한 자신의 바람을 기탁하고 있다.

거문고 소리를 듣고

성긴 주렴의 굽이진 난간에 네가래에 부는 바람은 서늘하고

가는 허리의 아름다운 여인이 연실 치마를 입고 있네.

푸른 등나무의 물무늬 같은 그림자가 작은 평상을 가로지르고

옥같이 고운 손가락은 「이상곡」을 연주하네.

높은 숲 꾀꼬리 울음소리는 한낮에 오래도록 이어지고

깊은 계곡 샘물 소리는 밤에도 그치지 않네.

슬퍼도 원망하지 않아 소리는 온화하고 장중하며

정숙한 숙녀는 법도가 있어 스스로를 지킨다네.

세상 사람들은 다만 청루의 기녀라 의심하지만

비파와 공후에 호족과 강족의 가락이 섞여 있네.

한 곡조 들어보면 그대들의 어리석음에서 깨어나게 되리니

채문희는 거문고 연주법을 채중랑에게 전수해주었다네.

聽琴

疎簾曲檻蘋風涼, 細腰美人藕絲裳.[1]

綠藤水紋穿矮牀,[2] 玉指纖纖彈履霜.[3]

高林鶯囀日正長, 幽澗泉鳴夜未央.

哀思不怨和而壯, 有齊淑女禮自防.[4]

世人但惑靑樓倡, 琵琶箜篌雜胡羌.[5]

試聽一曲醒汝狂,[6] 文姬指法傳中郞.[7]

50세 때인 순희淳熙 원년1174 7월 촉주蜀州에서 쓴 것으로, 거문고 연주하는 여인의 모습을 노래하고 있다.

『검남시고』에서는 제3구의 '문紋'이 '문文'으로 되어 있다.

【주석】

1　藕絲裳(우사상) : 연실로 만든 치마.

2　水紋(수문) : 물결무늬. 여기서는 등나무 그림자의 모습을 가리킨다.

3　履霜(이상) : 거문고 곡조(曲調) 이름. 채옹(蔡邕)의 『금조(琴操)』에 따르면, 주(周) 선왕(宣王) 때의 태사(太師)였던 윤길보(尹吉甫)의 아들 백기(伯奇)가 지은 것이라고 한다.

4　有齊淑女(유제숙녀) : 몸가짐이 정숙하고 단아한 여인.
　　自防(자방) : 스스로 방어하다. 행동이 절도가 있는 것을 말한다.

5　胡羌(호강) : 호족(胡族)과 강족(羌族). 고대 중국의 서북방에 거주하던 소수민족이다.

6　汝狂(여광) : 그대들의 우둔함. 여기서는 여인에 대한 세상 사람들의 무지나 편견을 가리킨다.

7　文姬(문희) : 동한(東漢) 채옹(蔡邕)의 딸 채염(蔡琰). 자가 문희(文姬)이다. 음률에 정통하여 부친이 거문고를 타다가 줄이 끊어지면 몇 번째 줄이 끊어졌는지 곧바로 알았다고 한다. 서역의 관악기 호가(胡笳)를 반주로 하여 자신의 신세를 한탄하고 고향에 대한 그리움을 노래한 「호가십팔박(胡笳十

八拍)」을 남겼다.

　　指法(지법) : 악기를 연주할 때 손가락을 움직이는 원칙과 방법.

　　中郎(중랑) : 채옹(蔡邕). 동한(東漢)의 명신으로 자가 백개(伯喈)이다. 낭중

(郎中)의 벼슬을 지내어 채중랑(蔡郎中)이라 불렸다.

【해설】

　　이 시에서는 고운 치마를 입은 아름다운 여인이 여름날 물가 정자의
평상에 앉아 거문고를 연주하고 있는 모습을 묘사하고 있다. 이어 꾀
꼬리 울음소리와 계곡의 샘물 소리를 통해 오래도록 끊임없이 이어지
고 있는 연주의 상황을 나타내고, 여인의 연주 소리가 온화하고 장중
하며 여인의 몸가짐 또한 단아하여 절도가 있어 법도에 어긋나지 않음
을 말하고 있다. 마지막에는 그녀가 세상 사람들이 여기는 보통의 기
녀와는 다름을 말하고, 뛰어난 음악가였던 아버지 채옹에게조차 거문
고 연주법을 일러주었던 채염蔡琰에 비유하며 그녀의 뛰어난 연주 솜씨
와 고상한 품격을 칭송하고 있다.

서초교를 지나는 도중에 쓰다

지난 시절 공문서에 묻혀 조금의 여유도 없었는데

오늘 아침에는 느릿느릿 즐거이 말 타고 가니,

서초교 가에 물은 어지러이 흐르고

청의강 나루에 산은 그림 같네.

늙은이 취한 채 모습은 노쇠하니

젊은 아낙 나와 엿보며 말하는 소리 들리고,

황량한 비탈에선 피리 불어 저녁에 소를 부르고

옛길에선 사다리 의지하여 새벽에 뽕잎을 따네.

남은 꽃 시들어 떨어지니 차마 꺾을 수 없고

향기로운 풀과 아름다운 부들을 어찌 깔고 앉을 수 있으리?

역참의 자죽은 죽순이 울타리를 뚫고

들녘 가게의 포도는 가지가 시렁 위를 오르네.

공명을 세상에 드리우는 것은 때를 기다려야 하고

이욕에 어두운 마음은 빈틈을 잘 타 생겨나는 법,

얽매이고 궁벽함이 스스로도 우스운데 어찌 남을 위하랴만

한가로이 지내며 늘 하늘이 정해준 운명 따르려 한다네.

풀뿌리에서 벌레 우니 다만 슬프기만 하고

바람 속에 쑥은 날아가니 어디에서 수레 멈출 수 있을까?

두보는 완화촌에 거처를 만들었으니

맑은 강가에 초가집을 지었다네.

瑞草橋道中作[1]

經年簿書無少暇, 款段今朝欣一跨.[2]

瑞草橋邊水亂流, 靑衣渡口山如畫.[3]

老翁醉著看龍鍾,[4] 小婦出窺聞婭姹.[5]

荒陂吹笛晩呼牛, 古路倚梯晨采柘.

殘花零落不禁折, 香草丰茸如可藉.[6]

郵亭慈竹筍穿籬,[7] 野店蒲萄枝上架.

功名垂世端有待, 利欲昏心喜乘罅.[8]

羈窮自笑豈人謀, 閑放每欲從天借.[9]

草根蟲語祇自悲, 風裏蓬征安稅駕.[10]

祖師補處浣花村,[11] 會傍清江結茅舍.

【해제】

50세 때인 순희淳熙 원년1174 3월 가주嘉州를 떠나 촉주蜀州로 가며 청신靑神을 지날 때 쓴 것으로, 득의하지 못하고 떠도는 삶의 회한을 나타내고 있다.

『검남시고』에서는 제13구의 '대待'가 '수數'로 되어 있다.

【주석】

1 瑞草橋(서초교) : 다리 이름. 지금의 사천성 청신현(靑神縣) 서쪽에 있다.

2   款段(관단) : 말이 천천히 가는 모양.

3   靑衣(청의) : 강물 이름. 청의수(靑衣水)를 가리키며, 평강강(平羌江)이라고
    도 한다.

4   龍鍾(용종) : 늙고 쇠약한 모습.

5   婭姹(아차) : 말하는 소리.

6   丰茸(봉용) : 아름다운 부들.

7   郵亭(우정) : 역참.
    慈竹(자죽) : 대나무의 종류. '의죽(義竹)' 또는 '자효죽(慈孝竹)', '자모죽(子
    母竹)'이라고도 하며, 새 대나무가 옛 대나무에 의지하여 자란다고 하여 이와
    같이 불렀다.

8   乘罅(승하) : 빈틈을 타다.

9   天借(천차) : 하늘이 정해준 운명.

10 稅駕(세가) : 멍에를 풀다. 수레를 멈추고 쉬는 것을 말한다.

11 祖師(조사) : 두보(杜甫)를 가리킨다.
    浣花村(완화촌) : 완화계(浣花溪)의 마을. 두보는 일찍이 이곳에 초당(草堂)
    을 짓고 거주하였다.

【해설】

이 시에서는 여행길에 서초교에 이르러 청신현靑神縣 지역의 아름답
고 한가로운 늦봄의 경관을 묘사하고 있다. 시에서는 사람들의 순박하
고 근면한 삶의 모습을 묘사하며 그들에 대한 존경심을 나타내고, 공

업을 이루지 못한 채 이리저리 떠돌고 있는 궁벽한 자신의 처지와 비교하고 있다. 아울러 이곳이 두보가 기거했던 곳임을 떠올리며 그의 우국충정과 궁핍했던 삶에 대해 추앙과 연민의 뜻을 나타내고 있다.

저녁에 양산기에 유숙하는데 새벽 무렵 큰비가 오고 북풍이 매우 거셌다.

잠시 후 삼백 리를 가서 마침내 안시포에 도착하였다

오경에 바람이 몰아치며 급한 비가 불어와

바다와 강이 뒤집히고 남은 더위를 씻어내니,

산 같은 흰 파도가 배로 솟구쳐 들어오고

집안사람들은 놀라 두려워하며 사공은 춤을 추네.

이 여행길 열흘 동안 고생하며 머물러 있고

나 또한 갈대숲에서 노 젓는 소리에 질렸으니,

서생이야 흔쾌히 목숨 가볍게 여기지만

열 폭 부들 돛에 백 사람의 운명이 달려 있네.

별과 번개는 삼백 리를 내달리고

비탈과 언덕은 나란히 초 땅 평원과 섞이는데,

뱃머리 풍랑은 소리가 갈수록 거세지고

긴 피리 소리에 도움을 받아 악어 북을 두드리네.

어찌 파도 부딪히며 산만 진동시키리?

흘러넘쳐 땅까지 이어질까 걱정되네.

일어나 초목을 보니 모두 남쪽으로 날아가 버렸고

물새는 울며 모래섬에 모여 있네.

용왕에게 머리 조아리고 풍백에게 사죄해야 하나

구차히 기도하며 신의 관용을 번거롭게 하지는 않으니,

늙어갈수록 장대한 마음을 저버리게 되는 것을 알아

힘든 길 즐기며 호탕한 말을 토해낸다네.

夜宿陽山磯, 將曉大雨北風甚勁. 俄頃行三百里, 遂抵雁翅浦[1]

五更顛風吹急雨, 倒海翻江洗殘暑.

白浪如山潑入船, 家人驚怖篙師舞.[2]

此行十日苦滯留, 我亦蘆叢厭鳴櫓.

書生快意輕性命, 十丈蒲帆百夫擧.[3]

星馳電鶩三百里, 坡隴聯翩雜平楚.

船頭風浪聲愈厲, 助以長笛撾鼉鼓.[4]

豈惟澎湃震山嶽,[5] 直恐湏洞連后土.[6]

起看草木盡南飛, 水鳥號呼集洲渚.

稽首龍公謝風伯,[7] 區區未禱煩神許.[8]

應知老去負壯心, 戲遣窮途出豪語.

【해제】

41세 때인 건도乾道 원년1165 7월 융흥통판隆興通判으로 부임하며 장강
長江을 지날 때 쓴 것으로, 거센 풍랑에도 굴하지 않는 시인의 강인한
기상이 나타나 있다.

『검남시고』에서는 제목에서 '삼백리三百里'가 '삼백여리三百餘里'로, 제
15구의 '비飛'가 '미靡'로, 제16구의 '호呼'가 '명鳴'으로 되어 있다.

【주석】

1 陽山磯(양산기) : 지명. 지금의 안휘성(安徽省) 동릉시(銅陵市) 서쪽 장강(長
　江) 가에 있다. '기(磯)'는 넓은 바위가 있어 낚시를 할 수 있는 곳을 가리킨다.

　雁翅浦(안시포) : 지명. 지금의 안휘성 안경시(安慶市) 동쪽 지역이다.

2 篙師(고사) : 뱃사공.

3 蒲帆(포범) : 부들로 만든 돛.

4 撾(과) : 두드리다.

　鼉鼓(타고) : 악어가죽으로 덮은 북.

5 澎湃(팽배) : 파도가 부딪히다.

6 潝洞(홍동) : 물이 가득 넘치다.

7 稽首(계수) : 머리를 땅에 조아리다.

　龍公(용공) : 용왕(龍王). 전설상 수중 생물을 관장한다는 신.

　風伯(풍백) : 전설상의 바람의 신.

8 區區(구구) : 구구하다, 구차하다.

　神許(신허) : 신의 허락. 신의 관용을 의미한다.

【해설】

　이 시에서는 장강을 지나는 도중 풍랑을 만난 상황을 묘사하고 있
다. 산처럼 일어 배까지 솟구쳐 들어오는 거센 풍랑에 배에 탄 사람들
은 모두 놀라 겁에 질려 있지만, 시인은 오히려 목숨에 연연하지 않는
다는 말로 현실의 고난에 굴하지 않는 담대한 기상을 나타내고 있다.

또한 신에게 구차하게 기원하지는 않는다는 말로 자신의 노력을 통한 현실 극복의 의지를 나타내고, 나이가 들어갈수록 장대한 뜻이 나약해 질까 경계하며 현실의 자신을 끝없이 독려하고 있다.

항해하며

나는 열자처럼

하늘의 바람을 타고 노닐 수는 없지만,

그래도 사안처럼

구름 낀 바다에서 태연하게 있을 수는 있다네.

누워 열 폭 부들 돛을 보니

활 당긴 듯 구부러져 있고,

조수 밀려와 은빛 파도 솟구치더니

홀연 청동을 가는 소리가 나네.

굶주린 송골매는 뱃머리를 스치고

커다란 물고기는 허공에서 춤추는데,

떠도는 인생 어찌 말로 할 수 있으리?

호탕한 기개는 가슴속에서 요동치네.

노래 끝나니 바다의 색이 변하고

시 이루어지니 하늘의 모습이 바뀌었네.

가서 붕새의 등을 뛰어넘고

봉래궁에 수레를 멈춘다네.

航海

我不如列子,[1] 神遊御天風.[2]

尙應似安石,[3] 悠然雲海中.[4]

臥看十幅蒲,⁵ 彎彎若張弓.

潮來湧銀山,⁶ 忽復磨靑銅.

飢鶻掠船舷, 大魚舞虛空.

流落何足道,⁷ 豪氣蕩肺胸.

歌罷海動色, 詩成天改容.

行矣跨鵬背,⁸ 弭節蓬萊宮.⁹

【해제】

　35세 때인 소흥紹興 29년¹¹⁵⁹ 가을 복주福州에서 쓴 것으로, 바다를 항해하며 느낀 감회를 도가적 환상을 통해 나타내고 있다.

【주석】

1　列子(열자) : 전국시대 정(鄭)나라 사람으로 이름이 어구(禦寇)이다. 노자(老子)와 장자(莊子) 사이의 도가학파의 중요한 인물로 선진시기 '천하십걸(天下十傑)' 중의 하나로 칭해진다. 저서로 『열자(列子)』 8권이 있으며, 많은 민간 고사와 우언(寓言), 신화, 전설이 수록되어 있다.

2　御天風(어천풍) : 하늘의 바람을 타다. 『장자(莊子)・소요유(逍遙遊)』에 "열자는 바람을 타고 다니는데 가벼이 날렵하였다(列子御風而行, 泠然善也)"라 하였다.

3　安石(안석) : 동진(東晉)의 사안(謝安). 자가 안석(安石)으로, 일찍이 관직에

뜻을 두지 않고 왕희지(王羲之), 지둔(支遁) 등과 함께 동산(東山)에 은거하다 환온(桓溫)의 청을 받아 관직에 나아갔다. 후에 전진(前秦)의 남침을 방어하고 낙양까지 영토를 회복하였으며, 사후에 태부(太傅)에 추증되었다.

4   悠然(유연) : 의연하다, 느긋하다. 사안이 동산에서 은거할 때 손흥공(孫興公) 등과 함께 배를 타고 바다로 나갔다가 거센 풍랑을 만났는데, 다들 겁에 질려 돌아가려 하였지만 사안 홀로 침착함을 잃지 않았다고 한다.

5   蒲(포) : 부들. 부들로 만든 돛을 가리킨다.

6   銀山(은산) : 은빛 산. 파도의 거대한 포말을 비유한다.

7   流落(유락) : 실의하여 외지를 떠돌아 다니다.

8   鵬背(붕배) : 붕새의 등.

9   弭節(미절) : 수레를 멈추다.

　　蓬萊宮(봉래궁) : 전설상 바다에 있는 선산(仙山) 중의 하나인 봉래산(蓬萊山)의 궁전.

【해설】

육유는 29세 때인 소흥紹興 23년1153 진사 시험에서 좋은 성적에도 불구하고 진회秦檜의 농간으로 인해 관직에 나아갈 수 없었다. 그러다 진회가 죽고 난 후 34세 때인 소흥紹興 28년1158 겨울에야 비로소 영덕현주부寧德縣主簿로 임명되어 복주福州로 부임할 수 있었다. 그러나 주부主簿라는 직책은 그의 기대나 포부에 비하면 턱없이 낮은 직책이었으니, 그는 당시의 많은 시에서 현실에 대한 불만과 울분을 토로하였다.

이 시에서는 자신이 비록 열자列子처럼 바람을 타고 날아다닐 수는 없지만 사안謝安처럼 배를 타고 바다를 항해할 수는 있음을 말하고, 거센 풍랑이 몰아치는 바다의 장엄한 경관을 묘사하고 있다. 이어 송골매가 날고 물고기가 튀어 오르는 모습을 묘사하며 가슴속에 가득한 자신의 호탕한 기개를 나타내고, 미관말직을 떠돌며 이를 펼칠 기회를 얻지 못하는 현실을 안타까워하고 있다. 마지막에는 노래와 시로 자신의 울분을 토해내고 하늘로 날아올라 봉래궁에 이르는 상황을 상상하며 스스로를 위안하고 있다.

강가 누대에서 피리 불고 술 마시다 크게 취한 중에 쓰다

세상에서 말하기를 구주 밖에

또 더 커다란 구주가 있다 하는데,

이 말이 진정 허황된 것이 아니라도

그저 나의 근심을 받아들일 수 있을 정도이라네.

많은 근심에는 역시 응당 많은 술이 있어야 하니

내 은하수 흐르는 물을 모두 술로 담아,

일만 곡의 유리배에 부어

다섯 성 열두 누각에서 성대한 잔치를 베푼다네.

하늘은 푸른 비단 장막으로 삼고

달은 흰 옥 갈고리로 삼으며,

직녀가 짠 오색구름을

잘라내어 오색 갖옷으로 만드네.

갖옷 걸치고 술 마주함에 응대할 객을 찾기 어려워

길게 북극성에 읍하며 서로 술을 권하니,

한 번 마시면 오백 년이요,

한 번 취하면 삼천 년이라네.

문득 흰 봉황과 얼룩 규룡으로 수레를 끌게 하여

내려와 마고와 함께 현주에서 노니니,

금강에서 피리 불던 한 생각이 남아 있어

다시금 검남 땅을 지날 때면 응당 잠시 머무르리.

江樓吹笛飲酒, 大醉中作

世言九州外,[1] 復有大九州.

此言果不虛, 僅可容吾愁.

許愁亦當有許酒, 吾酒釀盡銀河流.

酌之萬斛玻瓈舟,[2] 酣宴五城十二樓.[3]

天爲碧羅幕, 月作白玉鉤.

織女織慶雲,[4] 裁成五色裘.

披裘對酒難爲客,[5] 長揖北辰相獻酬.[6]

一飲五百年, 一醉三千秋.

却駕白鳳驂班虬,[7] 下與麻姑戲玄洲.[8]

錦江吹笛餘一念,[9] 再過劍南應小留.[10]

【해제】

53세 때인 순희淳熙 4년1177 성도成都에 있을 때 쓴 것으로, 낭만적이고 환상적인 도가적 경계를 노래하며 은일에 대한 지향을 나타내고 있다.

【주석】

1 九州(구주) : 중국 땅 전체. 고대에 중국을 아홉 개로 나누었던 데에서 유래하였다.

2 斛(곡) : 부피의 단위. 1곡은 10말이다.

玻瓈舟(유리주) : 유리로 만든 배. 만 곡의 술을 담기 위해 유리잔이 아닌 유리배를 말한 것이다.

3 酣宴(감연) : 성대히 잔치를 벌이다.

五城十二樓(오성십이루) : 전설상의 곤륜산(崑崙山)에 있다고 하는 다섯 성과 열두 누각. 황제씨(皇帝氏)가 신선을 맞이하기 위해 만든 곳이라 한다.

4 慶雲(경운) : 오색구름.

5 難爲客(난위객) : 객을 삼기 어렵다. 즉 자신과 응대하여 함께 술을 마실 객을 찾기 어렵다는 말이다.

6 揖(읍) : 고대인들이 상견례를 할 때의 인사 예법. 두 손을 모아 높이 들고 위에서 아래로 내리며 예를 표한다.

北辰(북진) : 북극성.

7 驂(참) : 네 마리의 말이 끄는 수레의 바깥쪽 두 말. 여기서는 '수레를 끌게 한다'는 동사로 사용되었다.

斑虯(반규) : 몸에 얼룩무늬가 있는 규룡(虯龍).

8 麻姑(마고) : 전설상의 선녀.

玄洲(현주) : 전설상의 신선이 산다는 곳.

9 錦江(금강) : 민강(岷江)의 지류로, 지금의 사천성 화양현(華陽縣)에 있다.

10 劍南(검남) : 일반적으로 촉(蜀) 지역을 의미하며 당시 금(金)과의 접경지역이었다. 구체적으로는 사천성 검각(劍閣) 남쪽에서 장강(長江) 북쪽 지역을 가리킨다.

【해설】

이 시에서는 자신의 근심이 구주 밖의 또 다른 구주로도 담아낼 수 없을 만큼 커다람을 말하고, 현실 세계에서는 해소될 수 없는 근심을 이상의 세계와 술을 통해 망각하려 하고 있다. 그러나 현실 세계와 작별하고 이상의 세계로 떠나려는 순간에 결국은 검남劍南에 대한 미련을 떨쳐 버리지 못하고 있으니, 이는 비록 외면하려 해도 마침내 잊을 수 없는 금과 대치하고 있는 조국의 암울한 현실 때문이었다고 할 수 있다.

이 시에서는 제목에서 '크게 취한 중에 쓰다大醉中作'라 하고 있는 것이 주목된다. 그의 시에는 이처럼 만취한 가운데 도가적인 환상적 경계와 은일 사상을 나타내고 있는 시가 많은데, 이는 곧 이와 같은 경계나 의식에 대한 추구가 평상시 혹은 보통의 취한 상태에서 나올 수 있는 것이 아님을 말한다. 그에 있어 술은 때로는 정치적 시련의 원인이 되기도 하고 인생의 즐거움과 기쁨을 느끼게도 해주었지만, 이 시에서처럼 절망과 비분의 현실을 망각하게 해주는 유일한 도피처이기도 하였다.

장가행

나는 네 개의 눈과 두 개의 입이 있지도 않은데

다만 인간 세상에서 오래도록 일 겪어 왔으니,

죽고 사는 것은 본디 순식간의 일이고

화와 복은 손바닥 뒤집는 듯하다네.

여러 켤레 나막신으로 세월을 지내오고

한 잔 술로 요 임금과 순 임금을 빚어내었으니,

내 이미 개와 말이 아니어도 수레 덮개와 휘장이 필요하건만

풍상 속에 부들 깔개에서 초췌할 줄 어찌 짐작이나 했으리?

부뚜막 연통에 연기가 없는 것은 지금 이미 익숙하고

거북과 매미가 나와 함께 세 친구가 되니,

청사에 나의 공명이 없음을 분명히 알아

그저 줄곧 굶주려 이름을 남기려 하네.

長歌行[1]

我無四目與兩口, 但在人間更事久.[2]

死生元是開闔眼, 禍福正如翻覆手.

消磨日月幾緉屐,[3] 陶鑄唐虞一杯酒.[4]

旣非狗馬要蓋帷,[5] 那計風霜悴蒲柳.[6]

竈突無煙今又慣,[7] 龜蟬與我成三友.[8]

判知靑史無功名, 只用一飢垂不朽.[9]

【해제】

71세 때인 경원慶元 원년1195 여름 산음山陰에서 쓴 것으로, 육유 만년의 가난하고 곤궁했던 삶이 나타나 있다.

『검남시고』에서는 제12구의 '일一'이 '인忍'으로 되어 있다.

【주석】

1 長歌行(장가행) : 악부(樂府)의 곡조(曲調) 이름.

2 更事(경사) : 세상일을 경험하다.

3 消磨日月(소마일월) : 세월을 녹이고 갈다. 세월을 보내는 것을 의미한다.

緉(량) : 신발을 세는 단위. 켤레.

이 구는 오랜 세월을 떠돌아다니며 지낸 것을 말한다.

4 陶鑄(도주) : 흙을 빚고 주조하다. 만들어 내는 것을 말한다.

唐虞(당우) : 당요(唐堯)와 우순(虞舜). 요(堯) 임금과 순(舜) 임금을 가리킨다.

이 구는 『장자(莊子)・소요유(逍遙遊)』에 "신인은 (…중략…) 먼지, 때, 쭉정이, 겨와 같은 것으로 요 임금이나 순 임금 따위를 빚어낼 수 있다(神人 (…중략…) 是其塵垢秕穅, 將猶陶鑄堯舜者也)"라 한 것을 차용한 것으로, 한 잔 술을 요 임금과 순 임금 같은 존재로 여기며 살아왔음을 말한다.

5 蓋帷(개유) : 수레 덮개와 휘장. 기르던 개가 죽으면 수레 덮개로 덮어 매장하고 타던 말이 죽으면 수레 휘장으로 감싸 땅에 묻는 것에서 유래한 것으로, 군자와 함께 지낸 것은 미물이라도 예를 다해 장사지내는 것을 가리킨다.

6 蒲柳(포류) : 부들과 버들로 만든 자리. 가난하고 곤궁한 삶을 비유한다.

竈突(조돌) : 부뚜막의 연기통.

8　龜蟬(귀선) : 거북과 매미. 매미는 이슬을 먹어 뱃속이 비어 있고 거북은 배고
픔을 참아 장이 가늘다는 뜻의 '선복귀장(蟬腹龜腸)'이란 말에서 유래한 것으
로, 매우 가난한 처지를 비유한다.

9　垂不朽(수불후) : 썩지 않음을 드리우다. 후세에 영원히 이름을 남기는 것을
의미한다.

【해설】

이 시에서는 자신이 특별한 재주나 재능 없이 오래도록 살며 많은
세상일을 경험했음을 말하고, 인간의 생사와 화복이 예상할 수 없으며
순식간에 변하는 것임을 삶의 경험을 바탕으로 말하고 있다. 이어 오
랜 세월 각지를 떠돌며 술에 의지하여 살아왔던 지난 삶을 말하고, 자
신을 알아주는 사람을 갈구했지만 이를 만나지 못한 채 만년에 누추한
곳에서 살아가고 있는 자신의 궁벽한 처지를 탄식하고 있다. 이어 끼
니도 잇지 못하고 매미와 거북처럼 굶주리며 살아가고 있는 궁핍한 삶
을 말하고, 이미 공을 세워 역사에 이름을 남기지 못한 바에야 차라리
오롯이 굶어 죽은 사람으로라도 후세에 이름을 남기고 싶다는 자조적
인 심정을 나타내고 있다.

새해가 시작된 지 보름 만에 호숫가 마을에 매화가 남김없이 피어

매화는 고고한 사람과 같으니

그 오묘함은 언덕 골짜기에 있다네.

임포는 말은 비록 빼어났으나

속박됨에서 벗어나지 못했으니,

뛰어난 사물 곁에 있을 줄만 알았지

천하에 걸작이 없었다네.

늙은 나는 생각을 펴내지도 못하니

술동이 앞에서 꽃만 몇 번이고 피고 지네.

開歲半月湖村梅開無餘

梅花如高人, 妙在一丘壑.

林逋語雖工,[1] 竟未脫纏縛.[2]

乃知尤物側,[3] 天下無傑作.

老我懷不紓,[4] 樽前幾開落.

【해제】

76세 때인 경원慶元 6년1200 봄 산음山陰에서 쓴 것으로, 매화의 고상한 모습을 칭송하며 자신은 능력이 없어 이를 시로 써내지 못함을 아쉬워하고 있다.

『검남시고』에서는 제목에 '우연히 다섯 수를 얻었으니, '연습락매촌'으로 운을 삼다偶得五詩, 以煙濕落梅村爲韻'라는 말이 덧붙어 있으며, 이 시는 총5수 중 '락落'을 운자로 삼은 제3수이다.

【주석】

1   林逋(임포) : 북송(北宋) 사람으로 자가 군복(君復)이며 시호는 화정선생(和靖先生)이다. 평생 부귀를 추구하지 않고 서호(西湖)의 고산(孤山)에 은거하며 매화와 학 등 자연과 더불어 살다 독신으로 생을 마쳐 '매처학자(梅妻鶴子)'라 불린다.

2   纏縛(전박) : 속박되다.

3   尤物(우물) : 뛰어난 사물. 여기서는 매화를 가리킨다.

4   紓(서) : 드러내다, 펴내다.

【해설】

이 시에서는 매화를 고고한 인품을 지닌 사람에 비유하며 언덕 골짜기에 피어 있을 때 그 고상함이 더욱 빛남을 말하고 있다. 이어 임포가 비록 매처학자梅妻鶴子라 불릴 정도로 매화를 사랑했지만 매화를 노래한 그의 시는 천하의 걸작이 아니었음을 말하고, 자신은 능력이 없어 감회를 시로 써내지 못하고 그저 술만 마시며 피고 지는 매화를 감상하고 있음을 말하고 있다.

한식날에 나가

한식날 동쪽 교외에

언덕 제방에는 물이 가득하고 비는 실처럼 가는데,

인가에 푸른 연기 나며 불을 금하지 않으니

세속에서 어찌 개자추를 생각하리?

옛 무덤엔 시간이 오래되어 나무는 이미 한 아름이고

새 무덤엔 흙이 쌓여 높다랗게 이어져 있으며,

늙은 까마귀는 날아왔다 다시 날아가고

종이돈은 비에 젖어 나뭇가지에 걸려있네.

깊고 무성한 소나무 잣나무는 죽음을 절로 즐거워하고

지하에서는 웃으련만 살아 있는 사람은 슬퍼하니,

눈앞의 푸른 산이 사후의 무덤임을

이 일이야 정해져 있으니 그대 어찌 의심하리?

바람 불어 구름 갈라져 해가 아래를 비추고

작은 개울 조약돌에 빛은 영롱한데,

수레 멈추고 길가 객사에서 잠시 쉬며

행랑 풀어 저무는 봄날의 시를 다시 보충하네.

一百五日行

一百五日東郊時,[1] 陂塘水滿雨如絲.

人家靑煙不禁火, 俚俗豈復思子推.[2]

舊墳年多木已拱,³ 新墳積土高累累.⁴

老鴉飛來復飛去, 紙錢雨濕挂樹枝.⁵

深松茂柏死自樂, 地下應笑生人悲.

眼中靑山身後塚, 此事決定君何疑.

風吹雲破日下照, 小灘碎礫光陸離.⁶

停車暫憩道傍舍, 解囊且補殘春詩.⁷

【해제】

73세 때인 경원慶元 3년1197 봄 산음山陰에서 쓴 것으로, 한식날 동쪽
교외로 나가 느낀 감회를 노래하였다.

『검남시고』에서는 제7구의 '래부비來復飛'가 '명함육鳴啣肉'으로 되어 있다.

【주석】

1   一百五日(일백오일) : 한식(寒食). 동지(冬至)가 지난 뒤 105일째 되는 날로,
주로 청명(淸明)과 같은 날이거나 다음 날이 된다. 고대 중국에서는 청명일 이
삼일 전부터 한식날까지 사흘간 화식(火食)을 금하고, 청명일에 버드나무와
느릅나무에 새로 불을 지펴 사용하였다. 한식의 유래에 대해 『형초세시기(荊
楚歲時記)』에는 "진(晉)의 개자추가 3월 5일 불에 타 죽자 백성들이 그 일을
슬퍼하여 매년 늦봄에 불을 사용하지 않았으니 이를 '금연'이라 불렀고, 이를
어기면 우박이 밭을 손상시켰다(介子推三月五日爲火所焚, 國人哀之, 每歲

春暮不擧火, 謂之禁煙, 犯之則雨雹傷田)"라 하였다.

2 子推(자추) : 춘추시대 진(晉)나라 개자추(介子推)를 가리킨다. 개자추는 여러 해 동안 진나라 공자(公子) 중이(重耳)를 보필하면서 자신의 넓적다리를 도려내어 그를 구하는 등 충성을 다하였다. 후에 중이가 진(晉) 문공(文公)으로 즉위하여 논공행상을 하였는데 개자추를 누락시켰다. 개자추는 이를 치욕스럽게 여겨 어머니를 모시고 면곡(綿谷)에 은거하였으며 진 문공이 수차례 불러도 나오지 않았다. 진 문공은 그를 나오게 할 목적으로 산에 불을 질렀으나 개자추는 끝내 나오지 않고 불에 타 죽었다.

3 拱(공) : 아름. 두 팔을 벌려 껴안은 두께를 가리킨다.

4 累累(누루) : 겹겹으로 쌓여 이어져 있는 모양.

5 紙錢(지전) : 망자를 위해 태우는 종이돈.

6 碎礫(쇄력) : 작은 조약돌.

陸離(육리) : 빛이 찬란하고 아름다운 모양.

7 解囊(해낭) : 행낭(行囊)을 풀다.

【해설】

이 시에서는 먼저 비가 자주 오는 한식날의 계절적 특징을 나타내고, 한식에도 불을 피우며 한식의 의미를 생각하지 않는 무지한 사람들을 비판하고 있다. 이어 무덤의 경관과 나뭇가지에 걸려 있는 지전을 통해 한식날 성묘의 상황을 나타내고, 각자의 입장에 따른 죽음에 대한 상반된 태도를 서술하며 인생무상과 달관의 감회를 나타내고 있다. 마지막에는 비가 그친 아름다운 봄 개울의 경관을 바라보고 객사에 잠시 머물러 저무는 봄의 정취를 시로 담아내고 있는 모습이 나타나 있다.

술 대하고 단양과 성도의 옛 친구를 생각하며

수고로운 인생 늘 해골의 즐거움을 부러워했건만

죽을 때 되어 오히려 살아 있을 때의 잘못을 후회하니,

꽃 앞에 술 있어도 미친 듯 마실 수 없고

돌아보면 젊은 얼굴 이미 옛날이 아니라네.

그대 보시게나, 예부터 현인과 달인들은

종일토록 술 마셔도 그 참됨을 보전하였음을.

세상만사 마침내 무엇이 남았던가?

금 술동이 비춰 구기에 한가로운 몸을 실어 보내네.

방탕한 늙은이 젊었을 때는 한가로운 객이 없었으니

술잔 날리고 마음껏 즐기던 이 모두 호걸이었고,

맑은 노래 한 곡조에 들보에선 먼지 일어나고

허리에 찬 북 백 번 두드리면 봄 우레 일었었네.

옛 친구들 신선 되어 봉래궁으로 떠나

난새 현과 봉황 피리로 봄바람 속에 춤추는데,

석범산 아래 외로운 배에 눈 내려

한 가닥 맑은 시름을 이 늙은이에게 더하네.

對酒懷丹陽成都故人

勞生常羨髑髏樂,[1] 死時却悔生時錯.

花前有酒不肯狂, 回首朱顔已非昨.

君看古來賢達人, 終日飮酒全其眞.

世間萬事竟何有, 金樽翠杓差閑身.[2]

放翁少日無閑客, 飛觴縱樂皆豪傑.

淸歌一曲梁塵起, 腰鼓百面春雷發.[3]

故人仙去蓬萊宮,[4] 鸞絲鳳竹舞春風.[5]

石帆山下孤舟雪,[6] 一段淸愁付此翁.[7]

【해제】

75세 때인 경원慶元 5년1199 겨울 산음山陰에서 쓴 것으로, 지난 생을 회상하며 먼저 세상을 떠난 옛 친구들을 그리워하고 있다.

『검남시고』에서는 제8구의 '한閑'이 '관關'으로, 제9구의 '한閑'이 '범凡'으로, 제14구의 '무舞'가 '취醉'로 되어 있다.

【주석】

1 髑髏樂(촉루락) : 해골의 즐거움. 죽어 생전의 번다함에서 자유로워지는 것을 말한다.

2 差(차) : 보내다, 파견하다.

3 腰鼓(요고) : 고대 악기 이름. 양쪽 면이 있고 가운데 쪽이 가늘며 손바닥으로 두드려 연주한다.

4 仙去(선거) : 선선이 되어 떠나다. 이미 세상을 떠난 것을 말한다.

蓬萊宮(봉래궁) : 전설상 바다에 있는 선산(仙山) 중의 하나인 봉래산(蓬萊山)의 궁전.

5   鸞絲鳳竹(난사봉죽) : 난(鸞)새 실과 봉(鳳)새 대나무. 현악기와 관악기의 미칭(美稱).

6   石帆山(석범산) : 육유의 고향 산음(山陰)의 동남쪽 15리에 있는 산. 석벽의 높이가 수십 장이나 되어 마치 돛을 펴고 물에 떠 있는 것 같다 하여 명칭이 유래하였다.

7   淸愁(청수) : 맑은 시름. 친구들에 대한 그리움을 가리킨다.

【해설】

이 시에서는 바쁘고 수고로웠던 젊은 날에는 죽어서의 안락함을 부러워했지만, 막상 죽을 날이 가까워지니 회한만 남음을 말하며 쏜살같이 지나 버린 덧없는 인생을 아쉬워하고 있다. 이어 친구들과 어울려 호탕하게 술 마시며 즐기던 옛일을 떠올리고, 당시의 친구들은 이제 모두 신선이 되어 떠나 버리고 자신만 세상에 홀로 남아 그리움에 시름겨워하고 있음을 말하고 있다.

객에 답하다

인생에 각자 하는 일이 있지만

관리가 되는 것은 가장 좋지 않은 방책이니,

그중 그나마 덜 교활한 자라도

다만 하택거를 타려 할 뿐이라네.

광범문에서 상소 올리는 일에서는 붓을 꺾어 버리고

교재관의 빈객이 되는 것에서는 자취를 쓸어 버렸으며,

힘들고 두려운 길에서는 일찌감치 몸을 거두고

늙어서도 전원으로 돌아가지 못했다네.

나의 몽매한 선택을 탄식하니

잘못 헤아린 것이 참으로 수백 번이었으며,

늙고 병들어서야 비로소 후회할 줄 알고

죽을 때가 되어서야 늘 자책한다네.

외로운 배 타고 아득히 멀리 기탁해 보려 하지만

강호가 좁은 것이 오히려 한스러우니,

객은 오셔서 많은 말씀 하지 마시길

곤궁한 운명을 탓하지 않을 수 없다네.

答客

人生各有營, 爲吏最無策.

其間小黠者,**1** 但肯乘下澤.**2**

絶筆光範書,³ 掃迹翹才客.⁴

早收畏塗身,⁵ 未老歸阡陌.⁶

嗟予昧擇術, 誤計眞累百.

衰病始知悔, 泯黙每自責.⁷

孤舟寄渺莽,⁸ 尙恨江湖迮.⁹

客來勿多談, 窮命不禁嚇.¹⁰

【해제】

76세 때인 경원慶元 6년1200 봄 산음山陰에서 쓴 것으로, 객에 대한 답신을 통해 관직 생활에 대한 회의와 자신의 지난 삶에 대한 후회를 나타내고 있다.

【주석】

1 黠(힐) : 교활하다.

2 乘下澤(승하택) : 하택거(下澤車)를 타다. 하택거는 습지나 연못을 다니기 편하게 만든 작고 가벼운 수레로, 선비의 소박하고 검소한 삶을 비유한다. 『후한서(後漢書)・마원전(馬援傳)』에 "선비가 한세상 살면서 다만 입고 먹는 것의 충분함을 취하며 하택거를 타고 느린 말을 부리며 군의 서리가 되고 무덤을 지기면서 마을에서 선한 사람이리 불린다면, 이것으로 가하다(士生一世, 但取衣食足, 乘下澤車, 御款段馬, 爲郡掾吏, 守墳墓, 鄉里稱善人, 斯可矣)"라

하였다.

3 光範(광범) : 광범문(光範門). 당대 대명궁(大明宮) 선정전(宣政殿) 서남쪽
의 문 이름이다.

4 翹才(교재) : 교재관(翹材館). 한대(漢代) 공손홍(公孫弘)이 재상이 되어 천하
의 인재를 불러 모으기 위해 세운 관각(館閣)으로, '교관(翹館)'이라고도 한다.

5 畏塗(외도) : 힘들고 두려운 길.

6 歸阡陌(귀천맥) : 밭두둑 사잇길로 돌아가다. 전원으로 돌아가 은거하는 것
을 가리킨다.

7 泯黙(민묵) : 소멸하고 침묵하다. 죽음을 의미한다.

8 渺莽(묘망) : 물이 아득히 끝이 없는 모양.

9 迮(책) : 좁다, 협소하다.

10 嚇(혁) : 노하다, 꾸짖다.

【해설】

이 시에서는 사람이 세상을 살아갈 방책 중에 관리가 되는 것이 결
코 좋은 것이 아님을 말하며, 조정에서 올바른 말도 못 하고 탁월한 재
능도 없이 일신의 안위만을 추구하다가 늙어서도 전원으로 돌아가지
못했던 지난날의 자신의 관직 생활에 회의를 나타내고 있다. 이어 관
리의 길을 택했던 자신의 선택에 후회와 자책을 나타내고, 지금은 비
록 고향으로 돌아와 은거하고 있지만 이미 시간이 너무 늦어 버렸음을
한스러워하며 자신의 곤궁한 운명을 탓하고 있다.

여름 모시 2수

옛날에는 사철 입는 모시가 있었고 다만 한 철용으로 만든 것도 있었다. 병오년 오월에 성도에 있는데 맹렬한 더위가 가히 두려워 놀이 삼아 쓰다.

운모 병풍은 얇아 허공을 바라보는 듯하고
수정 주렴은 성기어 바람을 막지 못하네.
아름다운 여인 홀로 서 있으니 무엇과 같은가?
가을 물속의 백옥 빛 부용이라네.
얼음 누에 실로 흰 비단 가늘게 짜니
청량하여 인간 세상 더위를 받지 않는다네.
저녁 되어 목욕 마치고 푸른 창에 한가로이 있으며
스스로 새로운 시를 손에 들고 앵무새에게 가르치네.

난새 훨훨 날아 인간 세상을 떠나다가
밝은 눈으로 이 절대 미인을 보았네.
비단 창에서 붓 놀리며 긴 하루를 보내고
『황정경』을 마주하니 현실처럼 새롭기만 하네.
나는 듯한 누각은 멀고 아득하니 지금은 어떤 밤인가?
달과 아름다운 여인이 같은 색이리네.
주렴 내리고는 하늘 높은 곳의 차가움은 이루지 못해도

영롱히 빛나는 둥근 벽옥을 보려 한다네.

夏白紵二首

古有四時白紵, 亦有止作一時者. 丙申五月在成都, 烈暑可畏, 戲作

雲母屏薄望如空,**1** 水精簾疎不礙風.**2**

美人獨立何所似, 白玉芙蕖秋水中.

素綃細織冰蠶縷,**3** 清寒不受人間暑.

晚來浴罷綠窻閑, 自把新詩教鸚鵡.

翔鸞矯矯離風塵,**4** 眼明見此絶代人.

紗窻弄筆消永日, 臨得黃庭新逼眞.**5**

飛樓縹緲今何夕,**6** 月與玉人同一色.

下簾不爲九霄寒,**7** 自要玲瓏看團璧.**8**

【해제】

52세 때인 순희淳熙 3년1176 5월 성도成都에서 쓴 것으로, 모시 적삼
을 입고 있는 아름다운 여인의 모습을 묘사하고 있다.

『검남시고』에서는 제목이 「여름 모시夏白紵」로 제목 아래 주注가 서
문序文으로 되어 있으며, 서문 마지막에 '하백저이수夏白紵二首'라는 글자

가 추가되어 있다.

【주석】

1 雲母屛(운모병) : 운모석(雲母石)으로 장식한 병풍.

2 水精簾(수정렴) : 수정을 꿰어 만든 주렴.

3 冰蠶(빙잠) : 얼음 누에. 전설상의 누에의 종류로, 일반적으로 누에의 미칭(美
   稱)이다.

4 矯矯(교교) : 새가 나는 모양.

5 黃庭(황정) : 『황정경(黃庭經)』. 도가의 경전이다.

   逼眞(핍진) : 실제와 가깝다. 도가적 경계가 현실처럼 나타나는 것을 말한다.

6 縹緲(표묘) : 멀고 아득한 모양.

7 九霄(구소) : 하늘의 가장 높은 곳. 전설상의 신선이 거주하는 곳이다.

8 團璧(단벽) : 둥근 벽옥(璧玉). 달의 미칭(美稱)이다.

【해설】

이 시에서는 흰 모시 적삼을 입고 있는 여인의 모습을 가을 물에 핀
옥빛 부용과 하늘에 뜬 영롱한 달에 비유하고 있다. 제1수에서는 여름
한낮에 병풍이 펼쳐지고 주렴이 드리워진 여인의 처소를 묘사하며 홀
로 서 있는 여인의 모습을 물속에 핀 아름다운 부용에 비유하고 있다.
이이 얼음같이 흰 비단을 찌며 인간 세상의 더위를 잊고, 세외 앵무세
를 벗 삼아 한가롭게 지내고 있는 여인의 모습을 나타내고 있다. 제2

수에서는 여인의 모습이 난새의 날갯짓을 멈추게 할 정도로 아름답고, 비단 창에서 글을 쓰고 『황정경』을 읽으며 긴 하루를 보내고 있음을 말하고 있다. 이어 밤이 되어 높은 누각 위로 영롱한 달이 비치고 있는 경관을 묘사하며 그녀를 천상의 선녀로 미화시키고 있다.

옛 촉왕의 별원은 성도 서남쪽 15, 6리에 있는데 매화가 매우 많다. 용처럼 뒤틀린 큰 나무 두 그루가 있는데 전하기를 '용매'라 한다. 내가 처음 촉 땅에 와서 일찍이 시를 지었고 이로부터 해마다 이곳을 찾아 왔는데 오늘 다시 이 시를 쓴다

옛날 일찍이 서교의 매화를 시로 썼는데

시간은 날리는 먼지처럼 아득히 지나가 버렸으니,

지금은 쇠하고 병들어 만사에 게으른데

옛 자취 잊지 못하고 다시금 찾아 왔네.

촉왕의 옛 궁원에 얼룩소는 이미 널려 있고

무너져 쇠락했어도 천년설은 여전히 쌓여 있으며,

화려한 누대와 전각은 꿈처럼 깨지고

무성한 잡초와 목동의 피리 소리에 백성들의 슬픔이 남아 있네.

용 두 마리가 드러누운 채 날아가질 못하고

비늘은 떨어지고 이끼가 생겨났는데,

정신은 늘 깨어 있어 눈과 달을 보고

기력을 다해 힘들게 싸우며 얼음과 서리 속에 피었네.

떠도는 신하와 쫓겨난 선비는 꿋꿋이 홀로 서 있는데

정숙한 궁녀와 단아한 여인은 누가 알아 중매해 주리?

좌절과 아픔 비록 많아도 뜻은 더욱 강건해지니

천지의 더불어 봄을 다투며 돌아왔네.

푸른 노년의 기운은 복사꽃과 살구꽃을 압도하고

내 백발 비웃어도 마음은 어린아이와 같으니,

미풍에 일부러 어여쁜 모습 지으며

꽃잎 하나 금 술잔에 불어 넣네.

故蜀別苑,[1] 在成都西南十五六里, 梅至多. 有兩大樹夭矯若龍, 相傳謂
之梅龍. 予初至蜀嘗爲作詩, 自此歲常訪之, 今復賦此

　昔年曾賦西郊梅,[2] 茫茫去日如飛埃.

　卽今衰病百事嬾, 陳迹未忘猶一來.

　蜀王故苑犂已遍, 散落尙有千雪堆.[3]

　珠樓玉殿一夢破, 煙蕪牧笛遺民哀.

　兩龍臥穩不飛去, 鱗甲脫落生莓苔.[4]

　精神每遇雪月見, 氣力苦戰冰霜開.

　羈臣放士耿獨立,[5] 淑姬靜女知誰媒.[6]

　摧傷雖多意愈厲, 直與天地爭春回.

　蒼然老氣壓桃杏,[7] 笑我白髮心尙孩.

　微風故爲作嫵媚,[8] 一片吹入黃金罍.[9]

【해제】

　53세 때인 순희淳熙 4년1177 11월 성도成都 교외에 있는 촉왕의 별원
을 유람하며 쓴 것으로, 추위를 이겨내고 꽃을 피운 오래된 매화나무

를 칭송하고 있다.

『검남시고』에서는 제목에서 마지막 '차此' 대신 '일수정유십일월야
一首丁酉十一月也'로 되어 있으며, 제11구의 '매每'가 '최最'로 되어 있다.

【주석】

1 蜀別苑(촉별원) : 촉왕(蜀王)의 별원. 전촉(前蜀)의 왕건(王建)이 건립한 궁
원(宮苑)으로, '매원(梅苑)'이라고도 하며 성도 서남쪽에 있다.

2 西郊(서교) : 성도(成都)의 서쪽 교외.

3 散落(산락) : 흩어져 쇠락한 모양.

4 鱗甲(인갑) : 용의 비늘. 여기서는 용매(龍梅)의 나무껍질을 가리킨다.

5 羈臣放士(기신방사) : 떠도는 신하와 쫓겨난 선비.

6 淑姬靜女(숙희정녀) : 정숙한 궁녀와 단아한 여인.

7 蒼然(창연) : 색이 푸른 모양.

8 嫵媚(무미) : 곱고 아름다운 모습.

9 黃金罍(황금뢰) : 황금 술잔.

【해설】

이 시에서는 옛날에 왔던 촉왕의 별원을 오늘 다시 찾아 왔음을 말
하고, 이미 황폐해져 얼룩소와 잡초만 무성한 별원의 모습을 묘사하며
인생사의 흥망성쇠에 대한 감회를 나타내고 있다. 이어 오랜 시간 모
진 풍상을 이겨내며 올해도 어김없이 꽃을 피워낸 용매龍梅의 정신과

기력을 칭송하고, 두 그루의 나무를 암수로 구분하여 각각 떠도는 신하와 쫓겨난 선비, 정숙한 궁녀와 단아한 여인에 비유하며 그 강건한 뜻을 높이고 있다. 마지막에는 용매가 비록 늙었어도 그 기운은 복사꽃이나 살구꽃이 미칠 바가 아니며 그 마음 또한 어린아이와 같이 순수함을 말하고, 자신의 술잔 속에 일부러 꽃잎 하나 불어 넣는 장난을 하고 있음을 말하고 있다.

방화루에서 매화를 감상하며

항아가 약을 훔쳐 달로 달아나지 않고

강가 매화로 변하여 절세의 그윽함을 담았으니,

천공은 붉은 분을 감히 더하지 못하고

눈이 씻고 바람이 불어 참된 색이 드러나네.

울타리를 나와 둑에 숨으니 향기는 가늘고

물에 임해 연기 너머로 정은 말없이 드러나니,

봄철에 꽃 소식은 스물네 종이나 되지만

설령 이러한 향이 있다 한들 이러한 격조는 없다네.

방탕한 늙은이 근래 들어 만사에 게으르지만

오직 매화를 보고 시름 없애려 하니,

금 술 단지 열 지어 놓아 봄은 집에 가득하고

기녀들의 머리에 비녀 비스듬히 꽂아 빛이 자리에 비치네.

백 개 술통에 흠뻑 취하고 옥 술잔이 날아다녀

만 사람이 피하고 은 안장 탄 존귀한 이도 지나쳐 가니,

다만 호방함을 떨쳐 수척함을 감추려 함이 아니라

그저 시인이 되어 추위와 배고픔을 씻으려 함이라네.

芳華樓賞梅[1]

素娥竊藥不奔月,[2] 化作江梅寄幽絶.

天工丹粉不敢施,[3] 雪洗風吹見眞色.

出籬藏塢香細細, 臨水隔煙情脈脈.**4**

一春花信二十四,**5** 縱有此香無此格.

放翁年來百事惰, 唯見梅花愁欲破.

金壺列置春滿屋, 寶髻斜簪光照坐.**6**

百榼淋漓玉罌飛,**7** 萬人辟易銀鞍過.**8**

不惟豪橫壓淸臞,**9** 聊爲詩人洗寒餓.

【해제】

　　53세 때인 순희淳熙 4년1177 성도成都에서 쓴 것으로, 방화루에서 매화를 감상하며 술을 통해 곤궁한 자신의 처지를 토로하고 있다.

【주석】

1　芳華樓(방화루) : 성도 합강원(合江園) 안에 있는 누각으로 매화가 많기로 유명하였다.

2　素娥(소아) : 항아(嫦娥) 또는 항아(姮娥)라고도 한다. 신화 속의 인물로 후예(后羿)의 처이다. 후예가 서왕모(西王母)로부터 얻은 불사약을 훔쳐 먹고 달로 달아나 달 속의 선녀가 되었다고 한다.

3　丹粉(단분) : 붉은 분 화장. 붉고 화사한 꽃잎 색을 가리킨다.

4　脈脈(맥맥) : 말없이 눈빛으로 마음속 생각을 전하는 모양. 여기서는 고상한 매화의 뜻이 느껴지는 것을 말한다.

5 花信二十四(화신이십사) : 24종의 꽃 소식. 본래는 24절기에 맞춰 피는 꽃을
   의미하는데 여기서는 봄에 피는 각종의 꽃을 가리킨다.

6 寶髻(보계) : 고대 여인의 머리 모양의 일종. 위로 말아 올려 쪽을 진 머리 모
   양을 가리키며, 여기서는 기녀를 비유한다.

7 淋漓(임리) : 흠뻑 젖은 모양. 술에 흠뻑 취하는 것을 의미한다.

8 辟易(벽역) : 피하여 달아나다.

   銀鞍(은안) : 은으로 장식한 말 안장. 여기서는 존귀한 사람들을 비유한다.

9 壓(압) : 누르다, 감추다.

   淸臞(청구) : 여위어 수척한 모습.

【해설】

   이 시에서는 강가에 핀 매화의 모습을 불사약을 훔쳐 먹고 달아난
항아의 환생에 비유하고, 그 은은한 향기와 고상한 격조가 봄날의 어
느 꽃보다 뛰어남을 칭송하고 있다. 이어 매화를 통해 세상의 시름을
잊고자 하는 자신의 마음을 말하고, 절제함이 없이 방탕하기까지 한
자신의 폭음을 남들은 다들 피하지만 이는 다만 수척한 자신의 모습을
감추고 삶의 곤궁함을 잊기 위해서임을 말하고 있다.

신선이 되어 노닐며

높이 나는 난새와 학은 아득하여 붙잡기 어려워

만 리 동쪽 바다 위의 산으로 가니,

멀리서 머리 조아리는 세상 사람들이 있고

자색 퉁소의 남은 곡조가 구름 사이로 떨어지네.

처음 초선관을 쓰고 자황을 알현하니

신선의 서열은 옥 향로의 향에 가장 가까웠고,

천상의 추위 아직 익숙하지 않음을 가련히 여겨

특별히 아홉 번 거른 유하주 잔을 하사하셨네.

옥전에서 생황 불던 으뜸가는 신선이

꽃 앞에서 연주 끝나고 안색 처연해지니,

일찍이 봄날 시름의 노래를 몰래 배우던 일 생각하면

인간 세상에 오백 년을 귀양 와 있었네.

遊仙

飄飄鸞鶴杳難攀,[1] 萬里東遊海上山.[2]

應有世人遙稽首,[3] 紫簫餘調落雲間.

初珥金貂謁紫皇,[4] 仙班最近玉爐香.

爲憐未慣層霄冷,[5] 獨賜流霞九醖觴[6]

玉殿吹笙第一仙,[7] 花前奏罷色悽然.

憶曾偸學春愁曲, 謫在人間五百年.[8]

59세 때인 순희淳熙 10년[1183] 10월 산음山陰에서 쓴 것으로, 자신을 인간 세상으로 귀양 온 신선으로 상상하며 천상에서의 옛일을 회상하고 있다.

『검남시고』에서는 제7구의 '층層'이 '총叢'으로 되어 있다.

【주석】

1 飄飄(표표) : 높이 나는 모양.

2 海上山(해상산) : 바다 위의 산. 전설상 바다 가운데 있어 신선이 거주한다는 봉래(蓬萊), 영주(瀛洲), 방장(方丈)의 삼신산(三神山)을 가리킨다.

3 稽首(계수) : 머리를 땅에 조아리다.

4 珥(이) : 꽂다, 머리에 이다.

金貂(금초) : 초선관(貂蟬冠). 담비의 꼬리와 매미 날개 문양으로 장식한 모자로, 황제를 가까이 모시는 신하들이 착용하였다.

紫皇(자황) : 도가에서의 최고의 신선.

5 層霄(층소) : 겹겹 하늘. 높은 하늘을 가리킨다.

6 流霞(유하) : 전설상 신선이 마시는 술.

九醞(구온) : 아홉 번 빚다. 좋은 술을 가리킨다.

7 玉殿(옥전) : 선계의 궁전.

8 謫(적) : 폄적되다, 귀양 가다.

【해설】

　이 시에서는 난새와 학을 타고 하늘로 오르지 못하고 동쪽 바다 위의 산을 노닐고 있는 자신을 말하고, 세상 사람들이 자신에게 경의를 올리는 모습과 신비로운 퉁소 소리를 통해 자신이 신선의 신분임을 나타내고 있다. 이어 처음 신선이 되어 천상의 옥전玉殿에서 자황紫皇을 알현했던 일을 회상하며 당시에는 자신의 반열이 자황의 가장 가까운 곳에 있었고 홀로 최상의 유하주를 하사받을 정도로 자황의 총애 또한 깊었음을 말하고 있다. 그러나 지금은 홀연 인간 세상으로 귀양을 와 옥전이 아닌 꽃 앞에서 생황을 불고 있음을 슬퍼하며, 천상의 옥전을 떠나온 지 이미 오백 년의 시간이 흘러 버리고 말았음을 탄식하고 있다.

천왕광교원은 즙산 동쪽 산기슭에 있는데, 내가 스무 살 때 노승 혜적과 노닐며 거의 열흘 동안 가지 않은 적이 없었다. 순희 갑신년 가을에 바다에서 조수를 구경하다 우연히 그 문에 배를 매어두고 지팡이 끌고 다시 노니니, 멍하니 격세지감을 느꼈다

산을 노니는 것은 책을 읽는 것과 같아

깊거나 얕거나 모두 즐거우니,

길가 작은 정사도

절로 하나의 언덕과 계곡이 되네.

사십 년을 처량히 지내다

이제 다시 찾아오니,

노승이 이미 떠난 지 오래고

강론하던 자리에는 먼지만 자욱하네.

당시의 동자들은

머리 쇠하여 또한 늙어 버렸고,

벽 쓸어 옛날 썼던 글 보니

세월은 참으로 무상하기만 하네.

문장은 비루하여 전하지 못하고

입고 먹는 것은 옛날처럼 궁하기만 하니,

문 나서며 생각은 멍해지는데

요동에 외로운 학은 아득하기만 하네.

天王廣教院在戢山東麓, 予年二十時, 與老僧惠迪遊, 略無十日不到也. 淳熙甲辰秋觀潮海上, 偶繫舟其門, 曳杖再遊, 怳如隔世[1]

遊山如讀書, 深淺皆可樂.

道邊小精舍, 亦自一丘壑.[2]

凄涼四十年, 始復重著脚.

老僧逝已久, 講座塵漠漠.

當時童子輩, 衰鬢亦蕭索.[3]

掃壁觀舊題, 歲月眞電雹.[4]

文章卑不傳, 衣食窘如咋.

出門意惘然,[5] 遼海渺孤鶴.[6]

【해제】

60세 때인 순희淳熙 11년1184 가을 산음山陰에서 쓴 것으로, 세월의 빠름과 인생의 무상함을 말하고 있다.

『검남시고』에서는 제목에서 '이십二十'이 '이십여二十餘'로, 제목 끝에 '의矣'가 추가되어 있다.

【주석】

1 天王廣教院(천왕광교원) : 송대 회계부(會稽府) 서쪽에 있던 사찰로, 처음 이름은 천왕원(天王院)이었다가 후에 광교원(廣教院)으로 바뀌었다. 여기

서는 이전 이름을 함께 쓴 것이다.

2 一丘壑(일구학) : 하나의 언덕과 하나의 계곡이라는 '일구일학(一丘一壑)'의 뜻으로, 전원에 은거하여 산수 자연을 즐기며 사는 것을 의미한다.

3 蕭索(소삭) : 시들어 쇠락한 모양, 처량한 모양.

4 電雹(전박) : 번개와 우박. 쉽게 사라져 없어지는 것을 비유한다.

5 惘然(망연) : 멍하니 실의한 모양.

6 遼海(요해) : 요동(遼東). 발해와 가까이 있어 이와 같이 불렀다.

孤鶴(고학) : 외로운 학. 여기서는 학이 되어 날아간 정령위(丁令威)를 가리킨다. 도잠(陶潛)의 『수신후기(搜神後記)』에 "정령위는 본래 요동 사람으로 영허산에서 도를 익혔다. 후에 학으로 변하여 요동으로 돌아와 성문 앞의 장식 기둥에 모여 있었다. 어느 날 한 소년이 활을 들어 그를 쏘려고 하자 학은 날아올라 공중에서 배회하며 말하기를 '새가 된 정령위, 집 떠나가 천 년 만에 지금 비로소 돌아왔다네. 성곽은 옛날과 같으나 사람은 그렇지 않으니, 어찌하여 신선을 배우지 않아 무덤만 겹겹한가?'라고 하며 마침내 하늘 높이 날아 올라갔다(丁令威, 本遼東人, 學道於靈虛. 後化鶴歸遼, 集城門華表柱. 時有少年, 擧弓欲射之. 鶴乃飛, 徘徊空中而言曰, 有鳥有鳥丁令威, 去家千年今始歸. 城郭如故人民非, 何不學仙塚壘壘. 遂高上衝天)"라 하였다.

【해설】

이 시에서는 젊었을 적 자주 노닐던 광교원을 40년 세월이 지난 후 다시 찾아간 감회를 노래하고 있다. 시에서는 옛날 함께 노닐던 노승은

이미 죽어 사라지고 당시 어린아이였던 이들이 백발의 늙은이가 되어
버린 상황으로 빠른 세월의 흐름과 인생의 무상함을 말하고 있다. 이어
자신의 부족한 재능과 여전히 곤궁하기만 한 삶을 탄식하며, 정령위처
럼 학이 되어 세상 밖으로 날아가고 싶은 바람을 나타내고 있다.

아비산에 올라 정상에 이르러 진나라 때 새긴 비석을 찾아보고 다시 북으로 큰 바다를 바라보았는데, 산길이 매우 가팔라 인적이 드물었다

거리에서 이내 한 쌍 짚신을 사서

산을 오를 요량으로 삼으니 그리 나쁘지는 않고,

틈도 없는 푸른 절벽에는 대나무 뿌리가 빼어나고

떨어지려 하는 무너진 돌은 소나무 뿌리에 얽혀있네.

탁 트인 높은 곳에 의지하여 시원하게 시선을 보내고

오르락내리락 험한 길을 지나며 위태로이 발을 디디니,

시내의 구름이 홀연 피어나 두 마리 교룡이 춤추고

폭포의 물이 높이 날려 만 개 구슬이 떨어지네.

허공에 솟은 큰 바위는 누가 도려내었나?

우뚝 서 있는 가파른 절벽은 깎아지른 듯하고,

언덕은 평평하여 백 사람도 포용할 수 있는데

골짜기는 좁아 겨우 한 마리 학만 날 수 있네.

뱀 같은 오솔길은 위태로워 머리가 절로 어지러워지고

귀신 골짜기는 컴컴하여 머리칼이 먼저 놀라는데,

진 시황의 말 자취는 이끼에 흩어져

새긴 듯 아닌 듯하기도 하고 깎은 듯 아닌 듯하기도 하네.

부서진 비석은 들불에 타는 것을 면하지 못해

마치 조물주가 분서의 혹정을 갚아준 듯하니,

인가와 성곽은 모두 이미 달라졌건만

안개 낀 바다와 떠 있는 하늘만이 옛날과 같다네.

登鵝鼻山至絶頂, 訪秦刻石且北望大海, 山路危甚, 人迹罕至也[1]

街頭旋買雙芒屩,[2] 作意登山殊不惡.

蒼崖無礙竹鞭逸,[3] 崩石欲墜松根絡.

憑高開豁快送目, 歷險崎嶇危著脚.

川雲忽起兩蛟舞, 瀑水高吹萬珠落.[4]

大巖空控誰所刓, 絶壁峭立端疑削.

坡平或可容百人, 峽束僅容飛一鶴.

蛇蹊岌岌頭自眩,[5] 鬼谷慘慘髮先愕.[6]

秦皇馬迹散苺苔, 如鐫非鐫鑿非鑿.[7]

殘碑不禁野火燎, 造物似報焚書虐.[8]

人民城郭俱已非, 煙海浮天獨如昨.

【해제】

67세 때인 소희紹熙 2년1191 여름 산음山陰에서 쓴 것으로, 아비산에 올라 주위의 경관과 진대秦代의 비석을 바라보며 역사에 대한 감회를 나타내고 있다.

『검남시고』에서는 제목에서 '한罕'이 '소한所罕'으로, 제9구의 '공控' 이 '공腔'으로, 제11구의 '용容'이 '좌坐'로 되어 있다.

1 鵝鼻山(아비산) : 산 정상에 진(秦)나라 때 새긴 비석이 있어 각석산(刻石山)

이라고도 하며, 지금의 절강성 소홍시(紹興市) 서남쪽에 있다.

2 芒屩(망교) : 짚신.

3 竹鞭(죽편) : 대나무 뿌리.

4 萬珠(만주) : 만 개의 구슬. 여기서는 물방울을 비유한다.

5 蛇蹊(사혜) : 뱀처럼 가늘고 긴 오솔길.

岌岌(급급) : 높고 위태로운 모양.

6 惨惨(참참) : 어두컴컴한 모양.

7 如鐫非鐫(여전비전) : 새긴 듯 새기지 않은 듯하다. 자취를 새겨 남긴 듯하기

도 하도 자연히 남아 있는 듯하기도 함을 말한다.

8 焚書虐(분서학) : 책을 불태운 포악함. 진(秦) 시황(始皇)의 분서갱유(焚書

坑儒)의 혹정을 가리킨다.

【해설】

이 시에서는 아비산에 오르는 상황을 말하며 깎아지른 듯한 절벽과

무너져 내릴 듯한 바위, 얽혀있는 나무뿌리와 튀어 오르는 폭포수, 정

상에 이르는 험난한 여정 등을 통해 아비산의 빼어나고 험준한 경관을

사실적으로 묘사하고 있다. 이어 곳곳에 남아 있는 진秦 시황始皇의 자

취와 무너져 들불에 그을린 진대의 비석을 바라보며 진 시황이 자행했

던 분서갱유의 혹정에 대한 하늘의 응징을 생각하고, 드넓은 바다 위

로 무한히 펼쳐져 있는 하늘을 바라보며 인간사의 유한함과 천지자연
의 유구함을 대비하고 있다.

10월 26일 밤에 꿈에서 남정 길을 가다 깨어나 문득 붓을 잡고 이 시를 쓰니, 시간은 오경이었다

고운산과 양각산을 지날 수 없고
망운탄과 구정탄을 건널 수 없으니,
파총산은 높아 하늘을 찌르고
한수는 도도히 날마다 동으로 흘러가네.
한 고조가 칼은 시험해 보던 돌은 갈라진 채
풀에 묻히고 이끼에 덮여 옛 곳과 같았고,
산등성이 장군단은 천 년을 지나오니
들판에 수호하는 신물이 있는 듯하였네.
내 막부에 있을 때
밤낮없이 왕래하며,
밤에 면양의 역참에서 잠자고
아침에 장목의 노점에서 먹었으며
눈 속에서 백 술통 비도록 마음껏 마시고
산림을 내달리며 여우와 토끼를 사냥하였네.
노려보는 북산의 호랑이가
사람 몇이나 잡아먹었는지 알 수 없으니,
고아와 과부는 원수를 갚지 못하고
해지고 바람 불면 나그네들이 두려워하였네.
내 듣고서 소매 떨치고 일어나니

커다란 울음소리가 백 보 앞에서 들렸고,

창 휘두르고 곧장 앞으로 나아가 호랑이와 사람이 대치하니

포효에 푸른 절벽은 갈라지고 피는 물이 쏟아지는 듯하였네.

말 타고 따르던 서른 명 모두 진 땅 사람이었지만

얼굴 창백히 넋이 나가 서로 돌아볼 뿐이었네.

나라에서 북벌군을 일으키지 않으니

세간에서 실의한 채 지나가는 길가에 있었고,

꽃 마주하여 술잔 쥐고 너그러움을 배우며

헛되이 제공들을 욕되게 하며 시구나 읊고 있었네.

지금 쇠하고 병들어 침상에 있지만

팔 휘두르고 여전히 생각하며 전쟁 나갈 준비 하니,

남쪽 사람이라 군사 일을 모른다고 누가 말하는가?

옛날 진나라를 멸하는 건 초나라의 세 집의 사람이었다네.

十月二十六日, 夜夢行南鄭道中, 旣覺恍然攬筆作此詩, 詩成時已五鼓

孤雲兩角不可行,[1] 望雲九井不可度.[2]

嶓冢之山高挿天,[3] 漢水滔滔日東去.

高皇試劍石爲分,[4] 草沒苔封猶故處.

將壇坡陀過千載,[5] 中野疑有神物護.

我時在幕府, 來往無晨暮.

夜宿沔陽驛, 朝飯長木舖.[6]

雪中痛飮百榼空, 蹴踏山林伐狐兔.

耽耽北山虎,**7** 食人不知數.

孤兒寡婦讎不報, 日落風生行旅懼.

我聞投袂起, 大嘷聞百步.

奮戈直前虎人立, 吼裂蒼崖血如注.

從騎三十皆秦人, 面靑氣奪空相顧.

國家未發度遼師,**8** 落魄人間傍行路.**9**

對花把酒學醞藉,**10** 空辱諸公誦詩句.

卽今衰病臥在牀, 振臂猶思備征戍.

南人孰謂不知兵,**11** 昔者亡秦楚三戶.**12**

【해제】

57세 때인 순희淳熙 8년1181 10월 산음山陰에서 쓴 것으로, 꿈에서 본 남정南鄭의 모습을 묘사하며 옛날 남정에서의 일을 회상하고 있다.

『검남시고』에서는 제목에 '시성詩成'이 없고 제목 끝에 '의矣'가 있으며, '이已'가 '차且'로 되어 있다. 본문에서는 제2구와 제25구의 '도度'가 '도渡'로 되어 있다.

【주석】

1 孤雲兩角(고운양각) : 산 이름. 고운산(孤雲山)과 양각산(兩角山)을 가리키

며, 지금의 섬서성(陝西省) 한중시(漢中市)에 있다.

2 望雲九井(망운구정) : 여울 이름. 망운탄(望雲灘)과 구정탄(九井灘)을 가리
키며, 지금의 사천성(四川省) 광원시(廣元市)에 있다.

3 嶓冢之山(파총지산) : 파총산(嶓冢山). 지금의 섬서성(陝西省) 한중시(漢中
市)에 있다.

4 高皇(고황) : 한(漢) 고조(高祖) 유방(劉邦).

5 將壇(장단) : 장군단. 한(漢) 고조(高祖)가 단을 쌓고 한신(韓信)을 대장군에
봉한 곳을 가리킨다.

   坡陀(파타) : 산비탈, 산등성이.

6 長木(장목) : 마을 이름.

7 眈眈(탐탐) : 주시하여 노려보는 모양.

8 度遼師(도료사) : 요수(遼水)를 건너는 군대. 북벌군을 가리킨다.

9 落魄(낙백) : 멍하니 실의한 모양.

10 醞藉(온자) : 너그럽고 온화하다.

11 南人(남인) : 남방 사람. 여기서는 육유 자신을 가리킨다.

12 亡秦楚三戶(망진초삼호) : 진나라를 멸망시키는 건 초나라의 세 집의 사람이
다. 『사기(史記)·항우본기(項羽本紀)』에 "옛날 초 남공이 말하기를, '초나
라는 비록 세 집만 있어도 진나라를 망하게 하는 건 반드시 초나라이다'라 하
였다(故楚南公曰, 楚雖三戶, 亡秦必楚也)"라 한 것을 인용한 것으로, 초나
라 사람이 기개와 능력이 뛰어남을 말한 것이다.

【해설】

　이 시에서는 꿈에서 본 남정의 산수를 묘사하며 한 고조의 시검석과 장군단이 옛날 남정에 있을 때 보았던 모습과 변함이 없었음을 말하고 있다. 이어 남정에 있을 때 촉蜀 지역을 바쁘게 두루 돌아다니며 고생하였던 일과 호쾌하게 술 마시며 사냥을 즐겼던 일을 회상하고 있다. 아울러 당시 사람에게 피해를 입히던 호랑이를 자신이 직접 나서 사냥했음을 말하며 당시의 상황을 실감나게 묘사하고 있다. 그러나 당시의 드높던 기상과 호탕한 기개는 결국 무위로 돌아가 버렸으니, 이후에는 남정에서 물러 나와 북벌이 실현되지 못한 것에 실망하여 그저 꽃 앞에서 술 마시고 시나 쓰면서 부끄럽기만 한 세월을 보냈음을 말하고 있다. 마지막에는 지금은 비록 늙고 쇠하여 병석에 있지만 북벌의 의지는 여전함을 말하며, 지금 당장이라도 금의 오랑캐를 섬멸할 수 있다는 결의와 자신감을 나타내고 있다.

간곡정선육방옹시집
澗谷精選陸放翁詩集

권3

육유(陸游) 무관(務觀) 찬(撰)

나의(羅椅) 자원(子遠) 선(選)

칠언율시七言律詩

비가 개어 동궁산에서 노닐었는데 잠깐 사이 다시 비가 오다

물 가까이 소나무와 대나무는 옅은 푸른 빛을 띠고

동궁산의 도관은 맑은 빛을 대하고 있네.

날 쾌청하여 술 마실 계획 만들어주나 싶었는데

급작스레 내리는 비가 제비 나는 것도 방해하네.

도사는 낮에 한가로우니 단약 아궁이는 차갑고

산의 아이 새벽에 나오니 약초가 실해서라네.

평상 쓸고 애써 객 잡아두려 할 필요는 없으니

나도 공문에 지쳐 돌아가기 두렵다네.

雨晴遊洞宮山, 坐間復雨[1]

近水松篁鎖翠微, 洞天宮殿對淸暉.[2]

快晴似爲酴醾計,[3] 急雨還妨燕子飛.

道士晝閑丹竈冷,[4] 山童曉出藥苗肥.

拂床不用勤留客,[5] 我困文書自怕歸.[6]

【해제】

35세 때인 소흥紹興 29년[1159] 나원羅源에서 쓴 것으로, 동궁산의 천경관天慶觀에서 노니는 즐거움을 노래하고 있다.

『검남시고』에서는 제목의 '동궁산洞宮山' 다음에 '천경관天慶觀'이 추가되어 있다.

【주석】

1 洞宮山(동궁산) : 산 이름. 지금의 복건성(福建省) 나원현(羅源縣)에 있다.

2 洞天宮殿(동천궁전) : 동천(洞天)의 궁전. 동천은 전설상 신선이 사는 지상의 명산(名山)으로, 여기서는 동궁산의 천경관(天慶觀)을 가리킨다.

3 酴醾計(도미계) : 술 마실 계획. '도미(酴醾)'는 술 이름이다.

4 丹竈(단조) : 단약을 제조하는 아궁이.

5 拂床(불상) : 평상을 쓸다. 평상의 먼지를 털고 환대하여 맞이하는 것을 의미한다.

  留客(유객) : 객을 머물게 하다. 시인 자신을 가리킨다.

6 文書(문서) : 공문서.

【해설】

이 시에서는 물가 소나무와 대나무 속에 자리한 동궁산 도관의 아름다운 경관을 묘사하고, 비가 갠 후 동궁산을 노닐며 술 마시려 계획하였으나 갑자기 내린 비로 인해 차질이 생기고 말았음을 말하고 있다. 그러나 한가롭고 여유로운 도사와 약초 캐러 나온 산골 아이의 모습에서 마음의 평안을 느끼며, 굳이 자신을 붙잡아두지 않더라도 자신 또한 공무에 시달리는 세속의 바쁜 일상으로 돌아가고 싶은 마음이 없음을 말하고 있다.

취중에 백애에 갔다 돌아오다

취한 눈 몽롱하여 만사가 헛되니

올해 서양수와 동양수에서 마음껏 술 마시네.

때마침 날쌘 말을 불러 새로 뜬 달을 맞이하고

문득 가벼운 수레 올라 저녁 바람을 탄다네.

반평생 살아가며 늘 객의 신세이건만

장부는 팔십이라도 노인이라 불리지 않는다네.

어지러운 산 틈 사이는 가로지른 실 같은데

멀리 푸른 아지랑이 속 외로운 성 가리키네.

醉中到白崖而歸[1]

醉眼朦朧萬事空, 今年痛飮瀼西東.[2]

偶呼快馬迎新月,[3] 却上輕輿御晩風.[4]

行路半生常是客,[5] 丈夫八十未稱翁.[6]

亂山缺處如橫線,[7] 遙指孤城翠靄中.

【해제】

47세 때인 건도乾道 7년1171 겨울 기주夔州에서 쓴 것으로, 객지에서 나그네로 떠도는 회한을 나타내고 있다.

『검남시고』에서는 제5구의 '반생半生'이 '팔천八千'으로, 제6구의 '팔

ㅅ'이 '오ㅍ'로 되어 있다.

【해설】

육유는 46세 때인 건도乾道 6년1170 8월 기주통판夔州通判으로 부임하며 고향인 산음山陰을 떠났다. 이 시에서는 작년에 고향을 떠나와 올해는 기주의 물가에서 술 마시고 있음을 말하고, 아침부터 저녁까지 말과 수레를 타고 떠도는 모습으로 타향 나그네의 시름을 나타내고 있다. 이어 비록 관직 생활로 인해 반평생에 이르도록 타지에서 나그네로 떠돌고 있지만 늙어도 쇠하지 않을 자신의 강건한 기개를 말하고,

눈앞에 보이는 외로운 성에 자신의 쓸쓸한 심정을 기탁하고 있다.

교유를 멀리하고 살며

관리가 되어 공문서에 정신없이 지냄을 견디기 어려우니

교유를 멀리하고 살며 그저 은거하는 삶을 배운다네.

병이 드니 주량은 작아도 상관없고

늙어가니 시의 명성은 낮아도 싫지 않네.

떠돌던 들녘 구름은 날 차가워지니 물가에 있고

가늘고 자욱한 산 비는 저녁 되니 진흙을 만들었네.

육구몽의 가풍이 있음을 스스로 기뻐하며

가을걷이 마친 밭을 돌며 남은 채소를 약간 딴다네.

深居

作吏難堪簿領迷,**1** 深居聊復學幽棲.**2**

病來酒戶何妨小,**3** 老去詩名不厭低.**4**

零落野雲寒傍水,**4** 霏微山雨晩成泥.**5**

自憐甫里家風在,**6** 小摘殘蔬遶廢畦.**7**

【해제】

49세 때인 건도乾道 9년1173 가을 가주嘉州에서 쓴 것으로, 바쁜 관직 생활 속에서도 망중한을 즐기는 기쁨이 나타나 있다.

1 簿領(부령) : 관부에서 기록하는 장부나 문서.

2 聊復(요부) : 그저, 다만.

   深居(심거) : 깊은 곳에서 살다. 다른 사람과 교유하지 않고 사는 것을 가리킨다.

3 酒戶(주호) : 주량(酒量).

   何妨(하방) : 어찌 방해되리? 아무 상관이 없음을 말한다.

4 零落(영락) : 이리저리 떠도는 모양.

5 霏微(비미) : 눈비가 가늘고 자욱이 날리는 모양.

6 甫里(보리) : 육구몽(陸龜蒙). 당대 문학가로 호가 보리(甫里)이다. 지금의 강
   소성(江蘇省) 오현(吳縣) 동남쪽인 보리(甫里)에서 농사를 짓고 살았으며, 스
   스로를 부옹(涪翁) 또는 어부(漁父), 강상장인(江上丈人)에 비유하였다.

7 廢畦(폐휴) : 추수가 끝난 밭.

【해설】

 이 시에서는 매일 같이 공문서에 치어 지내는 관직 생활의 고단함을
말하며, 사람들과 교유하지 않고 은자隱者처럼 살아가는 즐거움을 말하
고 있다. 줄어든 주량도 아쉬워하지 않고 시의 명성도 구하지 않는 시
인의 모습에서 삶에 대한 달관과 여유로움을 느낄 수 있으며, 가을걷
이가 끝난 밭에서 남은 채소를 따고 있는 모습은 시인의 소박함과 순
수함을 보여준다.

장인관 도관 벽에 쓰다

끊어진 연기 떠오른 달에 풍경 소리는 잦아들고

나무 그림자는 용처럼 돌단에 깔려 있네.

때마침 푸른 난새 타니 인간 세상은 좁고

한가로이 옥 피리 부니 동천은 차갑네.

새벽에 단약을 구우니 기묘한 향기가 도관에 가득하고

밤에 단약을 씻으니 기이한 연기가 바위에서 새어 나오네.

하늘 나는 신선이 아직 세속을 잊지 못함이 우스우니

황금 담비 꼬리가 여전히 시중의 모자에 붙어 있네.

題丈人觀道院壁[1]

斷煙浮月磬聲殘, 木影如龍布石壇.

偶駕靑鸞塵世窄, 閑吹玉笛洞天寒.[2]

奇香滿院晨炊藥,[3] 異氣穿巖夜浴丹.[4]

却笑飛仙未忘俗,[5] 金貂猶著侍中冠.[6]

【해제】

50세 때인 순희淳熙 원년1174 10월 청성산靑城山을 노닐며 손지미孫知微가 그린 범숙范淑의 초상을 보고 감회를 쓴 것이다.

『검남시고』에서는 제1구의 '연煙'이 '향香'으로 되어 있으며, 시 본문

다음에 "손태고가 범장생을 그렸는데 손을 들어 초선관을 바로 쓰고 있는 모습을 그렸고, 신비로운 기운이 특히 빼어났다^{孫太古畫范長生, 作擧手整貂蟬像, 神氣尤奇逸}"라는 자주自注가 있다. 손태고孫太古는 북송北宋의 화가 손지미孫知微로 자가 태고太古이며, 도가와 관련한 그림으로 당시 명성이 있었다. 범장생范長生은 삼국시기 촉蜀 사람 범숙范淑을 가리키며, 청성산에서 수련하여 장생의 도를 얻고 신선이 되어 날아갔다고 한다.

【주석】

1 丈人觀(장인관) : 도관(道觀) 이름. 성도(成都) 청성산(靑城山)에 있다.

2 洞天(동천) : 전설상 신선이 사는 지상의 명산(名山). 왕옥산동(王屋山洞), 위우산동(委羽山洞), 서성산동(西城山洞), 서현산동(西玄山洞), 청성산동(靑城山洞), 적성산동(赤城山洞), 나부산동(羅浮山洞), 구곡산동(句曲山洞), 임옥산동(林屋山洞), 괄창산동(括蒼山洞) 등 10대 동천이 있다.

3 炊藥(취약) : 불을 때서 단약을 만들다.

4 浴丹(욕단) : 물에 씻어 단약을 정제하다.

5 飛仙(비선) : 하늘을 나는 신선. 여기서는 범숙(范淑)을 가리킨다.

6 金貂(금초) : 황금 담비 꼬리. 관원의 모자 장식이다.

侍中(시중) : 관직 이람. 여기서는 범숙을 가리킨다. 범숙은 벽락시중(碧落侍中)이라 불렸다.

【해설】
　이 시에서는 달밤에 풍경 소리조차 들리지 않고 나무 그림자가 돌단에 드리워져 있는 청성산靑城山 장인관丈人觀의 고요하고 신비로운 경관을 묘사하고, 옥 피리 불며 난새를 타고 선계를 노니는 모습을 상상하고 있다. 이어 아침저녁으로 도관에 단약의 향기와 기운이 가득함을 말하며 이곳이 도력이 왕성한 곳임을 나타내고 있다. 마지막에는 도관 벽에 그려진 범숙范淑의 초상을 보고 범숙이 이미 이곳에서 도를 닦아 신선이 되어 날아갔음에도 초상화에서는 여전히 인간 세상의 관모를 쓰고 있음을 말하며, 그가 세상에 대한 마음을 아직 떨쳐 버리지 못했음을 기롱하고 있다.

강원현 동쪽 십 리 장씨의 정자에서 자다 새벽에 일어나

한 치 봉록이 사람을 내몰아 일 년 내내 고생하니

관직 자리 하나 얻지 못한 선비가 더 높다네.

검남의 시월에는 서리 오히려 얇고

강 위에는 오경에 닭이 어지러이 우네.

외로운 베개에서 이불 끌어안고 짧은 꿈 청하는데

푸른 등불은 그림자를 비추어 나그네 옷이 드러나네.

나그네 시름 이어지며 끊어지는 때가 없으니

어찌하면 병주의 날 선 칼 얻을 수 있으리?

宿江原縣東十里張氏亭, 未明而起[1]

寸廩驅人卒歲勞,[2] 一官坐失布衣高.[3]

劍南十月霜猶薄,[4] 江上五更鷄亂號.

孤枕擁衾尋短夢, 靑燈照影著征袍.[5]

客愁相續無時斷, 那得幷州快剪刀.[6]

【해제】

50세 때인 순희淳熙 원년1174 10월 강원江原에서 쓴 것으로, 관직 생활의 노고와 객수를 나타내고 있다.

『검남시고』에서는 제목에서 '정亭'이 '정자亭子'로 되어 있다.

【주석】

1   江原縣(강원현) : 지명. 지금의 사천성 숭주시(崇州市) 동남쪽 지역이다.

2   寸廩(촌름) : 한 치 봉록. 박봉을 의미한다.

3   布衣(포의) : 베 옷. 벼슬을 하지 않은 선비를 가리킨다.

4   劍南(검남) : 지명. 사천성 검각(劍閣) 남쪽에서 장강(長江) 북쪽 지역을 가리키며, 일반적으로 촉(蜀) 지역을 의미한다.

5   征袍(정포) : 나그네의 옷.

6   幷州(병주) : 고대 주(州) 이름. 지금의 하북성(河北省)과 산서성(山西省) 일대 지역이다.

【해설】

이 시에서는 타지에서의 관직 생활에 회의를 나타내며 벼슬을 하지 않는 일반 선비의 삶이 박봉에 쉴 새 없이 곳곳을 떠돌며 고생하는 관리보다 나음을 자조적으로 말하고 있다. 이어 낯선 타지에서 객수로 인해 잠을 이루지 못함을 말하고, 병주의 날 선 칼이라도 얻어 끊임없이 이어지는 시름을 끊어 버리고 싶은 심정을 나타내고 있다.

저녁에 횡계각에 올라 2수

누고 소리 속에 해는 또 기울고

높은 곳에 의지하니 하늘 끝에 있음을 더욱 깨닫네.

빈 뽕밭 객토에 가을 풀은 자라고

들녘 나루 빈 배에 저녁 까마귀 모여 있으며.

습한 기운은 걷히지 않아 육조 땅에 이어져 있고

민간의 노래는 서로 화답하며 삼파 땅을 두르고 있네.

고향 바라볼 수 있어 눈물 흘리지만

만 겹 가로막힌 눈산을 한스러워하지는 않는다네.

돌 쌓인 비탈에서 공죽 지팡이 짚고

서쪽으로 마을 길에 임해 자주 서 있네.

채소 파는 시장은 가까워 집으로 돌아가는 것이 이르고

우물물 끓이는 사람은 바빠 보리 심기가 늦어지는데,

병든 나그네의 정회는 늘 술이 겁나고

산성의 경관은 모두 시로 들어오네.

저녁 되어 시름 얼마나 되는지 물어보니

다만 높은 누각에서 부는 횡적 소리 만큼이라네.

晩登橫溪閣二首[1]

樓鼓聲中日又斜, 憑高愈覺在天涯.[2]

空桑客土生秋草,³ 野渡虛舟集晚鴉.

瘴霧不開連六詔,⁴ 俚歌相答帶三巴.⁵

故鄕可望應添淚, 莫恨雲山萬疊遮.

犖确坡頭筇竹枝,⁶ 西臨村路立多時.

賣蔬市近還家早, 煮井人忙下麥遲.⁷

病客情懷常怯酒, 山城光景盡供詩.

晚來試問愁多少, 只許高樓橫笛吹.⁸

【해제】

50세 때인 순희淳熙 원년1174 11월과 12월 사이 영주榮州에서 쓴 것으로, 횡계각에서 바라본 저녁 경관을 묘사하며 객수를 나타내고 있다.

【주석】

1 橫溪閣(횡계각) : 누각 이름. 영주(榮州)의 쌍계(雙溪) 가에 있다.

2 天涯(천애) : 하늘 끝. 여기서는 떠나와 있는 촉(蜀) 땅을 가리킨다.

3 客土(객토) : 다른 곳에서 옮겨온 놓은 흙.

4 瘴霧(장무) : 장기(瘴氣). 서방과 남방 지역의 풍토병을 일으키는 덥고 습한 독기.

   六詔(육조) : 운남(雲南)에서 사천(四川) 서남부 지역에 거주했던 오만(烏蠻)의 여섯 부락의 총칭. 여기서는 이들 지역을 가리킨다.

5 三巴(삼파) : 파군(巴郡), 파서군(巴西郡), 파동군(巴東郡). 지금의 사천성 가릉강(嘉陵江) 유역으로 협곡이 많은 지역이다.

6 犖确(낙학) : 돌이 튀어나와 있는 모양.

节竹枝(공죽지) : 공죽(节竹) 가지. 공죽으로 만든 지팡이를 가리킨다.

7 煮井(자정) : 우물의 물을 끓이다. 염정(鹽井)에서 물을 끓여 소금을 만드는 것을 가리킨다.

8 高樓(고루) : 높은 누대. 이 구는 조하(趙嘏)의 「장안에서 가을날 바라보며(長安秋望)」에서 "성긴 별 몇 점 속에 기러기는 변방을 가로지르고, 한 줄기 긴 피리 소리에 사람은 누각에 기대어 있네. (…중략…) 농어의 맛 딱 좋을 때이나 돌아가지 못하고, 헛되이 남관을 쓴 채 초나라 죄수를 배우고 있구나(殘星幾點雁橫塞, 長笛一聲人倚樓. (…중략…) 鱸魚正美不歸去, 空戴南冠學楚囚)"라 하며 누각에서 피리 소리 들으며 고향을 그리워한 뜻을 차용하였다.

【해설】

제1수에서는 풍토병을 일으키는 독한 기운과 눈 덮인 만 겹 산 등으로 촉蜀 지역의 자연환경을 묘사하고, 비록 멀리 타향을 떠돌며 향수에 빠지지만 공업 수립의 바람이 더욱 큰 까닭에 고향으로 돌아가지 못하는 지금의 현실을 한스러워하지는 않음을 말하고 있다.

제2수에서는 가까운 시장에서 채소를 팔고 염정의 물을 끓여 소금을 채취하는 모습을 묘사하며 촉 지역 사람들의 생활과 풍속을 나타내고, 병든 나그네 신세인지라 술보다는 시로 회포를 풀어내며 저녁이 되어 더욱 깊어지는 시름을 말하고 있다.

무담산 동쪽 누대에서 저녁에 바라보며

서쪽 창에서 초췌한 모습의 이미 하나의 늙은이건만

높이 오르니 의기는 여전히 웅혼하다네.

관하의 패국들이 흥하고 망한 후

풍월 노래하는 시인은 술에 취했다 깨어나네.

병석에서 일어나 두 살쩍 머리 변한 것에 홀연 놀라는데

봄은 쓸어 버린 듯 돌아가고 모든 꽃은 사라져 버렸네.

난간 주위 배회하는 심정을 그대는 아는지?

오 땅 하늘 끝에 이르도록 눈은 다함이 없네.

武擔東臺晚望[1]

顥頷西窗已一翁,[2] 登高意氣尙豪雄.

關河霸國興亡後,[3] 風月詩人醉醒中.[4]

病起頓驚雙鬢改, 春歸一掃萬花空.

欄邊徙倚君知否,[5] 直到吳天目未窮.[6]

【해제】

52세 때인 순희淳熙 3년1176 2월 성도成都에서 쓴 것으로, 무담산 동쪽 누대에 올라 저녁 경관을 바라보며 인간사의 흥망성쇠와 덧없이 흐르는 세월에 대한 감회를 나타내고 있다.

【주석】

1 武擔(무담) : 산 이름. 성도 서북쪽에 있으며, 무도산(武都山)이라고도 한다.

2 顦顇(초췌) : 파리하고 수척하다. '초췌(憔悴)'와 같다.

3 關河(관하) : 함곡관(函谷關), 무관(武關), 대산관(大散關), 소관(蕭關) 등 4
개의 관문과 위하(渭河), 황하(黃河) 등 2개의 강으로 둘러싸인 지역. 변방 지
역을 의미한다.

4 風月詩人(풍월시인) : 풍월을 노래하는 시인. 자신을 가리킨다.

5 徙倚(사의) : 이리저리 배회하다, 거닐다.

6 吳天(오천) : 오(吳) 땅 하늘. 시인의 고향을 가리킨다.

【해설】

이 시에서는 이제는 이미 늙고 쇠한 자신이지만 높은 곳에 오르니
젊은 시절의 호방한 기개가 여전히 느껴짐을 말하고, 역대로 관하 지
역을 제패했던 나라들의 흥망을 떠올리며 인간사의 무상함을 나타내
고 있다. 이어 병석에 있느라 꽃도 즐기지 못한 채 봄을 떠나보낸 것을
아쉬워하고, 고향 쪽 하늘을 바라보며 고향에 대한 그리움을 나타내고
있다.

청성도인을 기다리는데 오지 않아

나 또한 지금껏 세상 인연 얇아
우연히 약초 캐다 서천에 이르렀으니,
한가로이 만 리에 고래 타는 이를 따르고
장차 천 년 학으로 변한 신선과 짝하려 하네.
금 솥에 단약 만드니 바다 위로 해는 막 떠오르고
옥병에 술 따라 강하늘 아래에서 취한다네.
아침부터 앉아 기다려도 왕방평은 오래도록 오지 않으니
『황정경』 내외편을 다 읽고 말았네.

待靑城道人不至[1]

我亦從來薄世緣, 偶然采藥到西川.[2]
慵追萬里騎鯨客,[3] 且伴千年化鶴僊.[4]
金鼎養丹暾海日,[5] 玉壺取酒醉江天.
朝來坐待方平久,[6] 讀盡黃庭內外篇.

【해제】

52세 때인 순희淳熙 3년1176 5월 성도成都에서 쓴 것으로, 청성산靑城山의 도관道觀에서 오래도록 도인과의 만남을 기다리며 쓴 것이다.

1 靑城道人(청성도인) : 청성산(靑城山)의 도인. 누구인지 알 수 없다.

2 西川(서천) : 고대 지명으로 익주(益州)라고도 하였다. 지금의 사천성 일대를
  가리킨다.

3 騎鯨客(기경객) : 고래 타는 객. 전설상 동해의 신선으로, 고래를 타고 다녔다
  는 안기생(安期生)을 가리킨다. 진시황이 동해로 놀러 갔을 때 그와 사흘 밤
  낮을 이야기하고 황금과 벽옥(璧玉) 천만을 하사였으나 모두 버려두고 떠나
  갔다고 한다. 여기서는 청성도인을 비유한다.

4 化鶴僊(화학선) : 학으로 변한 신선. 여기서는 학이 되어 날아간 정령위(丁令
  威)를 가리킨다. 앞의 권2「천왕광교원은 즙산 동쪽 산기슭에 있는데,(天王
  廣敎院在戢山東麓,)」주석 6 참조. 여기서는 청성도인을 비유한다.

5 暾(돈) : 해가 막 떠오르는 모양.

6 方平(방평) : 갈홍의『신선전(神仙傳)』에 나오는 신선 왕원(王遠)으로, 자가
  방평(方平)이며 동해(東海) 출신이다. 여기서는 청성도인을 비유한다.

【해설】

  이 시에서는 자신이 일찍이 세상 인연이 얇아 한곳에 머물지 못하고
이리저리 떠돌다 촉蜀 땅에까지 오게 되었음을 말하고, 청성도인을 안
기생安期生과 정령위丁令威에 비유하며 그와 벗하며 살아가고 싶은 마음
을 나타내고 있다. 이어 금 솥에 단약을 만들고 옥병에 술을 담아 마시
는 모습을 통해 자신의 도가적 지향을 나타내고, 오래도록 오지 않는

청성도인을 기다리다 『황정경』 내외편을 모두 다 읽고 말았음을 말하
고 있다.

활쏘기를 배우다가 느껴

산 앞에서 활쏘기를 배우니 오랜 비는 그쳤고

대나무 수레 삐걱대니 시름이 절로 생겨나네.

한가함을 얻었으니 집안이 기울도록 술 마신들 무엇이 아까우리?

늙어갈수록 참으로 촛불 들고 노닐어야 한다네.

길 막히면 상서도 쌀 구걸해야 하고

때가 오면 교위도 제후에 봉해진다네.

흰머리에도 호기는 남아 있을 수 있음이 스스로 가련하니

어찌하면 수레바퀴로 구주를 두루 다닐 수 있으리?

學射道中感事

學射山前宿雨收,[1] 籃輿咿軋自生愁.[2]

得閑何惜傾家釀,[3] 漸老眞須秉燭遊.[4]

道廢尙書猶乞米,[5] 時來校尉亦封侯.[6]

自憐白首能豪在, 車轍何因遍九州.[7]

【해제】

52세 때인 순희淳熙 3년[1176] 6월 성도成都에서 쓴 것으로, 인생의 불여의함을 말하며 금金을 정벌하여 중원을 수복하고자 하는 뜻을 나타내고 있다.

【주석】

1 宿雨(숙우) : 오랜 비, 장맛비.

2 籃輿(남여) : 대나무로 엮은 수레. 왜소하고 초라하고 수레를 가리킨다.

　　呷軋(이알) : 바퀴가 삐걱대는 소리.

3 傾家釀(경가양) : 집안을 기울여 술을 마시다. 술에 전 재산을 탕진하는 것을
　　말한다.

4 秉燭遊(병촉유) : 촛불을 들고 노닐다. 밤새도록 놀며 즐기는 것을 말한다.

5 乞米(걸미) : 쌀을 구걸하다. 당대 형부상서(刑部尙書)를 지냈던 안진경(顏
　　眞卿)이 집안이 몰락하여 글씨를 써서 쌀과 바꾸었던 일을 가리킨다.

6 校尉(교위) : 군직(軍職) 이름.

　　封侯(봉후) : 제후에 봉해지다. 『사기(史記)·이장군열전(李將軍列傳)』에
　　서의 이광(李廣)의 말을 인용한 것이다. 앞의 권2 「만리교 문을 나서 강가에 이
　　르러(步出萬里橋門至江上)」 주석 9 참조.

7 九州(구주) : 중국 땅 전체. 고대에 중국을 아홉 개로 나누었던 데에서 유래하
　　였다.

【해설】

　이 시는 활쏘기를 익히다 느낀 감회를 서술한 것으로, 부귀에 연연
하지 않고 주어진 운명에 순응하며 생을 즐기면서 살아가야 함을 말하
고 있다. 아울러 높은 관직에 있었으나 나중에는 끼니를 이을 수 없을
정도로 궁핍한 삶을 살았던 안진경顏眞卿과 봉읍을 얻을 작은 공조차 세

우지 못해 제후에 봉해진 교위보다도 못했던 이광李廣의 일을 인용하며 인생사의 불여의함과 불가측성을 말하고 있다. 이어 이미 늙고 쇠하였음에도 아직까지 활쏘기를 연습하며 호방한 기개를 잃지 않고 있는 자신을 연민하며, 중원의 수복과 통일된 조국에서 살고 싶은 바람을 나타내고 있다.

검남의 서천문에 올라 느껴

예부터 높은 누각은 나그네의 정을 아프게 하였으니

만 리 밖 오나라 도성을 어찌 바라볼 수 있으리?

옛 친구들 만날 수 없건만 저녁 구름은 합해지고

나그네 돌아가려 하나 봄물은 불어나기만 하네.

독한 기운이 해마다 이어져 약물이 필요한데

감춰진 채 있는 곳도 없이 가시나무만 덮여 있네.

제공들께서는 오랑캐 평정할 계책 힘써 마련해 주시길,

늙어가며 태평세월 보기만을 깊이 생각한다네.

登劍南西川門感懷[1]

自古高樓傷客情, 更堪萬里望吳京.[2]

故人不見暮雲合,[3] 客子欲歸春水生.[4]

瘴癘連年須藥石,[5] 退藏無地著柴荊.[6]

諸公勉畫平戎策,[7] 投老深思看太平.[8]

【해제】

53세 때인 순희淳熙 4년1177 3월 성도成都에서 쓴 것으로, 타향생활에서 느끼는 객수와 태평세월에 대한 소망을 나타내고 있다.

【주석】

1   西川門(서천문) : 성도성에 있는 망루(望樓) 이름.

2   吳京(오경) : 오(吳)나라의 도성. 여기서는 남송(南宋)의 도성인 임안(臨安)을 가리키며, 육유의 고향인 소흥(紹興)을 의미한다.

3   故人(고인) : 옛사람. 고향에 있는 친구들을 가리킨다.
    暮雲合(모운합) : 저녁 구름이 합해지다. 흩어졌던 구름이 저녁이 되어 합쳐지는 것을 말한 것으로, 타향에 있으며 친구와 만나지 못하는 자신의 처지와 대비한 것이다.

4   春水生(춘수생) : 봄물이 생겨나다. 봄물이 불어 고향으로 가는 길을 막고 있음을 말한다.

5   瘴癘(장려) : 풍토병을 일으키는 무덥고 습한 기운.
    藥石(약석) : 약제와 돌침. 약물을 범칭한다.

6   退藏(퇴장) : 물러나 감춰지다. 약물이 보이지 않는 것을 말한다.

7   勉畫(면화) : 힘써 계획하다.
    平戎策(평융책) : 오랑캐를 평정할 계책.

8   投老(투로) : 늙음에 임하다. 늙어가는 것을 의미한다.

【해설】

이 시에서는 검남에서 나그네 신세로 있으며 멀리 떠나온 고향을 그리워하고 있음을 말하고, 만날 수 없는 친구들을 그리워하며 돌아가려 해도 갈 수 없는 현실을 안타까워하고 있다. 이어 풍토병이 끊임없이

이어지고 척박한 환경에 약물조차 구하기 어려운 고달픈 촉蜀 지역에
서의 삶을 말하고, 젊은이들에게 오랑캐를 평정하는 일에 힘써주기를
당부하며 늙은 자신의 소망은 중원이 수복되어 태평한 세상에서 사는
것임을 말하고 있다.

성 위에서

빠른 걸음으로 성에 오르니 참으로 아직 쇠하지 않아

기뻐 한번 웃으며 공죽 지팡이 내던지네.

진정 한가로우니 흰 갈매기와 같고

건장함은 줄지 않아 누런 소와 같네.

가을 들녘에 안개구름은 흐릿하게 드리웠고

저녁 하늘에 누각은 들쭉날쭉 기대어 있네.

소리 높여 읊조리고 취해 춤추며 돌아갈 것을 잊었으니

단청 달라 청하여 괴기하게 그림 그린다네.

城上

疾步登城殊未衰, 欣然一笑擲筇枝.**1**

正當閑似白鷗處, 不減健如黃犢時.

秋野煙雲橫慘淡,**2** 暮天樓閣倚參差.**3**

高吟醉舞忘歸去, 乞與丹靑畫怪奇.**4**

【해제】

53세 때인 순희淳熙 4년¹¹⁷⁷ 7월과 8월 사이 성도成都에서 쓴 것으로, 여러 사람과 함께 성에 올라 즐기는 즐거움을 노래하였다.

『검남시고劍南詩稿』에는 제목이 「한가한 날에 마음 맞는 이들과 성 위로 갔는데 쫓아갈 수 없어暇日行城上同行, 追不能及」로 되어 있다.

【주석】

1 筇枝(공지) : 공죽(筇竹) 가지. 공죽으로 만든 지팡이를 가리킨다.

2 惨淡(참담) : 흐릿하여 암담한 모양.

3 參差(참치) : 가지런하지 않은 모양.

4 丹靑(단청) : 붉고 푸른 물감.

【해설】

이 시에서는 마음 맞는 친구들과 함께 성을 오르는 상황을 묘사하며
비록 나이가 들었어도 건강하여 걸음도 빠르고 지팡이조차 필요 없음
을 말하고 있다. 이어 자신의 마음의 여유로움과 신체의 건장함이 마
치 바다를 노니는 흰 갈매기와 논에서 경작하는 누런 소와 같음을 말
하고, 저물녘 가을 경관 속에서 돌아갈 것도 잊은 채 시를 읊고 그림을
그리며 술과 춤으로 함께 즐겁게 노니는 모습을 나타내고 있다.

일찍 길을 나서

시끄럽게 우는 닭은 길 나서기를 재촉하고

훨훨 나는 백로는 외로운 여정을 인도하네.

깃발 장식 모두 떨어지니 돌아갈 길은 아직 멀고

허리띠 구멍 자주 옮기니 수척함에 스스로 놀란다네.

작은 시장은 적막하고 누런 잎은 가득한데

끊어진 다리는 쇠락하여 푸른 이끼 자라 있네.

머물러 사는 이들도 오히려 시름겨운 생각 많거늘

하물며 하늘 끝 떠도는 고달픈 나그네의 심정은 어떠하리?

早行

喔喔鳴鷄促起程,¹ 翩翩飛鷺導孤征.²

節旄盡落歸猶遠,³ 帶眼頻移瘦自驚.⁴

小市蕭條黃葉滿,⁵ 斷橋零落綠苔生.

居人猶復多愁思,⁶ 何況天涯倦客情.⁷

【해제】

53세 때인 순희淳熙 4년1177 8월 공주邛州로 가던 도중 강원江原에 이르러 쓴 것으로, 여행길의 노고와 객수를 노래하고 있다.

『검남시고』에는 제목이 「일찍 길을 나서 강원에 이르러早行至江原」로 되어 있다.

【주석】

1 喔喔(악악) : 닭 울음소리.

2 翻翻(번번) : 새가 높이 나는 모양.

3 節旄(절모) : 깃발에 매단 소꼬리 장식.

4 帶眼(대안) : 허리띠의 구멍.

5 蕭條(소조) : 적막하고 쓸쓸한 모양.

6 居人(거인) : 한곳에 머물러 사는 사람.

7 倦客(권객) : 권태로운 나그네. 객지 생활에 지치고 고달픈 객을 가리킨다.

【해설】

이 시에서는 이른 새벽부터 시작된 여정을 말하며 헤진 깃발 장식과 줄어드는 허리띠를 통해 오랜 여정의 고단함을 나타내고 있다. 이어 도중에 이른 마을의 적막하고 쇠락한 모습을 바라보며 그곳에 사는 사람들의 고단한 삶을 떠올리고, 한곳에 정착하여 사는 사람 또한 시름에서 벗어나지 못하는데 자신처럼 고향을 떠나 하늘 끝을 떠돌고 있는 나그네의 시름은 오죽하겠는가 탄식하고 있다.

가을 저녁에 성 북문에 올라

북쪽 성 머리에서 두건 쓰고 명아주 지팡이 짚으니

땅을 휘감는 서풍에 눈 가득 가을이네.

한 점 봉화는 대산관의 소식 전하고

두 줄 기러기는 두릉의 가을을 가져오는데,

산하의 흥폐로 인해 나그네는 머리를 긁고

신세의 안위로 인해 사람은 누각에 의지하네.

창 눕히고 시 쓰는 것이 어찌 옛일이기만 하리?

꿈속의 혼은 여전히 옛 양주를 감돈다네.

秋晚登城北門

幅巾藜杖北城頭,¹ 卷地西風滿眼愁.

一點烽傳散關信,² 兩行雁帶杜陵秋.³

山河興廢客搔首, 身世安危人倚樓.

橫槊賦詩非復昔,⁴ 夢魂猶繞古梁州.⁵

【해제】

53세 때인 순희淳熙 4년1177 9월 성도成都에서 쓴 것으로, 성 북문에 올라 가을 경관을 바라보며 남정에서의 옛일을 그리워하고 있다.

『검남시고』에서는 제5구의 '객客'이 '공供'으로, 제6구의 '인人'이 '입

ㅅ'으로 되어 있다.

【주석】

1   幅巾(폭건) : 머리 전체를 싼 두건.

    藜杖(여장) : 명아주로 만든 지팡이.

2   散關(산관) : 대산관(大散關). 당시 금(金)과 국경을 접하고 있었던 군사적
    요충지로, 지금의 섬서성 보계현(寶鷄縣) 서남쪽에 있다.

3   杜陵(두릉) : 장안(長安) 동남쪽에 있는 한(漢) 선제(宣帝)의 능. 여기서는 금
    (金)에 함락된 장안 지역을 가리킨다.

4   橫槊賦詩(횡삭부시) : 창을 옆으로 하고 시를 쓰다. 위(魏) 무제(武帝) 조조
    (曹操)가 종군하며 시를 썼던 일을 말한다.

5   梁州(양주) : 고대 주(州) 이름. 당시 남정(南鄭)에서 이곳을 관할하였다.

【해설】

　이 시에서는 봉화가 피어오르고 북쪽의 기러기가 날아오고 있는 모
습을 보며 금과 대치하고 있는 최전선과 금에 함락된 장안의 상황을
생각하고 있다. 이어 나라의 어지러움은 자신과 같은 나그네를 만들어
근심에 빠지게 하고 이로 인한 일신의 어려움은 사람들을 깊은 시름에
젖게 함을 말하며, 꿈속의 혼조차 남정南鄭을 감돌고 있는 모습으로 남
정에서 종군하던 옛일을 그리워하고 있다.

취중에 우연히 쓰다

오래된 절 한가로운 선방은 닫혀 적막한데

몇 년을 술에 빠져 조정을 저버렸던가?

청산 이곳은 뼈를 묻을 수 있는 곳이건만

백발로 사람에게 허리 굽히기는 부끄럽다네.

말년에 촉 땅에서 늙어 죽는 것이 스스로 비통하니

젊어서는 요 땅에서 종군하기를 늘 원했다네.

취하여 활 끼고 서교로 나가니

눈 가득 차가운 풀에 꿩과 토끼 뛰어다니네.

醉中偶書

古寺閑房閉寂寥,[1] 幾年耽酒負公朝.[2]

靑山是處可埋骨, 白髮向人羞折腰.[3]

末路自悲終老蜀, 少年常願從征遼.[4]

醉來挾箭西郊去, 極目寒蕪雉免驕.[5]

【해제】

53세 때인 순희淳熙 4년[1177] 9월 성도成都에서 쓴 것으로, 뜻을 이루지 못한 비통함을 나타내고 있다.

『검남시고』에서는 제목이 「취중에 서문을 나와 우연히 쓰다醉中出西門

偶書」로 되어 있다.

【주석】

1 寂寥(적료) : 적막하고 쓸쓸하다.

2 耽酒(탐주) : 술에 탐닉하다.

3 折腰(절요) : 허리를 굽히다. 자신을 낮추어 예의를 차리는 것을 말한다.

4 征遼(정료) : 요(遼) 땅을 정벌하다. 금의 점령지를 정벌하는 것을 말한다.

5 極目(극목) : 시야에 가득하다.

【해설】

　이 시에서는 절의 선방에 머물러 지내며 뜻을 이루지 못해 술에 빠져 지내온 지난 세월을 회상하고, 청산이 비록 **뼈**를 묻을 수 있는 좋은 곳이지만 늙도록 그 속에 안주하며 비굴하게 살고 싶지는 않다는 결의를 나타내고 있다. 이어 타향에서 헛되이 늙어가고 있는 자신의 신세를 비통해하며 공업 수립을 향한 젊은 날의 이상과 포부를 회상하고, 활 차고 서교로 나가 사냥하며 스스로를 위안하고 있다.

완화계에서 매화를 감상하며

늙은이 인간 세상에서 자유로운 몸이라

매화 꽂고 검은 두건 상하는 것도 아깝지 않다네.

봄은 눈 쌓인 겹겹 얼음 속으로 돌아오고

향기는 황량한 산의 개울가에서 피어나네.

달 걸린 가지 하나 낮게 그림자 드리우고

바람 등진 천 조각 꽃잎이 멀리 사람을 따라오네.

석숭의 정원 누각에서 피리 소리 찾으니

아침마다 옥 나무 새롭게 할 수 있다네.

浣花賞梅[1]

老子人間自在身, 插梅不惜損烏巾.[2]

春回積雪層冰裏, 香動荒山野水濱.

帶月一枝低弄影, 背風千片遠隨人.[3]

石家樓上貪吹笛,[4] 肯放朝朝玉樹新.[5]

【해제】

53세 때인 순희淳熙 4년[1177] 12월 성도成都에서 쓴 것으로, 완화계에 핀 매화를 감상하고 있다.

1 浣花(완화) : 완화계(浣花溪). 탁금강(濯錦江) 또는 백화담(百花潭)이라고
　도 하며, 지금의 사천성 성도시(成都市) 서쪽 교외에 있다.

2 烏巾(오건) : 검은색 두건. 고대에 주로 벼슬길에 나아가지 않은 은자(隱者)
　들이 썼다.

3 背風(배풍) : 바람을 등지다.

4 石家(석가) : 석씨의 집. 진(晉) 석숭(石崇)의 정원인 금곡원(金谷園)을 가리
　킨다.

5 玉樹(옥수) : 옥나무. 매화를 비유한다.

【해설】

　이 시에서는 나이가 드니 세상 어느 것에도 구애받지 않고 자유로이
매화를 즐길 수 있음을 말하고 있다. 이어 얼음 덮인 개울가에 가득한
매화향과 달빛에 비친 매화 가지 그림자와 바람에 날리는 매화 꽃잎을
즐기며, 석숭의 금곡원에서 울려던 피리 소리로 매일 같이 매화를 새
롭게 피어나게 하고 싶은 바람을 나타내고 있다.

촉원에서 매화를 감상하며

십 리 온화한 향기는 말을 스치며 오고

강 언덕에서 작년의 매화를 다시 보네.

피어난 꽃이 기뻐 이에 더해 밝은 달을 맞이하려 하고

지는 꽃이 시름겨워 먼저 푸른 이끼를 쓸게 하네.

거리낌 없는 방탕한 늙은이는 새로 취하여 시를 쓰고

처량한 황폐한 궁원에는 옛날 노래하던 누대 남아 있네.

성하고 쇠함은 예부터 무궁한 일이니

곤명호 향해 겁화의 재를 탄식하지는 말지니.

蜀苑賞梅[1]

十里溫香撲馬來, 江頭還見去年梅.

喜開剩欲邀明月,[2] 愁落先敎掃綠苔.

跌宕放翁新醉墨,[3] 凄涼廢苑舊歌臺.

盛衰自古無窮事, 莫向昆明歎刧灰.[4]

【해제】

53세 때인 순희淳熙 4년1177 12월 성도成都에서 쓴 것으로, 촉원의 매화를 감상하며 끊임없이 순환 반복하는 인생사의 감회를 나타내고 있다.

【주석】

1 蜀苑(촉원) : 전촉(前蜀)의 왕건(王建)이 건립한 궁원(宮苑)으로, '매원(梅苑)'이라고도 하며 성도 서남쪽에 있다.

2 剩(잉) : 더욱, 게다가.

3 跌宕(질탕) : 방탕하여 구속됨이 없다.

   醉墨(취묵) : 취한 채 쓴 시문.

4 昆明(곤명) : 곤명지(昆明池). 한(漢) 무제(武帝) 때 조성한 못으로, 장안 서남쪽에 있다. 둘레가 40리이고 면적이 332경(頃)으로 연못 가운데에는 견우(牽牛)와 직녀(織女)의 두 석상이 있다. 한(漢) 무제(武帝)가 견독국(身毒國, 지금의 인도인 천축국(天竺國))과 통하고자 하였으나 곤명국(昆明國)에 가로막히게 되었는데, 곤명국에 사방 3백 리나 되는 전지(滇池)가 있었기 때문이었다. 이에 무제는 곤명국을 치고자 원수(元狩) 3년(B.C. 120)에 장안 인근에 전지를 본 떠 곤명지를 만들어 그곳에서 수전(水戰)을 익히게 하였다.

   刼灰(겁회) : 겁화(劫火) 뒤에 남은 재. '겁화'는 불교에서 괴겁(壞劫)의 말에 일어난다고 하는 큰 불을 가리킨다. 불교에서 천지가 한 번 생성했다 소멸하는 시간을 1겁(劫)이라 하는데, 이는 생겁(生劫), 주겁(住劫), 괴겁(壞劫), 공겁(空劫)의 순환으로 이루어지며 괴겁의 말에 물, 불, 바람의 삼재(三災)가 생겨나 모든 것을 파멸시킨다고 한다. 『초학기(初學記)』 권7에 따르면, 한 무제가 곤명지를 만들 때 땅을 깊이 파도 흙이 나오지 않고 재만 나왔다. 무제가 이를 이상히 여겨 동방삭에 물으니 동방삭은 이것이 겁회임을 알고 대답하지 않았다. 이 구는 이를 차용하여 장생불사를 추구했던 한 무제의 꿈이 헛된 것이었음을 말하였다.

【해설】

　이 시에서는 작년에 보았던 매화를 올해 다시 보게 되었음을 말하며 피어난 매화에 대한 기쁨과 지는 매화에 대한 아쉬움을 함께 나타내고 있다. 이어 옛날 영화로웠던 촉원의 황폐해진 모습과 장생불사를 꿈꾸었던 한 무제의 곤명지에서 나왔던 겁화의 재를 들어 인간 세상은 영구 불변하지 않고 흥망성쇠가 무한히 순환 반복하는 것임을 말하고 있다.

연회 자리에서 쓰다

푸른 물결 위 아름다운 상앗대 걸린 완화계의 배에서

맑은 대자리에 성긴 주렴 드리우고 종자 먹는 연회라네.

한 폭 갈건을 쓴 숲속 객이

백 병 봄 술 들이키는 취한 신선이 되니,

관현악기 어우러진 번화한 자리에서 회포를 풀고

강 호수 펼쳐진 호탕한 하늘에 오만함을 기탁하네.

인간 세상의 부침을 어찌 헤아릴 수 있으리?

초선관 쓴 범숙을 그림으로 남겼구나.

席上作

綠波畫槳浣花船,¹ 淸簟疎簾角黍筵.²

一幅葛巾林下客, 百壺春酒飮中仙.

散懷絲管繁華地,³ 寄傲江湖浩蕩天.

浮世升沉何足計,⁴ 丹成碧落珥貂蟬.⁵

【해제】

52세 때인 순희淳熙 3년1176 5월 성도成都에서 쓴 것으로, 인생사의 불가측성을 말하고 있다.

1 畫槳(화장) : 아름답게 장식한 상앗대.

2 角黍(각서) : 연잎 등으로 삼각형 모양으로 싸서 만든 종자(粽子). 고대에 5월 단오(端午)에 먹었다.

3 絲管(사관) : 현악기와 관악기.

4 浮世(부세) : 인간 세상. 인간 세상의 일은 부침(浮沈)이 일정하지 않고 예측할 수 없는 까닭에 이와 같이 불렀다.

5 丹成(단성) : 그림으로 남기다. 손태고(孫太古)가 범숙(范淑)의 초상을 그려 놓은 것을 말한다. 앞의 권3 「장인관 도관 벽에 쓰다(題丈人觀道院壁)」 해제 참조.

碧落(벽락) : 삼국시기 촉(蜀) 사람 범숙(范淑). 청성산(靑城山)에서 수련하여 장생의 도를 얻고 신선이 되어 날아갔다고 하며, 벽락시중(碧落侍中)이라 불렀다.

珥(이) : 꽂다, 머리에 이다.

貂蟬(초선) : 초선관(貂蟬冠). 담비의 꼬리와 매미 날개 문양으로 장식한 모자로, 황제를 가까이 모시는 신하들이 착용하였다.

【해설】

이 시에서는 단오를 맞아 완화계에 배를 띄워 술과 종자를 즐기며 연회 하는 즐거움을 말하고 있는데, 아름다운 배와 화려한 대자리 및 관현악 소리가 어우러지고 많은 술병이 널려 있는 술자리의 모습에서 연회의 성대함을 느낄 수 있다. 이어 손태고孫太古가 그린 범숙范淑의 초상을 들어 인간사의 무상함과 불가측성을 말하고, 지금의 즐거움을 마음껏 즐기고 싶은 마음을 나타내고 있다.

나그네 시름

말 타고 문 나서도 갈 곳이 없고

아무 일 없이 지내니 나그네 시름 생겨나네.

흰머리 창백한 얼굴로 노년에 들어서니

누런 책 푸른 등 앞에서 헛되이 마음만 괴롭다네.

천하가 뛰어난 인재 필요로 함을 잘 알건만

서생은 어찌하여 한스러워하며 산림에서 죽어가는지?

가슴속 일은 다 없어지지 않으니

「양보음」 한 곡조를 때때로 읊는다네.

客愁

騎馬出門無所詣,**1** 端居正爾客愁侵.**2**

蒼顔白髮入衰境, 黃卷青燈空苦心.

天下極知須雋傑,**3** 書生何恨死山林.

消磨未盡胸中事, 梁甫時時尙一吟.**4**

【해제】

53세 때인 순희淳熙 4년1177 12월 성도成都에서 쓴 것으로, 뜻을 이루지 못한 채 헛되이 늙어가고 있는 자신의 신세를 탄식하고 있다.

1 詣(예) : 이르다, 다다르다.

2 端居(단거) : 집안에서 아무 일 없이 평소처럼 지내다.

3 極知(극지) : 잘 알다.

須(수) : 필요로 하다.

4 梁甫(양보) : 「양보음(梁甫吟)」. 악부(樂府)의 곡조 이름으로, 제갈량(諸葛亮)이 융중(隆中)에서 농사지을 때 즐겨 불렀다고 한다.

【해설】

이 시에서는 성도에서의 무료한 생활에 객수가 생겨남을 말하며 어느새 노년에 접어든 자신의 모습에 안타까워하고 있다. 이어 나라의 위급한 상황이 인재를 필요로 하고 있음에도 자신은 산림에서 회한을 품고 죽어가고 있음을 말하며, 제갈량이 불렀던 「양보음」 노래에 자신의 바람을 담아 나타내고 있다. 그가 부르는 「양보음」은 제갈량 같은 사람의 출현을 바란 것이기도 하고 자신이 제갈량 같은 사람이 되고 싶은 소망을 토로한 것이기도 할 것이다.

매화를 보내며

시들어 떨어지는 매화를 어찌할 수 없으니

매화는 애간장 끊으며 아무렇지도 않게 동쪽 강물에 몸을 싣네.

사람과 다시금 일 년의 이별을 하니

이 밤의 시름을 아는지 달에게 묻는다네.

이미 사나운 바람이 평야를 휘감고

높은 누각에서 부는 횡적 소리조차 그쳐 버렸네.

어느 때나 작은 눈 날리는 산음의 길에서

낚싯배 매어두고 곳곳에서 향기 찾을 수 있으리?

送梅

零落梅花不自由, 斷腸容易付東流.**1**

與人又作經年別,**2** 問月應知此夜愁.

已是狂風卷平野, 更禁橫笛起危樓.**3**

何時小雪山陰路,**4** 處處尋香繫釣舟.

【해제】

54세 때인 순희淳熙 5년1178 정월 성도成都에서 쓴 것으로, 매화를 보내는 아쉬움과 고향에 대한 그리움을 나타내고 있다.

『검남시고劍南詩稿』에는 제목이 「매화 아래에서 약간 술 마시다 매화를 보내는 시 한 수를 놀이 삼아 쓰다小飮落梅下, 戱作送梅一首」로 되어 있다.

【주석】

1　容易(용이) : 가볍다, 경솔하다. 아무렇지 않게 행동에 거리낌이 없는 것을 말한다.

　　付(부) : 의지하다, 기탁하다. 매화 잎이 물에 떠내려가는 것을 말한다.

2　經年別(경년별) : 일 년의 이별. 내년이 되어야 다시 매화를 만날 수 있음을 말한다.

3　橫笛(횡적) : 가로로 눕혀 부는 피리.

4　山陰(산음) : 지명. 육유의 고향이다.

【해설】

이 시에서는 지는 매화를 아쉬워하며 애끓는 자신과는 달리 아무렇지도 않게 강물에 떨어져 흘러가 버리는 매화의 무정함을 한스러워하고 있다. 이어 매화와의 일 년간의 이별을 안타까워하며 달에게 시름을 토로하고, 평야를 몰아치는 광풍에 높은 누각에서 들려오는 횡적 소리조차 그쳐 버린 상황으로 자신의 상실감과 절망감을 나타내고 있다. 마지막에는 하루빨리 고향으로 돌아가 낚싯배를 타고 곳곳을 유람하며 고향에 핀 매화를 감상할 수 있게 되기를 바라고 있다.

즉석에서

유명한 정원에서 옷 풀고 있노라니 눈은 배로 밝아지고

푸른 소매 부지런히 움직이며 권하여 술잔을 전하네.

해당화와 붉은 살구는 색이 없어지려 하고

나비와 노란 두견은 모두 정이 있는데,

가는 해 잡아둘 수 없어 봄은 점차 저물고

돌아가는 배 이미 마련되어 객은 장차 가려 하네.

권태로운 관직 생활에 짧은 살쩍 머리에는 푸른 빛 많지 않으니

두려움 일어 술동이 앞에서 「위성곡」을 부르네.

卽席

解鞍名園眼倍明,**1** 殷勤翠袖勸飛觥.**2**

海棠紅杏欲無色,**3** 蛺蝶黃鸝俱有情.**4**

去日不留春漸老, 歸舟已具客將行.

倦遊短鬢無多綠,**5** 生怕尊前唱渭城.**6**

【해제】

54세 때인 순희淳熙 5년1178 3월 성도成都에서 쓴 것으로, 친구와 이별하며 지는 봄의 감회를 노래하고 있다.

1 解鞅(해앙) : 옷의 가슴걸이를 풀다. 격의 없이 편안하게 있는 것을 말한다.

2 殷勤(은근) : 바쁘게 움직이는 모양. 옷소매가 이리저리 움직이는 것을 말한다.

　飛觥(비굉) : 술잔을 전하다. '굉(觥)'은 물소 뿔로 만든 큰 술잔을 가리킨다.

3 欲無色(욕무색) : 색이 없어지려 하다. 꽃이 시들어 자취가 사라지는 것을 의
미한다.

4 黃鵊(황겹) : 노란 두견새.

5 倦遊(권유) : 떠돌아다니는 것이 싫증나다. 떠도는 관직 생활에 염증을 느끼
는 것을 말한다.

6 渭城(위성) : 「위성곡(渭城曲)」. 「양관곡(陽關曲)」이라고도 하며, 왕유의 송
별시 「사명을 띠고 안서로 나가는 원이를 보내며(送元二使安西)」를 가리킨
다. 위성은 진(秦)의 도성이었던 함양(咸陽)으로, 한대(漢代)에 위성으로 이
름이 바뀌었다. 시에서는 "그대에게 권하노니, 다시 한 잔 더 비우시게나. 서
쪽으로 양관을 나가면 친구도 없을 터이니(勸君更盡一杯酒, 西出陽關無故
人)"라 하며 친구와의 이별의 아쉬움을 나타내었다.

【해설】

　이 시에서는 저무는 봄날 멀리 떠나는 친구를 전송하며 함께 전별연
을 벌이고 있음을 말하고, 해당화와 살구꽃이 지고 나비가 날고 두견
새가 우는 경관을 통해 봄이 지물고 여름이 시작되는 계절적 배경을
나타내고 있다. 이어 날이 저물어 연회가 끝나고 친구와 헤어질 시간

이 되었음을 말하고, 타향에서 권태로운 관직 생활하며 늙어가는 자신의 회한을 토로하며 「위성곡」을 불러 친구와의 이별의 아쉬움을 나타내고 있다.

배 타고 소고산을 지나다 느낀 바 있어

소고산 가 높은 돛대에 바람은 불고

아득한 가운데 쪽머리 같은 연기 다시 보이네.

만 리의 객이 삼협 길을 지나

천 편의 시에 십 년 공을 기울였네.

그릇에 가득한 흰 부들 싹을 아직 맛보지 못했는데

쟁반에 쌓인 붉은 가는 회가 먼저 눈에 보이네.

인생사 헤아린들 무엇하리?

도롱이 하나로 이곳에서부터 자욱한 안개 속으로 들어가네.

舟過小孤有感[1]

小孤山畔峭帆風,[2] 又見煙鬟縹緲中.[3]

萬里客經三峽路,[4] 千篇詩費十年功.

未嘗滿盇蒲芽白,[5] 先看堆盤繪縷紅.[6]

商略人生爲何事, 一蓑從此入空濛.[7]

【해제】

54세 때인 순희淳熙 5년1178 6월, 임안臨安으로 돌아오던 도중 장강長江의 배에서 쓴 것으로, 촉蜀 지역에서의 지난 일을 회상하고 있다.

『검남시고』에서는 제5구의 '잉盇'이 '저箸'로 되어 있다.

1 小孤(소고) : 산 이름. 팽택고성(彭澤古城) 서북쪽에 있는 산으로, 지금의 강
　서성(江西省) 구강시(九江市) 지역에 있다.

2 峭帆(초범) : 높이 솟은 돛대.

3 煙鬟(연환) : 여인의 쪽머리 같은 연기. '환(鬟)'은 고대 여인의 머리 양식으로,
　고리 모양으로 말아 올려 쪽 찐 머리이다.

4 三峽(삼협) : 장강(長江) 상류에 있는 세 협곡. 구당협(瞿塘峽, 지금의 사천
　성 봉절현(奉節縣) 동쪽), 무협(巫峽, 지금의 사천성 무산시(巫山市) 동쪽),
　서릉협(西陵峽, 지금의 호북성 의창시(宜昌市) 서북쪽)을 가리킨다.

5 蒲芽(포아) : 부들 싹. 음식을 가리킨다.

6 鱠縷(회루) : 가늘게 썬 회.

7 空濛(공몽) : 안개나 가랑비가 자욱하여 몽롱한 모양.

【해설】

　　육유는 46세 때인 건도乾道 6년1170 10월 기주통판으로 부임하며 촉
에서의 관직 생활을 시작하였으며, 이후 10년 가까운 기간 동안 남정南
鄭, 성도成都, 가주嘉州, 영주榮州 등지를 전전하였다. 54세 때인 순희淳熙
5년1178 정월, 도성으로 소환하는 황명을 받아 그해 2월 성도成都를 출
발하여 가을에 임안臨安으로 돌아오게 된다.

　　이 시에서는 임안臨安으로 돌아오던 도중 배를 타고 지나오는 소고산
의 경관을 묘사하며 천 편의 시를 썼었던 촉蜀 지역에서의 지난 10년간

의 회한 가득했던 생활을 회상하고 있다. 이어 그릇 가득한 맛 좋은 음식들을 바라보며 잠시 즐거움을 느껴보기도 하지만, 자욱한 안개 속으로 들어가고 있는 자신을 말하며 인생사의 불가측성에 탄식하고 있다.

집 벽에 쓰다

짚을 이어 호숫가에 몇 칸 집 얻으니

띠 풀 집은 낮아 작고 대나무 창은 어여쁘네.

언덕의 연기는 고요히 마을 길로 돌아가고

산의 색은 차가워 눈 내리는 하늘을 빚어내네.

천성이 게을러 먹고 마시는 것 늘 우연에 맡기고

땅은 외져 닭과 개는 자유로이 다니네.

율리에 그윽한 일이 많음을 일찍 알았어야 했거늘

헛되이 인간 세상 사십 년을 돌아다녔네.

題齋壁

葺得湖邊屋數椽,¹ 茅齋低小竹窓妍.²

墟煙寂歷歸村路,³ 山色蒼寒釀雪天.

性嬾杯盤常偶爾,⁴ 地偏鷄犬亦儵然.⁵

早知栗里多幽事,⁶ 虛走人間四十年.⁷

【해제】

54세 때인 순희淳熙 5년¹¹⁷⁸ 10월 산음山陰에서 쓴 것으로, 고향에 은
거하는 한적한 삶을 노래하고 있다.

1 葺(즙) : 짚을 이다.

2 茅齋(모재) : 띠 풀을 엮어 만든 집. 초가집을 가리킨다.

3 寂歷(적력) : 고요하고 적막한 모양.

4 杯盤(배반) : 술잔과 음식 쟁반. 마시고 먹는 일을 비유한다.

5 翛然(소연) : 자유로운 모양, 마음대로 뛰어다니는 모양.

6 栗里(율리) : 마을 이름. 도잠(陶潛)이 살았던 마을을 가리키며, 여기서는 산음(山陰)을 비유한다.

  幽事(유사) : 그윽한 일. 은거 생활을 의미하며, 여기서는 은거하며 느끼는 한가로운 정취와 아름다운 풍경을 가리킨다.

7 四十年(사십년) : 40년. 관직 생활을 지낸 기간을 가리킨다. 육유가 처음 관직에 나아갔을 때는 34세 때인 소흥(紹興) 28년(1158) 영덕현주부(寧德縣主簿)로 임명되었을 때였다. 따라서 실제 관직 생활은 당시까지 20년 남짓한 기간이었다.

【해설】

  육유는 46세 때인 건도乾道 6년1170 윤5월 기주통판夔州通判으로 부임하며 고향인 산음山陰을 떠났다가 54세 때인 순희淳熙 5년1178 가을에 황명을 받아 임안臨安으로 돌아와 잠시 고향에 머물렀다. 이 시에서는 10년 만에 고향으로 돌아와 호숫가에 작은 초막을 짓고 사는 기쁨과 여유로움을 나타내고, 이러한 여유를 깨닫지 못하고 쫓기듯 관직 생활을 전전했던 지난 세월을 후회하고 있다. 먹고 마시는 일조차 운명에 맡기고 자유로이 다니는 닭과 개를 바라보는 모습에서 세상사의 공리와 속박에서 초연해진 시인의 달관한 심정을 느낄 수 있다.

밤길 가다 호두사에 유숙하며

누런 잎 가득한 마을에서 가마에 몸 누이니

개울 너머 성긴 종소리 아득히 들려오네.

맑은 서리는 십 리에 초승달과 짝하고

무리에서 떨어진 기러기는 반 줄로 어지러운 구름을 뚫고 가네.

도성을 떠나면서 부서지는 마음 견딜 수 없었고

오랑캐를 평정하며 헛되이 기개만 드높았네.

사수의 낙석은 옛날과 같은데

누가 중원의 제일가는 공훈을 새기리?

夜行宿湖頭寺[1]

臥載籃輿黃葉村,[2] 疎鐘杳杳隔溪聞.[3]

淸霜十里伴微月, 斷雁半行穿亂雲.[4]

去國不堪心破碎,[5] 平戎空有膽輪囷.[6]

泗濱樂石應如舊,[7] 誰勒中原第一勳.[8]

【해제】

54세 때인 순희淳熙 5년1178 10월 민閩 지역으로 부임하는 도중 쓴 것으로, 촉蜀 지역에서의 종군 생활을 회상하며 변치 않는 공업 수립의 열망을 나타내고 있다.

1 湖頭寺(호두사) : 사찰 이름. 어디인지 알 수 없다.

2 籃輿(남여) : 가마. 사람이 메고 이동하는 교통수단이다.

3 杳杳(묘묘) : 멀고 아득한 모양.

4 斷雁(단안) : 무리에서 떨어진 기러기.

5 去國(거국) : 국도(國都)를 떠나다. 도성을 벗어나 촉(蜀) 지역으로 갔던 일을 가리킨다.

6 輪囷(윤균) : 높고 커다란 모양.

7 泗濱樂石(사빈락석) : 사수(泗水) 가의 낙석(樂石). 사수(泗水)는 산동성(山東省) 중부 지역을 흐르는 강으로, 역대로 이곳의 돌을 가져와 비석을 만들어 공적을 새겼다.

8 勒(륵) : 쓰다, 새기다.

【해설】

이 시에서는 여행길에 바라본 쓸쓸한 가을밤의 정경을 묘사하며 울적한 자신의 심경을 나타내고 있다. 이어 도성을 떠나 촉蜀 땅으로 가던 때의 고통스러웠던 옛일과 당시 남정南鄭에서 종군하며 부질없이 드높기만 했던 기개를 회상하고, 중원의 제일가는 공을 세워 사수의 낙석으로 만든 비석에 새겨지고 싶은 소망을 나타내고 있다.

눈 내린 후 나가 노닐며 놀이 삼아 쓰다

작은 산봉우리와 평평한 산등성이에 눈은 들쭉날쭉한데

은거하는 이는 다시 읊으며 봄의 시를 찾네.

거문고 저당잡아 술 사니 본디 속돼서가 아니고

나막신 신고 비석 구경하니 또한 기이하긴 하다네.

드넓은 천지는 쓸쓸한 영혼을 포용해주고

다정한 풍월은 쇠락한 늙은이를 비웃네.

내 생이야 매화처럼 담박하니

제비도 아직 돌아오지 않은 때이고 나비도 알지 못한다네.

雪後出遊戲作

小巘平岡雪陸離,[1] 幽人又賦探春詩.

典琴沽酒元非俗,[2] 著屐觀碑又一奇.

大度乾坤容落魂,[3] 多情風月笑衰遲.

吾生也似梅花淡, 燕未歸來蝶不知.[4]

【해제】

57세 때인 순희淳熙 8년1181 12월 산음山陰에서 쓴 것으로, 눈 내린 풍경을 바라본 감회를 나타내고 있다.

『검남시고』에서는 제5구의 '혼魂'이 '탁乇'으로 되어 있다.

1 陸離(육리) : 들쭉날쭉 고르지 않은 모양.

2 典(전) : 저당잡다.

3 落魂(낙혼) : 쓸쓸한 영혼. 실의한 자신을 비유한다.

4 燕未歸來蝶不知(연미귀래접부지) : 제비가 아직 돌아오지 않고 나비가 알지
못한다. 매화가 필 때는 제비도 아직 돌아오지 않은 때이며 봄이 한창일 때는
매화가 이미 져 버려 나비가 매화의 존재를 알지 못하는 것을 말한다.

【해설】

이 시에서는 눈 내린 후 집을 나서 눈이 가득한 산봉우리와 산등성
이를 바라보며 봄을 기다리는 시를 쓰고 있는 자신을 말하고 있다. 이
어 거문고를 저당잡아 술을 사먹는 자신이 행동이 결코 속돼서가 아니
며, 아무도 찾지 않은 비석을 일부러 와서 보고 있는 자신의 행동이 오
히려 기이한 것임을 말하고 있다. 아울러 주변의 자연풍광에서 때로는
위안을 받고 때로는 부끄러움이 느껴짐을 말하며, 제비와 나비가 알아
주길 바라지 않은 매화에 자신을 비유하여 세상 영예에 초탈한 심정을
나타내고 있다.

마을에서 살며 눈에 보이는 대로 쓰다

비 갠 교외 들녘은 보리 베느라 바쁘고

바람 맑은 마을은 실 말리느라 향기롭네.

사람들에게 웃는 말 가득하니 풍년은 즐겁기만 하고

관리는 세금 줄여주니 태평한 세월은 길다네.

가지 위에 꽃은 사라져 나비 날갯짓은 한가롭고

수풀 사이 오디는 아름다워 꾀꼬리 울음은 매끄럽네.

관직 생활에 많은 즐거움 없음을 잘 아니

농사지으며 고향에서 늙어도 여한이 없다네.

村居書觸目

雨霽郊原刈麥忙, 風淸閭巷曬絲香.**1**

人饒笑語豐年樂, 吏省徵科化日長.**2**

枝上花空閑蝶翅, 林間甚美滑鶯吭.

飽知遊宦無多味,**3** 莫恨爲農老故鄕.

【해제】

60세 때인 순희淳熙 11년1184 여름 산음山陰에서 쓴 것으로, 여유롭고 평온한 시골 생활의 즐거움을 노래하고 있다.

『검남시고』에서는 제2구의 '려閭'가 '문門'으로 되어 있다.

1 曬絲(쇄사) : 실을 말리다. 누에에서 뽑은 실을 햇볕에 말리는 것을 가리킨다.

2 徵科(징과) : 세금을 징수하다.

   化日(화일) : 환한 대낮. 여기서는 태평한 세월을 비유한다.

3 飽知(포지) : 충분히 알다.

【해설】

　육유는 54세 때인 순희淳熙 5년1178 가을 촉蜀 지역에서 돌아온 후 고향인 산음山陰을 근거로 하여 지내며 건안建安과 무주撫州, 엄주嚴州 등지를 오가며 관직 생활과 농경 생활을 병행하였는데 이 시에는 당시 육유의 심정이 잘 드러나 있다.

　시에서는 먼저 보리를 수확하고 길쌈을 하며 바쁘지만 여유롭고 평온한 고향 마을의 여름 풍경을 묘사하고, 풍년과 태평한 세월의 즐거움을 말하고 있다. 이어 무미건조한 관직 생활보다는 농촌에서의 삶이 더 즐거움을 말하며, 평생토록 고향에서 농사지으며 살아가고 싶은 바람을 나타내고 있다.

옛날을 느껴 2수

세 번 조정의 관모 쓰고 도성에 들어가

황봉주에 자주 취해 마치 갈증 난 사마상여 같았으니,

말이 의장 일을 게을리하였으니 어찌 쫓겨남을 마다했겠으며

난초가 우연히 문 앞에서 자랐으니 감히 호미질을 원망했으리?

부귀할 때는 오히려 이 홀笏로 돌아가려 했지만

늙고 쇠해서는 그저 내 오두막이 사랑스러우니,

등불 앞의 시력은 여전하여

산방의 만 권 책을 다 본다네.

오장원 꼭대기에 가을빛은 새로운데

당시 나라를 위해 이 한 몸 잊고자 하였으니,

장안 서쪽으로 만 리를 지난 것은

북두 이남에 오직 한 사람뿐이었네.

지난 일은 이미 요동 바다의 학과 같고

남은 생은 헛되이 갈천씨의 백성을 부러워하니,

허리에 찬 화살의 흰 깃털은 다 쇠락해 버렸고

물러나 맑은 개울에 비춰보며 각건을 바로 쓴다네.

感昔二首

三著朝冠入上都,[1] 黃封頻醉渴相如.[2]

馬慵立仗寧辭斥,³ 蘭偶當門敢怨鋤.⁴

富貴尙思還此笏,⁵ 衰殘故合愛吾廬.

燈前目力依然在, 且盡山房萬卷書.

五丈原頭秋色新,⁶ 當時許國欲忘身.

長安之西過萬里, 北斗以南惟一人.⁷

往事已如遼海鶴,⁸ 餘年空羨葛天民.⁹

腰間白羽凋零盡, 却照淸溪整角巾.¹⁰

【해제】

71세 때인 경원慶元 원년1195 여름 산음山陰에서 쓴 것으로, 지난날의 관직 생활을 회상하며 산림에 은거하고 있는 자신의 일상을 나타내고 있다.

【주석】

1 三著朝冠(삼착조관) : 조정의 관모를 세 번 쓰다. 황제를 알현하고 세 차례 관직을 받은 일을 말하며, 소흥(紹興) 30년(1160)에 칙령소산정관(勅令所刪定官), 순희(淳熙) 13년(1186)에 지엄주(知嚴州), 순희 15년(1188)에 군기소감(軍器少監)에 임명된 일을 가리킨다.

2 黃封(황봉) : 노란 종이로 입구를 봉한 술. 황제가 하사한 술을 가리킨다.

3 馬慵立仗(마용립장) : 말이 의장으로 세워두는 일에 게으르다. '입장(立仗)'

은 황제의 어가를 끄는 말 양쪽에 참마(驂馬)를 의장용으로 배치하는 것을 말

한다. 여기서는 입장마가 울음소리를 내며 자신의 존재감을 드러내는 것을 가

리킨다.

4 怨鋤(원서) : 호미질을 원망하다. 난초가 문 앞에서 자라 사람들에게 쉽게 호

미질 당하는 것을 가리킨다.

5 笏(홀) : 관원이 조정에서 임금을 조회할 때 손에 드는 좁고 긴 판으로, 옥이나

상아 등으로 만들었다. 여기서는 높은 관직을 비유한다.

6 五丈原(오장원) : 지명. 지금의 섬서성 기산현(岐山縣) 남쪽이다. 일찍이 촉

한(蜀漢)의 제갈량(諸葛亮)이 이곳에 주둔하여 위(魏)를 정벌하였으며, 백여

일 후에 이곳에서 병사하였다.

7 北斗以南(북두이남) : 북두성(北斗星) 남쪽 지역. 중원 이남 지역으로 여기

서는 남송을 가리킨다.

8 遼海鶴(요해학) : 요동 바다의 학. 학이 되어 요동으로 날아온 정령위(丁令

威)를 가리킨다. 앞의 권2 「천왕광교원은 줍산 동쪽 산기슭에 있는데,(天王

廣敎院在崴山東麓,)」 주석 6 참조.

9 葛天民(갈천민) : 갈천씨(葛天氏)의 백성. 갈천씨는 전설상의 고대 황제로,

당시의 백성들은 태평성세를 누렸다고 한다.

10 角巾(각건) : 각이 진 두건. 방건(方巾)이라고도 하며, 고대에 은자들이 썼다.

【해설】

　이 시에서는 옛날의 관직 생활과 지금의 은거 생활을 비교하여 나타내고 있다.

　제1수에서는 조정에 있을 때의 일을 회상하고 있다. 당시에는 황제의 총애를 받아 늘 황봉주를 하사받고 취했음을 말하고, 울음소리를 내는 입장마立仗馬와 문 앞에서 자라는 난초에 자신을 비유하며 관직에서 쫓겨나거나 탄압받는 것을 두려워하지 않고 적극적으로 자신의 의견을 개진하였음을 말하고 있다. 이어 지금은 이미 늙고 쇠해져 관직에 있는 것보다 고향의 오두막에 은거하는 것이 좋음을 말하며 책에 파묻혀 지내고 있는 생활을 즐거워하고 있다.

　제2수에서는 젊었을 때 촉 지역에 종군했을 일을 회상하며 당시 위국헌신의 일념으로 만 리 먼 길을 떠났던 것에 자부심을 나타내고 있다. 이어 지금은 당시의 의기는 다 시들어 버리고 산림에 은거한 채 그저 옛날 태평성세의 사람들을 부러워만 하고 있음을 말하고 있다.

한밤중 독서 마치고 문을 나서 오래도록 배회하다 돌아와 단구를 쓰다

크게 노래하며 지팡이 끌고 사립문 나서니

삼경에 옷 젖는 것이야 상관하지 않네.

수풀 끝에 떠오른 조각달을 보려 하였는데

포구에 돌아가는 끊어진 구름과 우연히 마주쳤네.

놀란 기러기는 그물에서 벗어나 추위 속에 서로 기대고

주린 산비둘기는 둥지를 생각하며 밤에도 날고 있네.

북창 닫으니 누구와 만나 이야기하리?

그저 향기로운 그릇에다 세속의 욕심 씻는다네.

夜半讀書罷出門, 徙倚久之, 歸賦短句

浩歌曳杖出柴扉,¹ 不管三更露濕衣.

擬看林梢殘月上,² 偶逢浦口斷雲歸.

驚鴻脫網寒相倚, 飢鶻思巢夜亦飛.³

却掩北窓誰晤語,⁴ 聊憑香盌洗塵機.⁵

【해제】

60세 때인 순희淳熙 11년1184 가을 산음山陰에서 쓴 것으로, 독서를 마치고 한밤중에 바깥을 거니는 감회를 나타내고 있다.

『검남시고』에서는 제목에서 '단短'이 '장長'으로, 제8구의 '기機'가 '기鞿'

로 되어 있다.

【주석】

1   曳杖(예장) : 지팡이를 끌다.

2   擬(의) : 계획하다.

      殘月(잔월) : 남은 달. 그믐달을 가리킨다.

3   飢鶻(기골) : 굶주린 산비둘기.

4   晤語(오어) : 만나 이야기하다.

5   塵機(진기) : 세속적인 계획이나 욕심.

【해설】

이 시에서는 문을 나서 바라본 가을밤 산음 주변의 고요하고 적막한 경관을 묘사하며, 외롭고 쓸쓸한 경물에 자신의 심정을 기탁하고 있다. 마지막에서는 세상 사람들과의 인연을 끊고 세속의 욕망을 씻어내 버리고 있는 모습을 말하며, 세상사에 초연해져 마음의 안정을 찾고 싶은 바람을 나타내고 있다.

탄식을 담아

천 년 전 사람과는 늘 은연중에 합치되건만

눈앞의 속된 사람과는 아무런 상관이 없네.

문장 쓰는 것은 장자포와 비슷하고

술 마시는 것은 진맹공을 따르려 생각하네.

반평생을 세상 먼지 속에서 실망하고 좌절하였으니

언제나 도롱이 입고 낚시하며 아득한 곳으로 들어가리?

한평생 곳곳이 모두 늙어 지낼 수 있으니

이 늙은이 맡길 산 없을까 걱정하지 않는다네.

寓歎

千載前人每暗同,**1** 眼邊俗客馬牛風.**2**

作文似可張子布,**3** 飮酒思從陳孟公.**4**

半世氛埃成潦倒,**5** 幾時蓑釣入空濛.**6**

一生處處皆堪老, 莫怕無山著此翁.

【해제】

55세 때인 순희淳熙 6년1179 7월 건안建安에서 쓴 것으로, 세상사에 염증을 느끼며 산림에 은거하고 싶은 지향을 나타내고 있다.

『검남시고』에서는 제3구의 '사似'가 '여要'로, 제7구의 '생生'이 '암菴'

으로 되어 있다.

【주석】

1 暗同(암동) : 은연중에 합치되다. 옛사람들과 동병상련을 느끼는 것을 말한다.

2 馬牛風(마우풍) : 말과 소가 질주하다. '풍마우불상급(風馬牛不相及)'의 의미로, 말과 소가 질주하지만 서로의 경계가 구분되어 있어 서로 아무런 상관이 없는 것을 말한다. 『좌전(左傳)·희공4년(僖公四年)』에 "그대는 북해에 있고 나는 남해에 있으니, 다만 말과 소가 질주하지만 서로 영향을 미치지 않는 것입니다(君處北海, 寡人處南海, 唯是風馬牛不相及也)"라 한 것에서 유래하였다.

3 張子布(장자포) : 장소(張昭). 삼국시기 오(吳)의 중신(重臣)으로, 자가 자포(子布)이다. 손책(孫策)이 임종하며 그에게 동생 손권(孫權)을 부탁하였고, 후에 손권을 보좌하여 백성을 위무하고 반군을 토벌하는 등 많은 공을 세웠다.

4 陳孟公(진맹공) : 진준(陳遵). 서한(西漢) 사람으로 자가 맹공(孟公)이며 가위후(嘉威侯)에 봉해졌다. 서예에 뛰어났으며, 술을 좋아하여 항상 크게 취하고 집에는 빈객들이 가득하였다.

5 潦倒(요도) : 실의하고 넘어지다.

6 空濛(공몽) : 안개나 가랑비가 자욱하여 몽롱한 모양.

【해설】

이 시에서는 세상의 속된 사람들과 어울리지 않는 자신을 말하며,

오吳의 장소張昭처럼 나라를 보필하고 안정시킬 수 있는 글을 쓰고 한漢의 진준陳遵처럼 호쾌하게 술을 마시며 즐기고 싶은 지향을 나타내고 있다. 이어 실망과 좌절로 가득했던 지난 생을 돌아보며 산림에 은거하여 노년을 보내고 싶은 바람을 나타내고 있다.

간곡정선육방옹시집
澗谷精選陸放翁詩集

권4

육유(陸游) 무관(務觀) 찬(撰)

나의(羅椅) 자원(子遠) 선(選)

칠언율시七言律詩

유림 주막의 작은 누각에서

복사꽃은 들불 같고 술은 기름 같으니

고삐 느슨히 하고 교외 들판에서 늘 자유로이 노니네.

약간의 권태로움은 한낮의 꿈을 꾸게 하고

숙취는 남아 봄날의 시름과 짝하네.

먼 여행길에 천지의 광대함을 비로소 깨닫고

만년이 되어서야 세월의 빠름에 화들짝 놀란다네.

청명한 과주 길을 기억에 담아두니

하늘 가운데 높은 버들 아래로 푸른 누각을 나서네.

柳林酒家小樓[1]

桃花如燒酒如油, 緩轡郊原常自遊.[2]

微倦放敎成午夢, 宿醒留得伴春愁.

遠途始悟乾坤大, 晚節偏驚歲月遒.[3]

記取淸明果州路,[4] 半天高柳出靑樓.[5]

【해제】

48세 때인 건도乾道 8년1172 봄 과주果州의 유림柳林에서 쓴 것으로, 봄날 여행길의 감회를 나타내고 있다.

『검남시고』에서는 제2구의 '상자常自'가 '당출當出'로, 제7구의 '청淸'이 '청晴'으로, 제8구의 '출出'이 '소小'로 되어 있다.

【주석】

1 柳林(유림) : 지명. 과주(果州)에 있는 마을로 여겨진다.

2 緩轡(완비) : 고삐를 느슨히 하다. 속도를 줄여 천천히 지나는 것을 말한다.

3 晩節(만절) : 만년(晩年).

遒(주) : 빠르다, 급하다.

5 靑樓(청루) : 푸른 누각. 주루酒樓 또는 기루妓樓를 가리킨다.

4 果州(과주) : 지명. 지금의 사천성 남충시(南充市)로, 성도(成都) 동쪽에 있다.

【해설】

기주통판으로 있던 육유는 48세 때인 건도乾道 8년1172 사천선무사四川宣撫使 왕염王炎의 부름을 받아 선무사사간판공사宣撫使司幹辦公事로 임명되며, 그해 정월 기주夔州, 지금의 사천성 봉절현(奉節縣)를 출발하여 만주萬州, 양산梁山, 인수隣水, 악지岳池, 과주果州, 낭중閬中, 광원廣元, 영강寧强 등지를 지나 3월에 왕염의 막부가 있는 남정南鄭, 지금의 섬서성 한중시(漢中市)에 도착한다.

이 시는 남정으로 가던 도중 과주果州의 유림柳林을 지나며 쓴 것으로, 지천에 만발한 복사꽃과 그 흥을 더욱 돋우는 술을 들불과 기름에 비유하며 아름답고 여유로운 봄날의 정취를 즐기고 있다. 이어 세월의 빠름을 아쉬워하며 이곳에서의 기억을 오래도록 간직하고 싶은 마음을 나타내고 있다.

상우의 여관에 옛날 쓴 글을 보고 세월을 느껴

작은 배를 집 삼아 동서로 다니니

오늘 아침에는 새벽 일찍 앞 개울 내려갔네.

푸른 산 빈 곳에 해는 막 떠오르고

외로운 여관 문 열 때 꾀꼬리는 어지러이 우네.

권태로이 베개 베며 천 리의 꿈 이루지 못하고

무너진 담장에서 한가로이 십 년 전의 글을 찾네.

칠원의 오만한 관리였던 장자는 오히려 통달한 게 아니었으니

사물과 내가 구구하게 어찌 같을 수 있으리?

上虞逆旅見舊題, 歲月感懷[1]

舴艋爲家東復西,[2] 今朝破曉下前溪.

靑山缺處日初上, 孤店開時鶯亂啼.

倦枕不成千里夢,[3] 壞牆閑覓十年題.

漆園傲吏猶非達,[4] 物我區區豈足齊.[5]

【해제】

43세 때인 건도乾道 3년1167 산음山陰에 있을 때 쓴 것으로, 상우上虞의 여관에서 옛날 자신이 썼던 글을 발견한 감회를 나타내고 있다.

1 上虞(상우) : 지명. 지금의 절강성 상우현(上虞縣)이다.

2 舴艋(책맹) : 작은 배.

3 千里夢(천리몽) : 천 리를 가는 꿈. 공업 수립에 대한 기대를 가리킨다.

4 漆園傲吏(칠원오리) : 칠원(漆園)의 오만한 관리. 장자(莊子)를 가리킨다.
   장자는 일찍이 주(周)나라에서 칠원의 관리를 지냈다.

5 豈足齊(기족제) : 어찌 같을 수 있으리? 물아일체(物我一體)를 말한 장자의
   제물론(齊物論)을 비판한 말이다.

【해설】

　육유은 융흥부통판隆興府通判으로 있다 파직되어 건도乾道 3년1167 3월
에 고향 산음山陰으로 돌아왔는데, 이 시에서는 당시 배를 타고 산음 주
변의 곳곳을 유람하고 다녔던 그의 생활이 잘 나타나 있다. 시에서는
푸른 산이 펼쳐지고 꾀꼬리가 우는 봄날의 경관을 묘사하며, 상우의
여관에서 10년 전 자신이 쓴 글을 보고 세월의 흐름을 실감하고 있다.
이어 물아物我와 유무有無를 동일시 한 장자의 제물론齊物論을 비판하며
공업 수립의 기대감을 나타내고 있다.

낮에 누워

가을 더위가 사람 핍박하여 기력이 쇠미하니

향 태우고 편안히 누워 사립문 닫네.

자태 뽐내던 들꽃은 맑은 날에도 오므려 있고

모양 만들던 강 구름은 저녁에도 돌아가지 않네

몸 밖의 일이야 모두 꿈인 것을 잘 아니

세상사 곳곳에 위기가 있다네.

고향의 소나무 국화는 지금 어떠할는지?

늦었도다, 도연명이 어제가 잘못이었음을 깨달은 것이.

晝臥

秋暑侵人氣力微, 燒香高枕掩柴扉.**1**

弄姿野花晴猶斂, 作態江雲晚未歸.

身外極知皆夢事,**2** 世間隨處有危機.**3**

故山松菊今何似, 晚矣淵明悟昨非.**4**

【해제】

53세 때인 순희淳熙 4년1177 7월과 8월 사이 성도成都에서 쓴 것으로, 세상 명리에 초연한 달관의 심정을 나타내고 있다

『검남시고』에서는 제2구의 '시柴'가 '재齋'로 되어 있다.

1　高枕(고침) : 베개를 높이 하고 눕다. 편안히 눕는 것을 의미한다.

2　身外(신외) : 신체 이외의 일. 명예나 지위, 재상 등을 가리킨다.

3　隨處(수처) : 곳곳, 도처(到處).

4　悟昨非(오작비) : 어제가 잘못이었음을 깨닫다. 도잠(陶潛)의 「귀거래사(歸去來辭)」에서 "지금이 옳고 지난날이 잘못이었음을 깨달았네(覺今是而昨非)"라 하며 지난 관직 생활을 후회하고 전원으로 돌아가려 결심한 것을 말한다.

【해설】

　이 시에서는 가을 더위에 지쳐 무기력해진 몸을 향을 피우고 편안히 누워 추스르고 있는 모습이 나타나 있다. 일신의 보전이 무엇보다 중함을 깨달은 시인은 일신 밖의 모든 일은 그저 꿈에 불과하고 일신의 안위를 위협하는 일은 도처에 존재함을 말하고 있다. 이어 도잠의 「귀거래사」를 떠올리며 그의 귀향의 결심이 오히려 늦었음을 탄식하고, 관직에서 벗어나 고향으로 돌아가 은거하고 싶은 마음을 나타내고 있다.

취해 돌아오며

술 들고 서 있는 강 머리에 저녁 안개 이르니

시름겨운 성에서 홀연 겹겹 성문이 열리네.

달과 어우러진 맑은 물결을 배를 옮겨가며 보고

바람맞은 취한 얼굴로 말을 달려 돌아온다네.

말직에 있으면서 백발이 더해짐에 이미 놀라는데

친구들은 높은 관직에 올랐음을 자주 알려오네.

억지로 관직 생활 따르느라 참으로 나태하기만 하니

오송강에서 내 옛날 낚시하던 바위를 구한다네.

醉歸

持酒江頭到夕霏, 愁城頓覺解重圍.[1]

澄波宜月移船看, 醉面便風走馬歸.

末路已驚添白髮,[2] 故人頻報上黃扉.[3]

彊隨官簿成眞嬾,[4] 乞我吳松舊釣磯.[5]

【해제】

54세 때인 순희淳熙 5년1178 5월, 임안臨安으로 돌아오던 도중 강릉江陵을 지나며 쓴 것으로, 공업을 이루지 못하고 돌아오는 아쉬움을 나타내고 있다.

『검남시고』에서는 제7구의 '성진成眞'이 '진성眞成'으로 되어 있다.

【주석】

1 重圍(중위) : 겹겹으로 에워싸다. 성문(城門)을 가리킨다.

2 末路(말로) : 미관말직(微官末職). 낮은 지위를 가리킨다.

3 黃扉(황비) : 누런색으로 칠한 문. 고대에 승상(丞相), 삼공(三公), 급사중(給事中) 등 고관이 근무하던 곳에 황색으로 문을 칠하였다. 여기서는 고위 관직을 가리킨다.

4 官簿(관부) : 관에서 작성하는 장부나 문서. 여기서는 관직 생활을 비유한다.
嬾(란) : 게으르다, 귀찮다.

5 吳松(오송) : 오송강(吳松江). '오송강(吳淞江)'이라고도 하며, 강소성 태호(太湖) 아래에서 절강성을 지나는 강이다. 여기서는 고향인 산음(山陰)의 강을 가리킨다.
釣磯(조기) : 낚시 바위. '기(磯)'는 강 가운데나 가에 있는 넓은 바위를 가리킨다.

【해설】

이 시에서는 술 들고 강 머리로 나가 시름에 겨워 저녁 풍경을 바라보고, 밤이 되어 달빛과 바람 속에서 배와 말을 타고 돌아오는 모습이 나타나 있다. 이어 자신은 말직에 있으며 공업을 이루지도 못한 채 도성으로 돌아오고 있건만, 이미 고관이 된 친구들의 소식은 자신을 더욱 깊은 좌절감에 빠지게 함을 말하고 있다. 마지막에서는 관직 생활에 염증을 느끼고 고향에 은거하여 낚시나 하며 살고 싶은 마음을 나타내고 있다.

상청 세계의 연경관에서 장인관으로 돌아와 잠시 머무르며

봉래산에 다시 오니 길은 평탄해지려 하고

긴 피리 불며 청성산을 지나네.

빈 산의 서리 맞은 잎에는 사람 자취 없고

고개 중턱의 하늘 바람에선 휘파람 소리가 생겨나며,

가느다란 잔도와 솟아오른 구름은 깎아지른 산에 얽혀있고

높다란 누각과 나는 듯한 기둥은 맑은 물에 꽂혀 있네.

옥화루가 다시 푸른 난새를 끌어당겨 머물게 하니

난간에 기대어 밝은 달을 기다리려 하네.

自上清延慶歸丈人觀少留[1]

再到蓬萊路欲平,[2] 却吹長笛過青城.

空山霜葉無行迹, 半嶺天風有嘯聲.

細棧跨雲縈峭絶,[3] 危樓飛柱挿澄淸.

玉華更控青鸞住,[4] 要倚欄干待月明.

【해제】

50세 때인 순희淳熙 원년1174 10월 청성산靑城山에서 쓴 것으로, 산 높은 곳에 자리한 장인관의 탈속적인 경관을 노래하고 있다.

『검남시고』에서는 제목에서 '귀歸' 다음에 '과過'가 추가되어 있으며,

제6구의 '루樓'가 '교橋'로 되어 있다.

【주석】

1 上淸(상청) : 도가(道家)에서 구분하는 천상세계의 하나. 도가에서는 천상세

계를 옥청(玉淸), 상청(上淸), 태청(太淸)의 세 개로 구분하며 각각 원시천존

(元始天尊), 영보천존(靈寶天尊), 도덕천존(道德天尊) 또는 태상노군(太上

老君)이 다스린다고 한다. 여기서는 청성산을 비유한다.

延慶(연경) : 연경관(延慶館). 청성산에 있는 도관 중의 하나.

丈人觀(장인관) : 장인관(丈人觀). 청성산에 있는 도관 중의 하나.

2 蓬萊(봉래) : 봉래산(蓬萊山). 전설상 바다에 있는 세 선산(仙山) 중의 하나

로, 여기서는 청성산을 비유한다.

3 細棧(세잔) : 가느다란 잔도(棧道). 절벽에 구멍을 뚫어 나무를 가설하여 만

든 길을 가리킨다.

4 玉華(옥화) : 옥화루(玉華樓). 장인관에 있는 누각 이름.

控(공) : 끌어당기다.

【해설】

이 시에서는 청성산을 선계의 봉래산에 비유하며, 사람의 자취가 없

는 낙엽과 벼랑에서 이는 매서운 바람 소리를 통해 장인관이 인적이

닿지 않은 깊은 산속에 자리하고 있음을 말하고 있다. 이어 구름 덮인

깎아지른 산에 잔도가 이어져 있고 물 위로 높이 솟아 있는 누각을 묘

사하며 장인관 주변의 탈속적인 경관을 나타내고 있다. 마지막에는 장인관 안의 옥화루에 난새가 머물고 있음을 말하고, 밝은 달이 떠오르기를 기다려 이를 타고 하늘로 오르고 싶은 바람을 나타내고 있다.

몸소 농사지으며

몸소 농사지으며 촉산에서 늙어감을 비웃지 말지니

그래도 채소 따며 정원의 관리 바라는 것보단 낫다네.

어리석은 꿈에서 깨어나니 세속의 욕심은 그치고

부질없는 시름 없어지니 술자리는 너그럽기만 하네.

다시는 짧은 옷 입고 이광을 따르지는 않으리니

그저 가랑비 속에 소단을 방문할 것만 생각한다네.

십 년 세상사가 그저 바다처럼 아득하기만 하니

한가한 사람이 고요한 곳에서 보는 것만 못하다네.

躬耕

莫笑躬耕老蜀山, 也勝菜把仰園官.**1**

喚回癡夢塵機息,**2** 空盡閑愁酒地寬.

無復短衣隨李廣,**3** 但思微雨過蘇端.**4**

十年世事茫如海, 輸與閑人靜處看.**5**

【해제】

52세 때인 순희淳熙 3년1176 4월 성도成都에서 쓴 것으로, 촉蜀 땅 농부의 말을 빌려 세상 명리의 부질없음을 말하고 있다.

【주석】

1　菜把(채파) : 채소.

　　園官(원관) : 정원을 관장하는 관리(官吏).

2　塵機(진기) : 세속적인 욕망.

3　短衣隨李廣(단의수이광) : 짧은 옷 입고 이광(李廣)을 따르다. 두보(杜甫)가

　　「곡강(曲江)」 시에서 "짧은 옷과 필마로 이광을 따랐네(短衣匹馬隨李廣)"라

　　한 뜻을 차용한 것으로, 여기서는 공명을 수립하고자 하는 의지를 가리킨다.

4　微雨過蘇端(미우과소단) : 가랑비 속에 소단(蘇端)을 방문하다. 두보(杜甫)

　　가 「빗속에 소단을 방문하다(雨過蘇端)」 시에서 소단을 찾아가 그의 환대에

　　감사했던 뜻을 차용한 것으로, 여기서는 좋은 벗과 사귀고 싶은 바람을 가리

　　킨다.

5　輸與(수여) : ~만 못하다.

【해설】

　이 시에서는 촉蜀 땅 농부의 말을 빌려 산골에서 농사짓는 것이 관리
가 되는 것보다 나음을 말하고, 이욕과 공업의 추구에서 벗어나 여유
롭게 술자리를 즐기고 마음 맞는 친구와 사귀면서 지내고 싶은 바람을
나타내고 있다. 이어 세상에 나아가 있었던 지난 10년간의 일들이 지
금은 그저 바다처럼 아득하게 느껴질 뿐임을 말하고, 산골에 묻혀 평
온하고 한가롭게 살아가는 것이 보다 나은 것임을 말하고 있다.

이 시는 비록 농부의 말을 대신한 것이지만, 육유는 당시 공업 수립의 좌절로 인해 실의의 나날을 보내고 있었기에 이와 같은 말은 자신의 절망에 대한 위안이자 현실에 대한 반감의 표현이었다고 할 수 있다.

운문산 초당에 쓰다

잠깐 살면서 처음에는 열흘 한 달을 기약했는데

이 년을 머무르고 있지만 응당 잘못은 아니라네.

산사에서 비석 찾으면 구름이 신발에서 피어났고

시내 다리에서 객을 전송하면 눈이 옷에 가득했으며,

직접 벼루에 남아 있는 먹물을 씻고

드러누워 향로에서 흩어지는 연기를 보았다네.

다른 때 벼슬길에 나가면 이러한 일 없을 터이니

일찌감치 어부의 도롱이 사서 늙기 전에 돌아오리.

留題雲門草堂1

小住初爲旬月期, 二年留滯未應非.

尋碑野寺雲生屨,2 送客溪橋雪滿衣.

親滌硯池餘墨漬,3 臥看爐面散煙霏.4

他年遊宦應無此, 早買漁蓑未老歸.5

【해제】

32세 때인 소흥紹興 26년1156 겨울 산음山陰에서 쓴 것으로, 초당 생활의 즐거움을 노래하고 있다.

1 雲門(운문) : 운문산(雲門山). 회계(會稽) 남쪽에 있다.

2 雲生屨(운생구) : 구름이 신발에서 생겨나다. 높은 곳에 있음을 말한다.

3 墨漬(묵지) : 먹물.

4 煙霏(연비) : 연기나 안개.

5 漁蓑(어사) : 어부가 입는 도롱이.

【해설】

　육유는 30세 때인 소흥紹興 24년1154에 예부시禮部試에 응시하여 1등으로 합격했으나, 그의 글이 북벌을 적극적으로 주장하였던 까닭에 주화파였던 진회秦檜의 노여움을 받았고 마침내 이로 인해 쫓겨나게 되었다. 조정에서 쫓겨난 육유는 이듬해인 소흥紹興 25년1155에 운문산에 초당을 짓고 거주하였다.

　이 시에서는 처음 운문산에 초당을 짓고 살 때는 잠깐 머무를 계획이었으나 산중 생활의 정취에 빠져 2년째 머물게 되었음을 말하고 있다. 이어 산사를 노닐고 친구들과 만나 작별하며 묵과 향을 벗 삼아 지내는 초당 생활의 즐거움을 말하고, 훗날 관직에 나가더라도 일찌감치 다시 이곳으로 돌아올 것을 다짐하고 있다.

망강을 지나며

나의 길이 잘못되었는지 광야로 왔건만

강물은 이처럼 흘러 어디로 가는가?

까마귀와 까치 막 날갯짓한 후 길을 나서

소와 양이 내려오려 하는 때 유숙하네.

바람의 힘은 점점 돛의 힘을 더하며 강해지고

노 소리는 늘 기러기 소리와 섞여 슬프기만 하네.

저녁 되어 다시 회남 길로 들어가니

붉은 나무 푸른 산이 시 쓰기 알맞구나.

望江道中[1]

吾道非邪來曠野,[2] 江濤如此去何之.

起隨烏鵲初翻後, 宿及牛羊欲下時.

風力漸添帆力健, 艣聲常雜雁聲悲.[3]

晚來又入淮南路,[4] 紅樹靑山合有詩.[5]

【해제】

41세 때인 건도乾道 원년1165 가을 융흥부통판隆興府通判으로 부임하며 장강長江을 지날 때 쓴 것으로, 아침부터 저녁까지 이어지는 고된 여정이 나타나 있다.

【주석】

1 望江(망강) : 망강현(望江縣). 당시 안경부(安慶府)에 속했으며, 지금의 안
   휘성(安徽省) 안경시(安慶市) 지역이다.

2 邪(야) : 감탄사.

3 艣聲(노성) : 노 젓는 소리.

4 淮南(회남) : 회수(淮水) 남쪽과 장강(長江) 북쪽 지역.

5 合(합) : 적합하다, 적당하다.

【해설】

　육유는 39세 때인 융흥隆興 원년1163 고향 산음山陰을 떠나 진강통판鎭
江通判으로 부임하였다. 이후 41세 때인 건도乾道 원년1165 7월 융흥부통
판隆興府通判으로 임명되어 길을 떠나 그해 겨울 융흥隆興에 도착하였다.

　이 시에서는 고향을 떠나 다시금 낯선 곳으로 부임하고 있는 상황을
말하며 아침부터 저녁까지 이어지는 여정과 노 소리에 섞이는 슬픈 기
러기 소리를 통해 자신의 고단하고 울적한 심정을 나타내고 있다. 그
러나 회남 길로 접어들어 아름다운 풍광을 마주하고는 그래도 이곳이
시 쓰기에 적합한 곳이라 말하며 스스로를 위안하고 있다.

승방에 잠시 머물러 지내며

청산을 다 지나고 나룻배를 불러

저녁 창에서 발 씻고 승방의 요에 누웠으니,

청아하게 노닐고픈 평소의 소원 보상받은 데다

편안히 깊은 잠이 들 내세의 인연도 맺었다네.

쪼는 소리 점점 희미한 것이 늙은 닭인 듯하고

울음소리 이미 끊어진 것이 가을 매미인 듯하네.

옆 사람들이여, 어리석고 아둔하다 너무 비웃지 말게나.

이 같은 이치가 우리 가문의 알려지지 않은 비책이라오.

僧房假榻¹

過盡靑山喚渡船, 晚窗洗脚臥僧氈.

剩償平日淸遊願,² 更結來生熟睡緣.³

吞啄漸稀如老鶴, 鳴聲已斷似寒蟬.

旁觀莫苦嘲癡鈍,⁴ 此妙吾宗祕不傳.⁵

【해제】

44세 때인 건도乾道 4년1168 혹은 45세 때인 건도乾道 5년1169 산음山陰
에서 쓴 것으로, 승방에서 지내는 편안하고 여유로운 심정을 노래하고
있다.

1 　假榻(가탑) : 잠시 머물러 지내다.

2 　剩(잉) : 더하여, 게다가. '갱(更)'과 같다.

　　淸遊願(청유원) : 맑고 고상하게 노닐고자 하는 소원.

3 　來生(내생) : 후에 올 다음 생애.

4 　旁觀(방관) : 옆에서 구경하는 사람.

　　癡鈍(치둔) : 어리석고 아둔하다.

5 　祕不傳(비부전) : 세상에 전해져 알려지지 않은 비책.

【해설】

　　육유는 42세 때인 건도乾道 2년1166 4월 융흥부통판隆興府通判에서 파직되어 산음山陰으로 돌아왔다. 이후 46세 때인 건도乾道 6년1170 윤5월 기주통판蘷州通判으로 부임하기 위해 기주蘷州로 떠날 때까지 줄곧 산음에서 기거하였다.

　　이 시에서는 산을 지나고 물을 건너 승방에 이르게 된 상황을 말하고, 평소 원하던 청아한 삶뿐 아니라 내세의 안락함까지 얻게 되었음을 기뻐하고 있다. 이어 닭이 쪼는 소리와 이따금 들려오는 가을 매미 소리로 고요하고 한적한 산사의 정취를 나타내고, 남들이 보기에는 하찮게 여겨질 수도 있지만 자신의 이 같은 추구와 바람은 대대로 이어온 가문의 전통임을 말하고 있다.

맑은 저녁에 호각 소리를 듣고 느낀 바 있어

여름비 막 그친 백제성에

작은 연과 새로 난 대나무가 석양에 빛나네.

십 년의 먼지는 푸른 적삼의 색이 되고

만 리 강산에 아로새긴 호각 소리 울리는데,

쇠락한 친구들은 먼 꿈에서 시름겹기만 하고

처량한 고향 마을은 돌아가 농사짓는 것을 저버렸네.

한대에 간관과 박사들이 새로운 건의 많았지만

누가 당시의 노나라 두 유생을 오게 할 수 있었으리?

晚晴聞角有感

暑雨初收白帝城,¹ 小荷新竹夕陽明.

十年塵土青衫色,² 萬里江山畫角聲.³

零落親朋勞遠夢,⁴ 淒涼鄉社負歸耕.⁵

議郎博士多新奏,⁶ 誰致當時魯二生.⁷

【해제】

47세 때인 건도乾道 7년1171 여름 기주夔州에서 쓴 것으로, 자신을 한대漢代 예약 정비에 참여하지 못한 노魯나라의 두 유생에 비유하며 북벌을 위한 자신의 건의가 받아들여지지 않음을 안타까워하고 있다.

1 白帝城(백제성) : 구당협(瞿唐峽)의 북쪽 백제산(白帝山)에 있는 산성. 지금
   의 사천성 봉절현(奉節縣)에 있다. 삼국시기 유비(劉備)가 오(吳)나라 토벌
   에 실패하고 퇴각하여 머물다 죽은 곳이다.

2 靑衫(청삼) : 푸른 적삼. 낮은 지위의 문관이 입는 관복이다.

3 畵角(화각) : 아름다운 장식이 새겨져 있는 호각(號角).

4 零落(영락) : 쇠락한 모양.

5 鄕社(향사) : 고향 마을.

6 議郎博士(의랑박사) : 간관(諫官)과 박사(博士). 여기서는 한(漢) 고조(高
   祖)가 즉위하여 예악을 정비할 때 건의를 올렸던 조정 관원들을 가리킨다.

7 魯二生(노이생) : 노(魯)나라의 두 유생. 『사기(史記)·숙손통전(叔孫通傳)』에
   따르면 한(漢)나라가 건국된 후 숙손통(叔孫通)이 예악을 정비하기 위하
   여 노나라 유생 30여 명을 초빙하였는데, 이에 응하지 않았던 두 사람을 가
   리킨다. 여기서는 지조와 절개가 굳은 사람을 가리키며, 시인 자신을 비유
   한다.

【해설】

   이 시에서는 말직으로 있으며 사방을 떠돌아다니기만 했던 지난 10
년간의 관직 생활을 회상하며 헤어진 친구들과 떠나온 고향에 대한 그
리움을 나타내고 있다. 마지막 두 구에서는 한나라가 건국되어 예악을

정비했던 옛일을 떠올리고 있다. 당시 조정의 많은 이들이 건의를 올렸지만 정작 노나라의 두 유생과 같이 지조 있는 선비는 불러오지 못했음을 말하며, 능력과 책략을 지니고 있음에도 중용되지 못하고 있는 자신의 처지를 안타까워하고 있다.

십사 일에 동림사에서 유숙하며

강호의 천만 봉우리 다 보니

운몽택조차 내 가슴속의 작은 가시에 불과하네.

서새산 앞의 달을 희롱하며 부르고

동림사의 종소리를 와서 들으니,

먼 길 떠난 객이 지금 다시 오게 될 줄 어찌 알았겠는가만

노승은 옛날의 만남을 기억하네.

빈 창에 깊이 잠드는데 누가 놀래 깨우는가?

들의 방아가 사람도 없이 밤에 절로 절구질하네.

十四日宿東林寺[1]

看盡江湖千萬峯, 不嫌雲夢芥吾胸.[2]

戱招西塞山前月,[3] 來聽東林寺裏鐘.

遠客豈知今再到, 老僧能記昔相逢.

虛窻熟睡誰驚覺, 野碓無人夜自舂.[4]

【해제】

54세 때인 순희淳熙 5년1178 6월, 임안臨安으로 돌아오던 도중 여산廬山을 지나며 쓴 것으로, 여산의 동림사를 다시 찾은 감회를 노래하고 있다.

『검남시고』에는 제목 앞에 '육월六月'이 있다.

【주석】

1   東林寺(동림사) : 여산(廬山)에 있는 사찰 이름. 동진(東晉) 때 자사 환이(桓
伊)가 혜원법사(惠遠法師)를 위해 세웠으며, 지금의 강서성(江西省) 구강시
(九江市) 남쪽에 있다.

2   雲夢(운몽) : 운몽택(雲夢澤). 옛날 초(楚)나라의 늪으로 지금의 동정호 및
그 북쪽의 호남성 북부와 호북성 일대에 걸쳐 있었다. 본래 장강 북쪽에 있는
운택(雲澤)과 장강 남쪽에 있는 몽택(夢澤)으로 나누어져 있었는데 후에 동
정호로 합쳐졌다.
芥吾胸(개오흉) : 내 가슴속에 가시가 되다. 사마상여(司馬相如)의 「자허부
(子虛賦)」에서 "운몽택과 같은 것 여덟아홉 개를 가슴에 삼켜도 작은 가시 정
도에 지나지 않습니다(吞若雲夢者八九於其胸中, 曾不蒂芥)"라 한 뜻을 차
용한 것으로, 여기서는 극히 사소한 것임을 의미한다.

3   西塞(서새) : 서새산(西塞山). 지금의 호북성(湖北省) 무한시(武漢市) 동남
쪽 장강 가에 있다.

4   野碓(야대) : 인가와 떨어진 곳에 있는 방아.

【해설】

이 시에서는 오랜 세월 떠돌아다니느라 온갖 산천을 이미 두루 본
까닭에 거대한 운몽택조차 자신에게는 사소하게 느껴짐을 말하고 있

다. 이어 10년 전 촉蜀으로 떠나며 들렀던 동림사를 생각지도 못하게 다시 들르게 되었음을 말하고, 옛날의 만남을 여전히 기억하고 있는 노승에게 감사의 마음을 나타내고 있다. 인적 없는 곳에서 들려오는 한밤의 절구질 소리가 산사의 고요와 적막을 느끼게 한다.

금릉에서 먼저 유 유수께 드리다

양주와 익주의 나그넷길 험하고 멀기만 하였는데

공을 뵈려 하니 문득 뜻이 강건해짐을 느끼네.

금릉의 왕기는 하늘 가운데서 자줏빛이고

대장군의 상아 깃발은 세 길 폭으로 노란빛이며,

강 위 수군은 갈매기를 날리고

막사 앞 화살은 이리를 쏘네.

돌아와서는 오계의 노래를 추구할 것이니

방탕한 이 늙을수록 더 방탕해진다 비웃지 마시길.

金陵先寄獻劉留守[1]

梁益羈遊道阻長,[2] 見公便覺意差彊.

別都王氣半空紫,[3] 大將牙旗三丈黃.[4]

江面水軍飛海鶻, 帳前羽箭射天狼.

歸來要了浯溪頌,[5] 莫笑狂生老更狂.

【해제】

54세 때인 순희淳熙 5년1178 6월, 임안臨安으로 돌아오던 도중 건강建
康에 이르려 할 때 배 안에서 쓴 것으로, 고향으로 돌아온 후에는 낚시
하며 은거하고 싶은 뜻을 나타내고 있다.

『검남시고』에는 제목 앞에 '장지將至'가 있다.

【주석】

1 　金陵(금릉) : 지금의 강소성(江蘇省) 남경시(南京市).

　　劉留守(유유수) : 유공(劉珙). 자가 공부(公父)이며 남송 고종(高宗) 때 중서
사인(中書舍人), 동지추밀원사(同知樞密院事)를 지냈으며, 효종(孝宗) 때
지건강부(知建康府), 강동안무사(江東安撫使), 행궁유수(行宮留守) 등을
역임하였다. 당시 금릉에서 행궁유수로 있었다.

2 　梁益(양익) : 양주(梁州)와 익주(益州). 고대 구주(九州) 중의 하나로, 촉(蜀)
지역을 가리킨다.

3 　別都(별도) : 별도의 도성(都城). 금릉(金陵)을 가리킨다.

4 　牙旗(아기) : 깃대에 상아 장식이 새겨진 기. 대장군의 깃발을 가리킨다.

5 　要了(요료) : 원하다, 추구하다.

　　浯溪頌(오계송) : 오계(浯溪)의 노래. 오계는 지금의 호남성(湖南省) 기양현
(祁陽縣) 서남쪽에 있는 강으로, 여기서는 낚시하며 지내는 은거 생활을 비유
한다.

【해설】

　이 시에서는 양주와 익주를 떠돌았던 촉蜀 지역에서의 고단했던 관
지 생활을 회상하고, 유 유수와의 만남을 앞두고 뜻이 강건해지려 하
는 자신을 말하며 유 유수가 사람의 의기를 진작시키는 능력이 있음을

나타내고 있다. 이어 금릉에 어려 있는 제왕의 기운과 위풍당당한 대장군의 깃발 등을 통해 유 유수의 높은 기상과 강건한 기개를 칭송하고, 자신은 고향으로 돌아가 낚시하며 남은 생을 보내고 싶은 마음을 나타내고 있다.

꿈에 성도에 이르러 비통해하며 쓰다 2수

봄바람 부는 작은 길 금성 서쪽

푸른 발과 주렴에 나그네 마음은 미혹되었네.

상아 산가지 내려놓고 한가로이 마음껏 놀이하고

화촉에 남은 시간 새기고 즐기며 시제를 나누었으니,

자색 털 깔개는 따듯하여 휘장 안에서 취하고

붉은 준마는 건장하여 꽃 밖에서 울었네.

외로운 꿈 처량하고 몸은 만 리에 있으니

오경에 우는 닭이 죽도록 밉네.

관직 길 본디 날아오르기 바라지 않았건만

금성의 호화로움은 장안을 압도하였네.

붉은 소매로 행렬을 이끌어 옥국관에서 노닐고

화려한 등불로 자리를 두르고 도가의 경전에 심취했으며,

계단 앞엔 핏빛 땀 흘리는 조하의 말이 있고

시렁 위엔 서리 빛 털의 해국의 매가 있었네.

세상사 뒤바뀜을 누가 헤아릴 수 있으리?

일개 관리가 남으로 가니 명이 얼음과 같았네.

夢至成都悵然有作二首

春風小陌錦城西,¹ 翠箔珠簾客意迷.²

下盡牙籌閑縱博,³ 刻殘畫燭戱分題.⁴

紫氈毹暖帳中醉,⁵ 紅叱撥驕花外嘶.⁶

孤夢淒涼身萬里, 令人憎殺五更鷄.

宦途元不羨飛騰, 錦里豪華壓五陵.⁷

紅袖引行遊玉局,⁸ 華燈圍坐醉金繩.⁹

階前汗血洮河馬,¹⁰ 架上霜毛海國鷹.¹¹

世事轉頭誰料得, 一官南去令如冰.¹²

【해제】

54세 때인 순희淳熙 5년¹¹⁷⁸ 10월 산음山陰에서 쓴 것으로, 성도에서의 생활을 회상하며 그리움을 나타내고 있다.

【주석】

1 錦城(금성) : 성도(成都). '금관성(錦官城)'이라고도 하며, 성도 부근의 금강(錦江)에서 명칭이 유래하였다.

2 翠箔珠簾(취박주렴) : 갈댓잎을 엮어 만든 발과 구슬을 꿰어 만든 발.

3 牙籌(아주) : 상아로 만든 산가지. 놀이 도구이다.

4 刻殘畫燭(각잔화촉) : 화촉에 남은 시간을 새기다. 고대에는 촛불에 눈금을 새기고 정해진 시간에 시를 짓는 내기를 하였다. 『남사(南史)·왕승유전(王

僧孺傳)』에 "경릉왕 자량은 일찍이 밤에 학사들을 모아 촛불에 새기고 시를 지었는데, 운이 넷인 것은 한 치를 새기고 이것을 기준으로 삼았다(竟陵王子良嘗夜集學士, 刻燭爲詩, 四韻者則刻一寸, 以此爲率)"라 하였다.

5 氍毹(구유) : 털로 만든 깔개, 양탄자.

6 叱撥(질발) : 준마(駿馬) 이름.

7 錦里(금리) : 금성(錦城). 성도(成都)를 가리킨다.

五陵(오릉) : 한나라 황제 다섯 명의 무덤. 고제(高帝) 유방(劉邦)의 '장릉(長陵)', 혜제(惠帝) 유영(劉盈)의 '안릉(安陵)', 경제(景帝) 유계(劉啓)의 '양릉(陽陵)', 무제(武帝) 유철(劉徹)의 '무릉(茂陵)', 소제(昭帝) 유불릉(劉弗陵)의 '평릉(平陵)'을 가리키며 장안성(長安城) 북쪽에 있다. 여기서는 장안을 가리킨다.

8 玉局(옥국) : 옥국관(玉局館). 성도에 있는 도관(道觀)이다.

9 金繩(금승) : 책을 묶는 금색 끈. 여기서는 도가의 경전을 가리킨다.

10 洮河(조하) : 강물 이름. 감숙성(甘肅省) 서남부에 있다.

11 海國(해국) : 바다에 가까운 나라, 또는 바다 바깥의 나라.

12 如冰(여빙) : 얼음과 같다. '추상(秋霜)'과 같은 의미로, 조정의 명이 지엄함을 말한다.

【해설】

이 시에서는 성도의 화려하고 번화한 분위기를 묘사하며 그곳에서의 호방하고 자유로웠던 생활을 회상하고 있다.

제1수에서는 친구들과 어울려 놀이하고 때로는 시를 쓰며 타향 나그네의 객수를 달랬음을 말하고, 지금은 꿈에서밖에 그곳으로 갈 수 없건만 새벽잠을 깨우는 닭으로 인해 이마저도 여의치 않음을 안타까워하고 있다.

제2수에서는 성도의 도관에서 노닐며 도가의 경지에 심취하였음을 말하고, 일개 관원이라 조정의 지엄한 명을 거역하지 못하여 자신도 뜻하지 않게 남으로 오게 되었음을 아쉬워하고 있다.

감회를 쓰다

시냇가 인가는 항상 사립문 닫은 채

남녀노소 모두가 길 떠날 옷차림을 하고 있네.

백 년 인생 아침 이슬과 같음은 옛사람도 탄식했으니

한 자루 노에 이는 가을바람에 나는 돌아가려 한다네.

초나라 객은 길게 부르짖으며 백옥을 팔았고

한나라 궁은 크게 탄식하며 명비를 보냈으니,

쇠를 녹이고 뼈를 삭히는 슬픔이야 예부터 있었던 일이건만

늙도록 어찌하여 돌연한 재난에 빠지고 있는지?

書感

溪路人家尙闔扉, 彊扶衰憊著征衣.**1**

百年朝露古所歎. 一櫂秋風吾欲歸,

楚客長號沽白璧.**2** 漢宮太息遣明妃.**3**

鑠金消骨從來事,**4** 老矣何心踐駭機.**5**

【해제】

55세 때인 순희淳熙 6년1179 9월 건안建安에서 쓴 것으로, 자신의 박복한 운명을 한탄하고 있다.

1 彊扶衰憊(강부쇠비) : 건장한 사람, 늙은 사람, 쇠약한 사람, 병든 사람. 모든
사람을 가리킨다.

征衣(정의) : 나그네의 옷. 길 떠나는 사람의 옷차림을 가리킨다.

2 楚客(초객) : 초나라의 객. 초의 여왕(厲王)과 무왕(武王)에게 옥벽을 바쳤다
가 속임을 의심당해 월형(刖刑)에 처해졌던 화씨(和氏)를 가리킨다. 후에 문
왕(文王)에게 인정받고 이른바 '화씨지벽(和氏之璧)'을 남겼다.

沽(고) : 팔다.

3 明妃(명비) : 왕소군(王昭君). 한나라 원제(元帝) 때의 궁녀로, 화친을 위해
흉노 왕에게 시집을 가 그곳에서 죽어 묻혔다. 왕소군의 무덤은 고향에 대한
그리움으로 인해 가을이 되어 다른 풀이 모두 시들어도 변함없이 푸르렀다고
하여 '청총(靑塚)'이라 불렀다.

4 鑠金消骨(삭금소골) : 쇠를 녹이고 뼈를 삭히다. 깊은 슬픔을 의미한다.

5 駭機(해기) : 갑자기 발사된 쇠뇌. 순식간에 일어난 화나 재난을 비유한다.

【해설】

이 시에서는 한 곳에 안주하지 못하고 늘 떠날 준비를 하고 있는 건
안 사람들의 모습을 말하며 그들에 대한 연민을 나타내고, 자신 또한
관직을 그만두고 고향으로 돌아가 짧은 인생을 편안하게 지내고 싶은
마음을 나타내고 있다. 이어 옥벽을 바쳤다가 억울하게 월형을 당한
초나라 객과 왕소군을 알아보지 못하고 흉노로 보낸 한나라 원제의 일

을 들어 인생사에 본디 비통함이 많음을 인정하지만, 자신은 일평생 늙도록 돌연한 재난에서 벗어나지 못하고 있음을 탄식하고 있다.

눈 속에서 성도를 생각하며

옛날 서주에서 눈 만났을 때를 생각하면

수놓은 자리 곳곳에 온갖 꽃이 둘러 있었으니,

오사란이 펼쳐져 새로운 시가 이루어지고

유벽거가 맞이하여 잠시 사냥 갔다 돌아왔었네.

거울에 비친 난새의 일을 느끼며 홀로 추는 춤을 슬퍼하고

기러기발에 서신 부치며 날지 않음을 한스러워하였으니,

시름이 많아 술 취하기 어려운 것이었지

날 차갑고 술 도수 약해서가 아니었다네.

雪中懷成都

憶在西州遇雪時,¹ 繡筵處處百花圍.²

烏絲闌展新詩就,³ 油壁車迎小獵歸.⁴

感事鏡鸞悲獨舞,⁵ 寄書箏雁恨慵飛.⁶

愁多自是難成醉, 不爲天寒酒力微.

【해제】

55세 때인 순희淳熙 6년1179 겨울 무주撫州로 부임하는 도중 익양弋揚
에서 쓴 것으로, 옛날 성도에서의 눈 오던 날의 일을 회상하고 있다.

『검남시고』에서는 제목에서 '회懷'가 '감感'으로 되어 있다.

1 西州(서주) : 성도(成都)를 가리킨다.

2 百花(백화) : 온갖 꽃. 여기서는 아름다운 기녀들을 비유한다.

3 烏絲闌(오사란) : 검은 선의 격자무늬가 있는 종이.

4 油壁車(유벽거) : 벽에 기름을 칠해 윤기와 향이 나는 수레.

5 鏡鸞(경란) : 거울 속의 난새. 사람에게 사로잡혀 울음소리를 내지 않던 난새
가 거울에 비친 자신의 모습을 보고 짝으로 여겨 울음을 울었다는 고사에서 유
래한 말로, 짝을 잃고 홀로 있는 사람을 비유한다. 여기서는 고향을 떠나 홀로
있는 시인 자신을 가리킨다.

6 箏雁(쟁안) : 거문고의 기러기발. 안족(雁足).

【해설】

　이 시에서는 옛날 성도에서 눈 내릴 때면 아름다운 여인들과 연회를
벌이고 시와 사냥으로 즐거운 시간을 보냈음을 말하고 있다. 그러나
또한 고향에 대한 그리움은 떨칠 수 없었으니, 홀로 춤을 추며 외로운
자신의 신세를 슬퍼하고 부질없이 기러기발에 서신을 기탁하며 깊은
시름으로 인해 술조차 취하지 못했던 모습이 나타나 있다.

서촌에서 취해 돌아오다

협기는 드높아 구주를 덮건만

평생 일신의 도모만 하고 있음이 늘 부끄럽네.

술은 남거나 부족할 때가 있어도 빚은 항상 있으며

검은 헛되이 쓰지 않아 원수도 가볍게 여긴다네.

갈림길에서 흰 깃털 화살은 낡아 바래고

바람서리에 검은 담비 갖옷은 찢기고 헤졌네.

호탕함이야 영웅호걸의 일이니

마을 시장에서 취하여 소 타고 돌아오네.

西村醉歸

俠氣崢嶸蓋九州,[1] 一生常恥爲身謀.[2]

酒寧剩欠尋常債,[3] 劍不虛施細碎讎.[4]

岐路凋零白羽箭,[5] 風霜破弊黑貂裘.[6]

陽狂自是英豪事,[7] 村市歸來醉跨牛.

【해제】

57세 때인 순희淳熙 8년1181 윤3월에서 4월 사이 산음山陰에서 쓴 것으로, 북벌의 꿈을 이루지 못한 채 은거하며 지내고 있는 삶을 안타까워하고 있다.

1 崢嶸(쟁영) : 높이 솟은 모양.

2 身謀(신모) : 일신의 도모. 일신의 안위와 영달을 추구하는 것을 말한다.

3 剩欠(잉흠) : 남거나 부족하다.

4 細碎(세쇄) : 사소하다, 자질구레하다.

5 白羽箭(백우전) : 흰 깃털을 붙인 화살.

6 黑貂裘(흑초구) : 검은 담비 털로 만든 갓옷.

7 陽狂(양광) : 거리낌 없이 호탕하게 행동하다.

【해설】

이 시에서는 의기는 높건만 이를 발휘할 기회를 얻지 못한 채 그저 일신의 삶만을 살아가고 있는 자신을 부끄러워하고 있다. 이미 낡아 버린 화살과 헤진 갓옷은 쓰이지 못하고 헛되이 늙어 버린 시인을 나타내고 있으며, 소 등에 얹혀 취한 채 돌아오는 모습에서 시인의 좌절과 무력감이 느껴진다.

임 사군에게 드리다 2수

사군께서는 세상 바깥에서 아름다운 시절 보내시니

노복이 아침저녁으로 문안하는 것도 싫어하시네.

한 쌍 신발로 구름 밟으며 나루터에서 부르고

표주박 하나로 달을 맞이하여 매화 아래에서 취하며,

붉은 화로에 수은 달이며 한가로이 소일하고

검은 책상에서 경서 풀이하며 집안일은 생각하지 않으시네.

나 또한 민산에 돌아갈 곳 있으니

그대와 함께 배에 올라 삼파로 가기를 기약하네.

소나무 노송나무 그늘 안에 회랑은 백 보인데

내 와서 똑똑 옥방을 두드리네.

물고기 뱃속의 보검은 교룡의 피가 남아 있고

까마귀 부리 같은 황금 호미는 약초 향 띄고 있으며,

약수와 봉래산에 바람은 호탕하고

적명과 용한의 시대는 억겁의 시간이 아득하네.

단약의 비결을 주지 않아도 무슨 상관있으리?

푸른 난새 타고 상제 계신 곳으로 들어가네.

贈林使君二首[1]

使君物外閱年華,[2] 厭聽奴兵早暮衙.

雙屨踏雲呼野渡, 一瓢邀月醉梅花.

紅爐點汞閑消日, 烏几繙經不憶家.

我亦峨山有歸處,³ 約君同載泝三巴.⁴

松檜陰中百步廊, 我來剝啄叩琳房.⁵

魚腸寶劍餘蛟血,⁶ 鴉嘴金鋤帶藥香.⁷

弱水蓬萊風浩浩,⁸ 赤明龍漢劫茫茫.⁹

何妨不與神丹訣,¹⁰ 敎跨靑鸞入帝鄕.

【해제】

57세 때인 순희淳熙 8년1181 11월 산음山陰에서 쓴 것으로, 신선 세계에 대한 동경을 나타내고 있다.

『검남시고』에서는 제1수 제3구의 '구屨'가 '리履'로, 제2수 제8구의 '입入'이 '도到'로 되어 있다.

【주석】

1 林使君(임사군) : 누구인지 알 수 없다. '사군(使君)'은 지방관 수령에 대한 존칭이다.

2 奴兵(노병) : 노복(奴僕).

3 峨山(민산) : 민산(岷山) 또는 문산(汶山)이라고도 하며, 사천성 성도(成都)

서쪽에 있다.

4 三巴(삼파) : 파군(巴郡), 파서군(巴西郡), 파동군(巴東郡). 지금의 사천성
가릉강(嘉陵江) 유역으로 협곡이 많은 지역이다.

5 剝啄(박탁) : 문을 두드리는 소리.

琳房(임방) : 옥 같은 방. 단약을 제조하는 방의 미칭(美稱)이다.

6 魚腸寶劍(어장보검) : 물고기 뱃속의 보검. 전국시기 오(吳)나라의 공자 광
(光)의 사주를 받아 오왕 요(僚)를 암살한 전제(專諸)의 일을 가리킨다. 『사
기(史記)·자객열전(刺客列傳)』에 따르면 광은 요를 초청하여 연회를 벌이
고 요를 암살하려 하였으나, 주위에 요의 호위병이 가득하고 경계가 삼엄하자
뱃속에 비수를 감춘 구운 생선을 요에게 올리게 하였다. 전제는 왕 앞에 이르
러 생선의 배를 찢고 비수를 잡아 요를 찔러 죽이고 자신은 호위병들에 의해
죽임을 당하였다.

7 鴉嘴金鋤(아취금서) : 황금 까마귀 부리 모양의 호미.

8 弱水(약수) : 전설상의 강물 이름. 넓고 험하여 사람이 건널 수 없으며, 삼만
리 너머에 봉래산(蓬萊山)이 있다고 한다.

9 赤明龍漢(적명용한) : 도가에서 말하는 원시천존(元始天尊)의 연호(年號)
로, 연강(延康), 적명(赤明), 용한(龍漢), 개황(開皇)이 있으며 각각의 기간이
41억만 년이라 한다.

10 神丹訣(신단결) : 단약을 만드는 비결(祕訣).

【해설】

이 시에서는 임 사군의 신선과 같은 삶을 칭송하며 자신 또한 그와 더불어 선계에 이르고 싶은 마음을 나타내고 있다.

제1수에서는 세상사에 관여하지 않고 자유로이 다니고 달과 술을 벗 삼아 도경을 탐독하며 신선의 세계를 추구하고 있는 임 사군의 삶을 칭송하고 있다.

제2수에서는 자신 또한 도관으로 들어가 신선의 도를 추구하고 있음을 말하고, 그곳에서 심원한 도가의 경계를 느끼며 난새의 등에 올라 상제가 계신 곳으로 날아가고 있는 상상을 하고 있다.

흥을 보내어

젊어서는 화살 하나로 두 마리 수리를 떨어뜨렸건만

지금은 들 밥 먹으며 약초를 딴다네.

추위와 매화가 함께 잠 못 들게 하고

번민에 앵무새 찾아가 보지만 의지할 말 없네.

오사란 위에 시는 막 완성되고

녹기 거문고 소리 속에 술은 반쯤 깨었네.

늙어도 풍취는 남아 있음이 기쁘니

산과 바다에서 어부나 나무꾼과 섞이지는 않는다네.

遣興

壯年一箭落雙鵰, 野飼如今撷藥苗.**1**

寒與梅花同不睡, 悶尋鸚鵡說無憀.**2**

烏絲闌上詩初就,**3** 綠綺聲中酒半消.**4**

老去可憐風味在, 未應山海混漁樵.**5**

【해제】

59세 때인 순희淳熙 10년¹¹⁸³ 12월 산음山陰에서 쓴 것으로, 시와 거문고를 즐기는 은거 생활의 모습이 나타나 있다.

1 野餉(야향) : 들에서 밥을 먹다.

2 無憀(무료) : 의지할 것이 없다. 아무런 위안이 되지 않는 것을 말한다.

3 烏絲闌(오사란) : 검은 선의 격자무늬가 있는 종이.

4 綠綺(녹기) : 한대(漢代) 사마상여(司馬相如)가 가지고 있었던 거문고 이름. 여기서는 좋은 거문고를 의미한다. 부현(傅玄)의 「금부서(琴賦序)」에 "제 환공에게 거문고가 있어 '호종'이라 하였고 초 장왕에게 거문고가 있어 '요량'이라 하였으며, 중세에는 사마상여에게 '녹기'가 있었고 채옹에게 '초미'가 있었으니, 모두가 악기 이름이다(齊桓公有鳴琴曰號鍾, 楚莊有鳴琴曰繞梁. 中世司馬相如有綠綺, 蔡邕有焦尾, 皆名器也)"라 하였다.

5 漁樵(어초) : 물고기 잡고 땔나무 하다. 여기서는 어부와 나무꾼을 가리킨다.

【해설】

이 시에서는 젊은 시절 호쾌하게 말달리며 매를 사냥하던 모습과 이제는 늙고 쇠하여 들에서 약초를 캐고 있는 모습을 대비하고 있다. 매서운 추위와 아름다운 매화는 시인을 잠 못 들게 하고 이로 인해 번민 또한 깊어지지만, 그래도 시와 거문고를 즐기는 풍취는 늙어도 변함없음을 다행으로 여기며 속된 사람들과는 다르다는 말로 스스로를 위안하고 있다.

겨울 저녁에 산방에서 쓰다 2수

늙어 태평한 것에 산과 못이 무슨 상관있으리?

마르고 앙상한 골격이라 내 본디 청아하다네.

달은 밝아 연못 가득히 매화 그림자 보이고

이슬은 내려 개울 너머로 학 울음소리 들려오네.

약초를 구별 못 해 객에게 물어보고

거문고값을 치르려 스님의 품평을 청하네.

도호노와 사인조도 지금은 모두 죽었으니

장차 굴원을 배우고 국화꽃을 주우려 하네.

산촌에 물러나 있으니 병은 날로 더하는데

검은 가죽 안석에서 한가로이 기댐을 얻네.

얼어붙은 구름은 물가에 있어 매화 꽃받침을 닫고

부드러운 햇살은 창을 데워 벼루의 얼음을 녹이네.

한 해는 다 해 풍경에는 넉넉함이 가득하고

몸은 한가로워 취해 꾸는 꿈은 몽롱하네.

만족 아이 종은 약초 캐고 늦게 돌아오니

객이 와 꾸짖으며 불러도 대답 없네.

冬晚山房書事二首

山澤何妨老太平,¹ 巉巉骨相本來淸.²

月明滿池看梅影, 露下隔溪聞鶴聲.

未辨藥苗逢客問, 欲酬琴價約僧評.

胡奴仁祖今俱絶,³ 且學湘纍拾菊英.⁴

屏迹山村病日增, 烏皮几穩得閑憑.⁵

凍雲傍水封梅萼, 嫩日烘窗釋硯冰.

歲盡光陰饒衮衮,⁶ 身閑醉夢且騰騰.⁷

蠻童采藥歸來晚,⁸ 客至從嗔喚不應.

【해제】

66세 때인 소희^{紹熙} 원년1190 겨울 산음山陰에서 쓴 것으로, 겨울 산사의 아름다운 풍광과 평온한 정취를 노래하고 있다.

【주석】

1 何妨(하방) : 어찌 방해되리? 아무 상관이 없음을 말한다.

2 巉巉(참참) : 수척하여 뼈가 드러나 보이는 모습.

3 胡奴仁祖(호노인조) : 도호노(陶胡奴)와 사인조(謝仁祖). 동진(東晉)의 도범(陶範)과 사상(謝尙)으로, 여기서는 자신에게 쌀을 보내주거나 쌀을 청할 사람을 가리킨다. 『세설신어(世說新語)·방정(方正)』에 따르면 왕수령(王脩齡)이 동산(東山)에서 곤궁하게 살 때 도호노가 쌀을 한 배 보내주었는데,

왕수령은 만약 굶더라도 차라리 사인조에게 구하지 도호노의 쌀은 받지 않겠다고 말하며 이를 거절하였다.

4   湘纍(상루) : 상수(湘水)에 갇힌 사람. '루(纍)'는 묶이다, 갇히다의 뜻으로, 상수에 투신하여 죽은 굴원(屈原)을 가리킨다.

    拾菊英(습국영) : 국화꽃을 줍다. 은거하는 삶을 의미하며, 여기서는 도잠(陶潛)의 삶을 비유한다.

5   烏皮(오피) : 까마귀 털빛의 가죽. 검은색 가죽을 가리킨다.

    几穩(궤온) : 안석(案席). 앉을 때 몸을 기대는 방석.

6   光陰(광음) : 풍경.

    袞袞(곤곤) : 많은 모양.

7   騰騰(등등) : 몽롱하고 혼미한 모양.

8   蠻僮(만동) : 만족(蠻族) 출신의 아이 종.

【해설】

제1수에서는 굳이 산과 못에서 수척한 모습으로 은거하지 않아도 자신은 본디 여위고 마른 몸이라 늙어 평안하게 청아한 삶을 살 수 있음을 말하고 있다. 이어 세상사에 무지하여 약초도 구분하지 못하고 거문고의 값도 알지 못하는 자신을 말하고, 굴원과 도잠의 삶을 떠올리며 자신 또한 세속의 이욕에서 벗어나 곧고 정결한 삶을 살고 싶은 바람을 나타내고 있다.

제2수에서는 산사에 머물며 육신의 질병에서 벗어나 마음의 안식을 얻게 되었음을 말하고 있다. 이어 차가운 바깥 풍경과 안온한 방 안의 모습을 대비하고, 약초를 캐고 느지막이 돌아온 아이 종이 세속 객의 꾸짖음에도 대응하지 않는 모습을 통해 산사의 여유와 한가로움을 부각하고 있다.

조약천의 편지를 받고 인하여 부치다

못가 거처에 길은 끊겨 사람 오지 않는데

아침에 일어나니 홀연 편지가 전해왔네.

한 되 눈물 쌓이니 세상사 슬퍼해서이고

석 자 시름 더니 그대 편지 보아서라네.

궁궐 계단에서 대책 올린 말은 강직하여 헐뜯겼지만

산골 마을에서 친구 맞는 계획은 아직 어긋나지 않았네.

늙고 병들어 문 닫고 있는데 누가 생각해 주는가?

바람결에 때때로 어떠한지 물어보네.

得趙若川書因寄[1]

澤居路絶人不到, 晨起忽傳雙鯉魚.[2]

儲淚一升悲世事, 減愁三尺看君書.

龍墀對策言傷直,[3] 山邑迎親計未疏.

老病閉門誰省錄,[4] 因風時肯問何如.

【해제】

69세 때인 소희紹熙 4년1193 가을 산음山陰에서 쓴 것으로, 지인의 편지를 받은 기쁨을 나타내고 있다.

1 　趙若川(조약천) : 누구인지 알 수 없다.

2 　雙鯉魚(쌍리어) : 한 쌍 잉어. 편지를 가리킨다. 악부(樂府)「장성의 동굴에
서 말에게 물을 먹이며(飮馬長城窟行)」에서 "반가운 손님이 먼 곳에서 찾아
와, 나에게 잉어를 두 마리 주었네. 아이를 불러 삶으라 하니, 뱃속에 한 자짜
리 비단 편지가 들어 있네(客從遠方來, 遺我雙鯉魚. 呼童烹鯉魚, 中有尺素
書)"라 한 것에서 유래하였다.

3 　龍墀(용지) : 용이 머무르는 계단. '단지(丹墀)'와 같은 의미로, 궁전을 가리
킨다.

　　傷(상) : 헐뜯다, 중상모략하다.

4 　省錄(성록) : 돌아보다, 기억하다.

【해설】

　이 시에서는 외딴곳에서 사람과의 교유 끊어진 채 쓸쓸히 지내다가
지인의 편지를 받고 시름을 덜게 되었음을 말하고 있다. 이어 비록 조
정에 있을 때서는 인정받지 못했으나 고향에서는 친구와 함께 지내고
자 했던 꿈은 어긋나지 않았음을 말하며, 자신을 잊지 않고 자주 소식
을 전해주는 것에 고마움을 나타내고 있다.

밤에 취해 돌아오며 쓰다

양수라는 사람을 경시하며 어린아이라 불렀거늘

외로운 배에서 쇠해진 머리칼을 스스로 비웃네.

보잘것없는 재주 드러낸 것은 꿈이 아님이 없건만

그윽한 생각 집어낸 것은 모두가 시였네.

서리 내려 오동잎 다 진 것에 홀연 놀라고

여울 생겨 물소리 기이함을 다시 느끼네.

남은 생 누런 송아지 모는 것이 어찌 한스러우리?

농사짓는 것 빼고는 백의 하나도 마땅하지 않다네.

夜歸醉中作

意薄楊脩喚小兒,**1** 孤舟自笑髮成絲.

放開癡腹無非夢,**2** 拈起幽懷總是詩.**3**

霜下忽驚桐葉盡, 灘生更覺水聲奇.

餘年那恨驅黃犢, 除却爲農百不宜.**4**

【해제】

69세 때인 소희紹熙 4년1193 겨울 산음山陰에서 쓴 것으로, 지난 삶에 대한 후회와 아쉬움을 나타내고 있다.

『검남시고』에서는 제목에서 '취醉'가 '주舟'로 되어 있다.

1 楊脩(양수) : 동한(東漢) 말 사람으로 자가(德祖)이다. 학식이 넓고 총명하여 승상 조조(曹操)의 인정을 받았으며, 『세설신어(世說新語)』에 그의 총명함을 보여주는 일화가 다수 전한다.

2 癡腹(치복) : 어리석은 배. 재주나 능력이 없는 것을 비유한다.

無非夢(무비몽) : 꿈이 아님이 없다. 꿈처럼 실현되지 못한 것을 의미한다.

3 拈起(염기) : 끄집어내다.

4 除却(제각) : ~을 제외하다.

【해설】

이 시에서는 넓은 학식과 총명함으로 칭송받던 동한의 양수楊脩조차 무시하며 오만과 자부심이 가득한 채 살아왔던 지난 삶을 회상하고, 이제 와 늙고 나이 들어 돌이켜 보면 자신의 삶이 그저 보잘것없는 재주를 드러낸 것에 불과하며 그마저도 아무런 성취를 이루지 못했음을 말하고 있다. 그러나 마음을 담아 시를 쓴 것에는 만족스러워하며, 농사 짓고 사는 노년의 삶을 인생의 숙명이자 마땅함으로 받아들이고 있다.

이른 가을

파산에서 실의하며 방옹이라 불렀건만

이러한 이름도 늙으니 또한 헛되기만 하네.

긴 밤 술에서 깨어난 외로운 배에 비는 내리고

맑은 가을 단잠 자는 평상에 바람이 부네.

천 겹 거센 파도에 죽을 땅이 없고

아홉 번 연단한 신선의 단약은 신묘한 공이 있네.

구름 끝에서 날아가는 신선을 만나지 못하니

누가 적막 속에 은거하는 이를 돌아보리?

早秋

落魄巴山號放翁,[1] 斯名歲晚亦成空.

酒醒遙夜孤舟雨, 睡美淸秋一榻風.

駭浪千重無死地,[2] 神丹九轉有新功.[3]

雲端不遇飛仙過, 誰顧幽人寂寞中.[4]

【해제】

70세 때인 소희紹熙 5년1194 가을 산음山陰에서 쓴 것으로, 노년에 가을을 맞이한 쓸쓸한 감회를 나타내고 있다.

『검남시고』에서는 제1구의 '산山'이 '강江'으로 되어 있으며, 총4수

중 제3수이다.

【주석】

1 放翁(방옹) : 방탕한 늙은이. 육유의 자호(自號)이다.

2 駭浪(해랑) : 사람을 놀라게 하는 파도. 거센 파도를 의미한다.

3 神丹九轉(신단구전) : 아홉 번 연단한 신선의 단약. 단약 중 최상의 단약으로 꼽히는 '구전환단(九轉還丹)'을 가리킨다. 『포박자(抱朴子)·금단(金丹)』에 "한 번 연단한 단약은 먹으면 삼 년 만에 신선이 되고, 두 번 연단한 단약은 먹으면 이 년 만에 신선이 되고, (…중략…) 여덟 번 연단한 단약은 먹으면 열흘 만에 신선이 되고, 아홉 번 연단한 단약은 먹으면 사흘 만에 신선이 된다(一轉之丹, 服之三年得仙, 二轉之丹, 服之二年得仙, (…중략…) 八轉之丹, 服之十日得仙, 九轉之丹, 服之三日得仙)"라 하였다.

4 幽人(유인) : 은거하는 사람. 시인 자신을 가리킨다.

【해설】

육유는 51세 때인 순희淳熙 2년1175 성도成都에서 사천제치사참의관四川制置使參議官으로 있었다. 당시 범성대范成大가 성도지부成都知府로 있었는데 육유는 그와 시문으로 교유하며 예법에 구속되지 않았다. 이에 사람들이 그의 무례함을 비판하자 육유는 자신을 방탕한 늙은이라는 뜻의 '방옹放翁'이라 부르며 오히려 이를 조롱하였다.

이 시에서는 젊어서의 패기도 노년이 되니 모두 부질없음을 말하고,

배에서 바라본 처량한 가을 풍광에 외롭고 쓸쓸한 심정을 기탁하고 있다. 이어 풍파로 가득한 세상에서 벗어나 신선 세계로 떠나고 싶지만, 자신을 이끌어 줄 신선을 만나지 못하고 홀로 적막하게 은거하고 있는 것에 탄식하고 있다.

교외로 나갔다 밤에 돌아오며 눈에 보인 대로 쓰다

늙은이 병석에서 일어나 가만히 지내고 있기 싫어

마음 가는 대로 동서로 길 가리지 않고 가네.

서리 내린 들에 풀은 시들어 매는 내려오려 하고

강 하늘에 구름은 습해 기러기는 서로 부르는데,

빈 담장 무너진 부뚜막은 세금 피해 달아난 집이요

푸른 장막 붉은 등은 술 파는 곳이네.

진흙탕 물 밟으며 집으로 돌아가는 것을 꺼리지 않으니

정원 관리하는 이가 횃불을 들고 있고 어린아이가 돕고 있네.

郊行夜歸書觸目

老翁病起厭端居,**1** 隨意東西不問途.**2**

霜野草枯鷹欲下, 江天雲濕雁相呼.

空垣破竈逃租屋, 青幔紅燈賣酒鑪.**3**

未畏還家踏泥潦,**4** 園丁持炬小兒扶.**5**

【해제】

70세 때인 소희紹熙 5년1194 겨울 산음山陰에서 쓴 것으로, 교외로 나갔다 돌아오며 밤에 본 풍경을 나타내고 있다.

『검남시고』에서는 제6구의 '만幔'이 '모帽'로, 제7구의 '료潦'가 '료燎'

로 되어 있다.

【주석】

1 端居(단거) : 집안에서 아무 일 없이 평소처럼 지내다.

2 隨意(수의) : 마음 가는 것에 따라.

3 鑪(로) : 고대 주점 앞에 설치하여 술 항아리를 올려놓는 화로 모양의 토대(土臺). 주점을 비유한다.

4 泥潦(니료) : 진흙탕에 고인 물.

5 園丁(원정) : 정원을 관리하는 사람.

【해설】

이 시에서는 병석에서 일어나 무료함을 달래려 밖으로 나와 발길 닫는 대로 거리를 거닐고 있음을 말하고 있다. 이어 매가 내려앉고 기러기가 날아가는 들과 강의 겨울 풍경을 묘사하고, 조세를 피해 달아난 집과 화려한 장식의 주점을 대비하며 삶의 고난과 환락이 혼재하는 인간사의 모습을 나타내고 있다. 마지막에는 아이와 함께 밤늦도록 정원에 물을 주고 있는 사람의 모습을 묘사하며 진흙탕 길도 거리끼지 않는 자신의 태도를 통해 그들의 노고에 대한 감사와 연민의 뜻을 나타내고 있다.

초여름에 은거하며

옛날에는 전쟁터를 떠돌며 겹겹 포위에 갇혔는데

지금은 다행히 훨훨 날아 재난에서 벗어났네.

새벽 나무에 부는 좋은 바람에 꾀꼬리 홀로 말하고

밤 창에 내리는 가는 비에 제비 서로 의지하네.

편안히 지내니 달팽이 오두막집 비좁음을 한스러워 않고

먹을 것 얻으니 급료 적음을 어찌 따지리?

더욱이 노년에도 강건함 남아 있음이 기쁘니

겹 비단옷을 만드는 칼과 자를 또다시 보게 되네.

初夏幽居

昔如轉戰墮重圍, 今幸鶱翔脫駭機.[1]

曉樹好風鶯獨語, 夜窗細雨燕相依.

安居不恨蝸廬迮,[2] 得食寧論鶴料微.[3]

更喜暮年彊健在, 又看刀尺製縑衣.[4]

【해제】

71세 때인 경원慶元 원년1195 여름 산음山陰에서 쓴 것으로, 은거 생활의 안락함과 여유로움이 나타나 있다.

『검남시고』에서는 제목 아래에 '우제偶題'가 추가되어 있으며, 총4수

중 제3수이다.

【주석】

1 駭機(해기) : 갑자기 발사된 쇠뇌. 순식간에 일어난 화나 재난을 비유한다.

2 蝸廬(와려) : 달팽이 집 같은 오두막. 작고 누추한 집을 가리킨다.

  迮(책) : 비좁다, 협소하다.

3 鶴料(학료) : 관원의 봉급. 당대(唐代)에 막부(幕府) 관원의 봉급을 칭하는
  말로, 후에 관원의 봉급을 가리키는 말로 사용되었다.

4 縑衣(겸의) : 겹실로 만든 비단옷. 홑실로 만든 '단의(單衣)'보다 두꺼워 봄가
  을에 입는다.

【해설】

  육유는 65세 때인 순희淳熙 16년1189 11월 예부낭중禮部郞中 겸 실록
원검토관實錄院檢討官으로 있다가 간의대부 하담何澹의 탄핵을 받아 파직
되어 산음으로 돌아오며 조정관직에서 최종적으로 물러났다. 송대에
는 대신이 사직하면 도교의 궁관宮觀을 관리하는 허직虛職을 주어 본봉
의 절반에 해당하는 녹봉을 지급하였는데, 육유는 67세 때인 소희紹熙
2년1191에 제거건녕부무이산충우관提擧建寧府武夷山冲祐觀에 임명되어 녹
봉을 받아 생활하였다.

  이 시에서는 옛날 힘들었던 종군생활을 회상하며 지금은 고향에 은거
하여 몸과 마음의 평안을 찾게 되었음을 말하고 있다. 또한 집은 비록

작고 누추하며 지급되는 급료 또한 많지 않으나 생계에 대한 걱정 없이 살 수 있는 것에 만족해하고, 비록 나이가 들었어도 건강은 변함없어 올 가을 입을 옷을 만드는 것을 다시 보게 된 것에 감사해하고 있다.

간곡정선육방옹시집
澗谷精選陸放翁詩集

권5

육유(陸游) 무관(務觀) 찬(撰)

나의(羅椅) 자원(子遠) 선(選)

칠언율시七言律詩

빗속에 자율에게 보이다

궁벽한 마을에서 아비와 아들이 서로 의지하니

적막한 오두막은 대나무 사립문에 가려있네.

오이 덩굴은 물에서 자라나 막 언덕을 덮고

멀구슬나무 꽃은 추위 속에서 피어나 옷에 떨어지네.

나는 검으면서 어찌 흰색을 숭상하는지 스스로 우습지만

너는 여위었어도 능히 살찔 수 있음을 본디 알고 있단다.

힘써 공부하되 봉록 구하는 방책으로 삼지는 말지니

벼슬길 비록 즐겁다 한들 돌아오느니만 못하단다.

雨中示子聿[1]

窮閭父子自相依, 寂寂茅廬映竹扉.

瓜蔓水生初抹岸, 棟花寒動却添衣.[2]

吾玄自笑豈尙白,[3] 汝瘦元知能勝肥.

苦學勿爲干祿計,[4] 宦途雖樂不如歸.

【해제】

71세 때인 경원慶元 원년1195 여름 산음山陰에서 쓴 것으로, 아들의 자질을 칭송하며 벼슬을 구하는 목적으로 공부하지는 말 것을 당부하고 있다.

【주석】

1 子聿(자율) : 육유의 막내아들이다. 육유는 슬하에 일곱 아들을 두었는데,
『산음육씨족보(山陰陸氏族譜)』에 따르면 이름이 자거(子虡), 자룡(子龍),
자수(子修), 자탄(子坦), 자약(子約), 자포(子布), 자휼(子遹)로 되어 있다.
자휼(子遹)과 자율(子聿) 중 어느 것이 옳은지 분명하지 않으니, 『검남시
고』에서도 이름이 혼용되어 나타나고 있다.

2 楝(련) : 멀구슬나무. 소태나뭇과에 속하는 낙엽교목으로, 6월에 녹색 꽃이 피
고 9월에 남색 열매가 맺히며 열매와 진액은 약재로 쓰인다.
添衣(첨의) : 옷에 더해지다. 꽃잎이 옷에 떨어지는 것을 말한다.

3 尙白(상백) : 흰색을 숭상하다. 지조 있고 청렴결백한 것을 비유한다.

4 干祿計(간록계) : 녹봉을 구하는 계책. 관직으로 나아가는 수단을 가리킨다.

【해설】

이 시에서는 아들과 함께 궁벽한 마을에서 지내고 있음을 말하며,
오이 덩굴이 자라고 멀구슬나무 꽃이 지는 초여름의 경관을 묘사하고
있다. 이어 자질은 부족한 채 이상만 높은 자신과 달리 아들은 크게 성
장할 것임을 믿으며, 아들에게 힘써 공부하되 오로지 관직을 목적으로
공부하지는 말 것을 당부하고 있다.

산 서쪽 마을에서 노닐며

농가의 섣달 술을 탁하다 비웃지 말지니

풍년이라 객을 붙잡아 풍족한 닭고기 돼지고기를 대접하네.

산 첩첩 물 겹겹 하여 길이 없는 듯싶더니

버드나무 짙푸르고 꽃 밝은 곳에 또 한 마을이 있어라.

피리 소리 북소리가 쫓고 따르니 춘사일이 가까웠고

의관은 소박하여 옛 풍모가 남아 있네.

지금부터 한가로이 밤 나들이를 즐길 수 있게 된다면

지팡이 짚고 아무 때나 와 밤에 문을 두드리리.

遊山西村

莫笑農家臘酒渾,**1** 豐年留客足雞豚.**2**

山重水複疑無路, 柳暗花明又一村.

簫鼓追隨春社近,**3** 衣冠簡朴古風存.

從今若許閑乘月,**4** 拄杖無時夜叩門.

【해제】

43세 때인 건도乾道 3년1167 봄 산음山陰에서 쓴 것으로, 산골 마을의
순박한 인심을 묘사하고 있다.

1　臘酒(납주) : 음력 섣달에 설을 쇠려 빚은 술.

2　足(족) : 만족하게 하다. 여기서는 만족하게 대접하는 것을 의미한다.

3　春社(춘사) : 춘사일(春社日). 입춘(立春) 후 다섯 번째 되는 무일(戊日)로, 농촌에서는 이날이 가까워져 오면 피리를 불고 북을 치며 사직신(社稷神)에게 제사 지내 풍년을 기원하였다.

4　乘月(승월) : 달을 타다. 밤 나들이를 즐기는 것을 가리킨다.

【해설】

이 시에서는 지나는 객에게조차 술과 고기를 대접해주는 산서촌 사람들의 순박하고 넉넉한 인심을 말하고, 산서촌을 찾아가는 과정과 봄을 맞은 마을의 아늑하고 아름답고 정경을 묘사하고 있다. 이어 명절을 맞이한 시골 마을의 떠들썩한 분위기와 소박하고 꾸밈없는 산서촌 사람들의 모습을 말하고, 언제든 잠깐의 여유라도 있으면 이곳에 와서 머물고 싶은 바람을 나타내고 있다.

가을비 막 개어 붓을 놀려

먹이 벼루로 들어가 검은빛이 진해지고

한가로이 붓을 놀려 가을 모습 그려내네.

빗소리는 이미 그쳐 때때로 방울지는 소리 들려오고

구름은 장차 돌아가려는데 산봉우리 유독 솟아나네.

기운 해는 물가 대나무를 반쯤 뚫고 들어오고

좋은 바람은 성 너머 종소리를 멀리서 보내오네.

멀리 떠나 가벼운 배 타고픈 마음 더욱 일어나는데

누가 알고서 따라와 줄까 크게 탄식하네.

秋雨初霽戲筆[1]

墨入紅絲點漆濃,[2] 閑將倦筆寫秋容.[3]

雨聲已斷時聞滴, 雲氣將歸別起峯.

斜日半穿臨水竹, 好風遙送隔城鐘.

遠遊更動輕舟興,[4] 太息何人解見從.

【해제】

72세 때인 경원慶元 2년1196 가을 산음山陰에서 쓴 것으로, 비 그친 가을날의 고요하고 아름다운 경관을 노래하고 있다.

『검남시고』에서는 제목에서 '희戲'가 '시試'로 되어 있다.

1 初霽(초제) : 비가 막 개다.

2 紅絲(홍사) : 홍사석(紅絲石). 산동성(山東省) 청주(靑州)에서 나는 돌로, 벼
루의 좋은 재료로 유명하다. 여기서는 벼루를 가리킨다.

3 倦筆(권필) : 권태로이 붓을 놀리다. 마음을 기울이지 않고 편하게 글을 쓰는
것을 말한다.

4 輕舟興(경주흥) : 가벼운 배의 홍겨움. 작은 배를 타고 노닐고 싶은 기분을 말
한다.

【해설】

이 시에서는 가을의 감회를 먹을 갈아 시로 써서 담아내고 있음을
말하고 있는데, 검은 먹물로 채색의 가을 경관을 담아낸다고 하는 발
상의 전환이 탁월하게 느껴진다. 아울러 가을비가 그친 후의 맑고 고
요한 경관을 청각과 시각의 교차대비를 통해 핍진하게 그려내고 있다.
이어 배를 타고 멀리까지 나아가 가을의 정취를 느끼고 싶은 마음 가
득하지만, 자신의 마음을 알고 따라와 함께해 줄 사람이 없는 것을 탄
식하고 있다.

꿈을 꾸다

꿈을 꾼 지 지금 칠십 년이 넘었으니

평생의 회포는 아직도 여전하기만 하네.

두보는 두곡의 뽕나무 삼나무밭에 오두막을 지으려 하였고

정계는 눈보라 휘날리는 파교에서 시구를 찾았으며,

하충은 늘 부처 되기를 추구하였고

유안은 만년에 신선이 되기를 바랐었네.

세상의 헛된 바람이야 어찌 다함이 있으리?

산속 늙은이 한 번 취해 잠드는 것만 못하다네.

作夢

作夢今逾七十年, 平生懷抱尙依然.

結茅杜曲桑麻地,¹ 覓句灞橋風雪天.²

驃騎向來求作佛,³ 淮南末路望登仙.⁴

世間妄想何窮盡, 輸與山翁一醉眠.⁵

【해제】

72세 때인 경원慶元 2년1196 가을 산음山陰에서 쓴 것으로, 인간 세상 욕망의 부질없음을 말하고 있다.

1 結茅(결모) : 오두막집을 짓다. 두보가 「곡강삼장(曲江三章)」 시에서 "두곡
에 다행히 뽕나무와 삼나무밭이 있네(杜曲幸有桑麻田)"라 하며 은거하고 싶
은 마음을 나타낸 것을 가리킨다.

杜曲(두곡) : 지명. 장안(長安) 동남쪽에 있으며, 번천(樊川)과 어숙천(御宿
川)이 그 사이를 흐른다.

2 覓句(멱구) : 시구를 찾다. 『전당시화(全唐詩話) · 정계(鄭綮)』에 따르면, 당
대(唐代) 정계는 「노승시(老僧詩)」라는 제목의 오언율시를 지었는데 앞의 여
섯 구를 먼저 완성하고 나머지 두 구를 완성하지 못해 "시의 생각은 눈이 휘날
리는 파교 위의 나귀 등 위에 있는데 이것을 어떻게 얻어야 할 지?(詩思在灞橋
風雪中驢子背上, 此何以得之)"라 하며 평생을 고심하였다고 한다.

灞橋(파교) : 장안 동쪽의 다리.

3 驃騎(표기) : 표기장군(驃騎將軍). 진(晉)나라 하충(何充)을 가리킨다. 불학
에 심취하여 부처가 되고자 하였다.

4 淮南(회남) : 회남왕(淮南王). 한(漢)나라 유안(劉安)을 가리킨다. 만년에 여
러 책사와 방사를 불러 모아 『회남자(淮南子)』를 저술하였다.

5 輸與(수여) : ~만 못하다.

【해설】

이 시에서는 칠십 평생을 꿈만 꾸며 살아왔음을 회구하며 이는 지금
도 현재진행형임을 말하고 있다. 이어 두보와 장계 및 하충과 유안 같

은 사람들이 각자 지녔던 꿈을 열거하며 세상 사람들의 욕망이란 다함이 없음을 말하고, 이루지 못할 꿈보다는 세상사에 초탈한 채 술에 취해 잠드는 것이 더 나은 것임을 말하고 있다.

구당에 홀로 앉아 번민을 풀어내어

머리칼 이미 쇠하고 이도 이미 흔들리니

누구와 함께 고아한 담론 하며 무료함을 달랠까?

괴로운 마음 비록 읊어보지만 어디에 토로할 것이며

병든 육신은 헐뜯지 않아도 절로 녹아내린다네.

먼지 없는 벽옥 빛의 서초를 삶고

작은 한 줌의 연지색 영묘를 벤다네.

하지장이 오 땅의 말을 듣고 느꼈던 것은 나 또한 비슷하니

그의 혼 불러올 수 없음을 길게 탄식하네.

龜堂獨坐遣悶[1]

髮已凋疎齒已搖, 高談誰與慰無聊.

苦心雖嘔何由出,[2] 病骨非讒亦自銷.

玉雪微塵烹瑞草,[3] 煙脂小把劚靈苗.[4]

賀公吳語吾能似,[5] 太息遺魂不可招.[6]

【해제】

72세 때인 경원慶元 2년1196 겨울 산음山陰에서 쓴 것으로, 노쇠함을 탄식하며 선계에 대한 지향을 나타내고 있다.

『검남시고』에서는 제5구의 '미微'가 '세細'로 되어 있다.

1 龜堂(구당) : 육유가 만년에 살았던 산음 집의 서실(書室)로, 육유는 만년에
   이를 호로 삼았다.

2 嘔(구) : 읊다, 노래하다.

3 玉雪微塵(옥설미진) : 벽옥 빛으로 먼지가 없다. 서초(瑞草)의 모습을 말한다.
   瑞草(서초) : 상서로운 풀. 전설상의 선초(仙草)이다.

4 煙脂小把(연지소파) : 연지색 작은 한 줌. 영묘(靈苗)의 모습을 말한다.
   靈苗(영묘) : 신령한 풀. 전설상의 선초(仙草)이다.

5 賀公吳語(하공오어) : 하지장(賀知章)의 오(吳) 땅 말. 하지장이 「고향에 돌
   아와 우연히 쓰다(回鄕偶書)」 시에서 "고향의 말은 변하지 않았건만 살쩍 머
   리는 쇠하였네(鄕音無改鬢毛衰)"라 한 것을 가리킨 것으로, 하지장의 고향은
   육유와 같은 소흥(紹興)이었으며 오(吳) 지역에 해당하였다.

6 遺魂(유혼) : 남아 있는 혼. 여기서는 하지장의 혼령을 가리킨다.

【해설】

이 시에서는 이미 늙고 쇠약해져 함께 만나 이야기 나눌 사람조차
없는 자신의 신세를 괴로워하고 있다. 이어 선초를 캐는 모습을 통해
젊음을 찾고 싶은 바람을 나타내고, 자신과 마찬가지로 노쇠함을 한탄
했던 하지장賀知章을 떠올리며 동병상련의 안타까움을 느끼고 있다.

봄날 거닐며

봄날 아흐레 동안 흐리다 하루 개니

억지로 쇠하고 병든 몸 부축하여 이처럼 한가로이 거니네.

성성이 핏빛 같은 붉은 해당화는 이슬 맞아 촉촉하고

오리 머리 빛 같은 푸른 호숫물은 제방에 이어져 밝네.

술값은 싸 버들 그늘에서 취해 누워있는 이를 만나고

땅은 기름져 논두둑에서 깊이 땅 가는 것을 보네.

산골 늙은이 어리석어 쓸모없다고 말하지 말지니

밝은 시대에 더불어 태평을 이야기할 줄은 안다오.

春行

九日春陰一日晴,[1] 强扶衰病此閑行.

猩紅帶露海棠濕,[2] 鴨綠平堤湖水明.[3]

酒賤柳陰逢醉臥, 土肥稻壟看深耕.

山翁莫道渾無用,[4] 解與明時說太平.[5]

【해제】

73세 때인 경원慶元 3년1197 봄 산음山陰에서 쓴 것으로, 병석에서 일어나 봄 길을 거니는 감회를 나타내고 있다.

저본과 『검남시고』 모두 제4구 다음에 "두보의 '새벽에 붉게 젖은 곳을 보니 꽃은 금관성에 겹겹이네'와 이백의 '촉 땅은 붉고도 밝구나' 에서는 '습濕'자와 '명明'자를 사용함으로써 가히 조화옹의 공을 빼앗 았다고 할 수 있으니, 세상에서 이렇게 써낼 수 있는 사람은 없다杜子美, 曉看紅濕處花重錦官城, 李太白蜀江紅且明, 用濕字明字, 可謂奪造化之功, 世未有拈出者"라는 자 주自注가 있다.

【주석】

1 春陰(춘음) : 봄날의 흐릿한 날씨.

2 猩紅(성홍) : 성성이의 피처럼 붉다.

3 鴨綠(압록) : 오리의 머리 색처럼 푸르다.

4 渾(혼) : 어리석다, 무지하다.

5 與(여) : 더불다, 함께하다.

【해설】

이 시에서는 오랫동안 흐리다 모처럼 맑은 날을 만나 비록 병들고 쇠한 몸이지만 봄을 느끼고 싶어 길을 나서고 있는 시인의 모습이 나 타나 있다. 꽃과 호수에는 생기가 가득하고 나무 그늘에서 취해 누워 있거나 논에서 부지런히 땅을 일구며 살아가는 사람들의 모습을 바라 보며 시인은 태평성세의 여유와 편안함을 느끼고 있다.

칠십 삼 세의 노래

칠십 삼 년의 세월은 일마다 새로웠으니

황제의 은총으로 다행히 육조의 백성이 되었네.

머리칼은 흴 것이 없으니 바야흐로 늙어서이며

술은 외상으로도 살 수 없으니 비로소 가난함을 깨닫네.

만년에도 나그네 몸인 것이 이미 슬프지만

이 마음은 오히려 사물과 함께 봄이 된다네.

사립문 응당 적막할 것이라 말하지 말지니

때때로 약 구하러 오는 이웃이 있다네.

七十三吟

七十三年事事新, 涵濡幸作六朝民.**1**

髮無可白方爲老,**2** 酒不能賒始覺貧.**3**

末路已悲身是客,**4** 此心猶與物爲春.

柴門勿謂當岑寂,**5** 時有鄕鄰請藥人.

【해제】

73세 때인 경원慶元 3년1197 여름 산음山陰에서 쓴 것으로, 73년 인생을 살아온 감회를 나타내고 있다.

『검남시고』에서는 제7구의 '당當'이 '상常'으로 되어 있다.

【주석】

1 涵濡(함유) : 황제의 은총을 입다.

六朝(육조) : 삼국의 오(吳)와 동진(東晉), 송(宋), 제(齊), 양(梁), 진(陳)을
의미하며, 여기서는 남송(南宋)을 가리킨다.

2 無可白(무가백) : 희게 될 만한 것이 없다. 머리칼 모두가 이미 백발이 되어 버
린 것을 말한다.

3 賒(사) : 외상으로 사다.

4 末路(말로) : 인생행로의 끝자락. 노년을 가리킨다.

5 岑寂(잠적) : 적막하다.

【해설】

이 시에서는 73년을 살아오며 많은 일 겪었음을 말하고 황제의 은
총으로 인해 오랑캐의 백성이 되지 않았음을 다행으로 여기고 있다.
비록 몸은 늙어 머리는 백발이고 술조차 살 돈도 없이 가난하기는 하
지만, 마음만은 봄을 맞은 만물처럼 생기가 넘치고 마을 이웃과 함께
어울리며 외롭지 않게 살아가고 있음을 말하고 있다.

잠에서 깨어 뜰 가운데 이르러

봄바람이 홀연 이미 하늘 끝까지 가득하니

늙은이도 오히려 사물의 아름다움을 깨달을 수 있네.

집에서 담근 옅은 푸른 술을 살짝 기울여 보고

직접 심은 약간 붉은 꽃을 막 살펴보네.

시골 사람과 쉽게 어울리며 진심을 말하니

속된 말을 누가 입에 올릴 수 있으리?

다시금 세상 사람들이 모두 일을 줄여

개미 전쟁을 돌이키고 벌떼같이 모이는 것 그만두길.

睡起至園中

春風忽已遍天涯, 老子猶能領物華.

淺碧細傾家釀酒,**1** 小紅初試手栽花.**2**

野人易與輸肝肺,**3** 俗語誰能挂齒牙.**4**

更欲世間同省事,**5** 勾回蟻戰放蜂衙.**6**

【해제】

72세 때인 경원慶元 2년1196 가을 산음山陰에서 쓴 것으로, 정원을 가꾸며 마을 사람들과 어울리는 즐거움을 노래하고 있다.

1 家釀酒(가양주) : 집에서 담근 술.

2 試(시) : 살펴보다.

3 輸肝肺(수간폐) : 간과 폐를 보내다. 진심을 말하는 것을 비유한다.

4 俗語(속어) : 속된 말. 관직에 있는 사람들과 하는 말을 비하하여 표현한 것으로, 여기서는 위선과 가식으로 가득한 말을 가리킨다.

   挂齒牙(괘치아) : 치아에 걸다. 입으로 말하는 것을 비유한다.

5 省事(생사) : 일을 줄이다. 세상의 욕심을 버리는 것을 말한다.

6 勾回(구회) : 갈고리로 걸어 돌이키다.

   蟻戰(의전) : 개미 떼처럼 싸움하다.

   蜂衙(봉아) : 벌 떼처럼 모여들다.

【해설】

이 시에서는 봄바람이 천지에 가득하여 늙은 자신조차 봄의 화사함을 느낄 수 있음을 말하고, 화단으로 나가 집에서 담근 술을 마시며 손수 가꾼 화초를 감상하고 있다. 이어 마을 사람들과 격의 없이 지내며 진심으로 소통하는 기쁨을 나타내고, 세상 사람 모두가 욕심을 줄여 이익을 좇아 서로 싸우고 모여드는 행동을 그만두기를 바라고 있다.

비틀거려

젊어 공명을 꿈꾸었던 것이 기이하기만 하니

일생을 비틀거리다 살쩍 머리 쇠하였네.

주루의 좋은 술은 가난하여 어찌 즐길 것이며

북두성 손잡이 봄으로 돌아와도 늙어 알지 못하네.

금나라를 떠도는 혼들에 응당 천운이 있을 터인데

백성들 목숨 바치려 해도 오래도록 기약이 없네.

어량 동쪽 가 외양간 북쪽에 있으니

온 세상 누가 이러한 슬픔을 알 수 있으리?

蹭蹬¹

少慕功名頗自奇, 一生蹭蹬鬢成絲.²

市樓酒美貧何預, 斗柄春回老不知.³

黑幟遊魂應有數,⁴ 白衣效命永無期.⁵

漁梁東畔牛欄北,⁶ 舉世誰能識此悲.

【해제】

72세 때인 경원慶元 2년1196 가을 산음山陰에서 쓴 것으로, 북벌의 기
약이 없는 암울한 현실을 비통해하고 있다.

1 蹭蹬(층등) : 비틀거리다, 실족하다.

2 鬢成絲(빈성사) : 살쩍 머리가 실이 되다. 노쇠한 것을 가리킨다.

3 斗柄春回(두병춘회) : 북두칠성의 손잡이가 봄으로 돌아오다.『갈관자(鶡冠
   子)』에 "북두칠성의 손잡이가 동쪽을 가리키면 천하가 모두 봄이 된다(斗柄
   東指, 天下皆春)"라 하였다.

4 黑幟(흑치) : 검은 깃발. 송대에는 주로 금(金)나라를 가리키는 말로 사용되었다.
   有數(유수) : 인연이나 운명이 있다. 여기서는 금나라에 함락된 땅이 수복되
   어 백성들이 금나라 치하에서 벗어나는 것을 의미한다.

5 白衣(백의) : 흰 옷. 일반 백성들을 가리킨다.

6 漁梁(어량) : 물고기를 잡기 위해 제방을 쌓고 물을 막아 싸리나 대나무 등으
   로 설치한 시설.
   牛欄(우란) : 소를 가두는 난간. 외양간을 가리키며, 앞의 어량과 함께 물고기
   를 잡고 소를 치며 사는 삶을 비유한다.

【해설】

이 시에서는 공명을 이루지 못한 채 좌절하다 늙어 버렸음을 말하
고, 가난하고 늙어 술과 봄을 즐길 수 없음을 탄식하고 있다. 이어 나
라를 위해 헌신하고자 하는 백성들은 많지만 오래도록 북벌의 기약이
없는 현실을 안타까워하고, 물고기 잡고 소치며 지내고 있는 자신의
신세를 비통해하고 있다.

초봄에 산책하러 나가려다 추위가 두려워 돌아와

매서운 추위 가득하여 겹겹 옷 입고 나가니

술의 힘도 사람을 속여 엉기어 녹아들지 않네.

봄의 노곤함은 참으로 많건만 팔 곳도 없고

나그네 혼 끊어지려 하나 누구를 청해 부르리?

한 줄기 시내에 물은 얕고 매화 가지 수척한데

사방 들녘에 구름은 무성하고 눈 쏟아지려 하네.

앞마을 가려다 게으름을 어찌하지 못하고

이내 돌아오는 길 찾아 서쪽 다리를 건너오네.

初春欲散步畏寒而歸

峭寒漠漠出重貂,**1** 酒力欺人凝不消.**2**

春困苦多無處賣,**3** 客魂欲斷倩誰招.

一溪水淺梅枝瘦, 四野雲酣雪意驕.**4**

欲到前村無奈嬾,**5** 却尋歸路度西橋.

【해제】

73세 때인 경원慶元 3년1197 12월 산음山陰에서 쓴 것으로, 앞마을을 가려다 매서운 추위에 다시 되돌아오는 모습이 나타나 있다.

『검남시고』에서는 제1구의 '출出'이 '입入'으로 되어 있다.

1 漠漠(막막) : 왕성한 모양, 가득 펼쳐져 있는 모양.

  重貂(중초) : 담비 털옷을 겹겹 입다.

2 凝不消(응불소) : 엉기어 녹지 않다. 날이 차가워 술기운도 얼어붙어 온몸으로

  퍼지지 않는 것을 말한다.

3 春困(춘곤) : 봄날에 느끼는 노곤함.

4 酣(감) : 무르익다, 성하다.

5 嬾(란) : 게으르다, 귀찮다.

【해설】

　이 시에서는 매서운 추위에 겹겹 옷으로 중무장하고 문을 나섰으나 술의 힘도 소용없을 만큼 추위가 맹렬함을 말하며, 봄날의 무료함과 번민을 함께 풀 사람이 없음을 안타까워하고 있다. 이어 매화 피려면 아직 멀었고 눈은 쏟아지려 하는 초봄의 경관을 묘사하며, 앞마을로 가려 했다가 다시 집으로 발걸음을 되돌리고 있다.

흥을 보내어 2수

인간 세상 새로운 세월을 얼마나 보았던가?

고깃배를 경호 가에 매어두네.

일찍이 황제의 조원례에 참여했다가

홀연 산음에 적을 둔 백성이 되었네.

몸의 병은 삼분 정도이니 너무 건강한 것을 싫어해서이고

반나절 배고픔을 참으니 완전히 가난한 것은 아니라네.

금의환향하면 추앙받을 수 있음을 일찍부터 알지만

늙은이 종신토록 땔나무 지며 살려 하네.

본디 강호를 떠돌던 몸이었거늘

잘못 은혜를 입어 무이산의 가을을 네 번 겪었네.

박봉을 쓸어내 버리니 비로소 부끄러움이 없고

형문 닫으니 어찌 시름 있을 수 있으리?

찻잎에 물 부으니 눈 같은 물결이 찻잔에서 일렁이고

따뜻이 불 데우니 향기로운 연기가 훈롱에서 올라오네.

책상머리엔 또 한가로운 책이 있어

손 가는 대로 집어 들었다가 피곤하면 쉰다네.

遣興二首

幾看人間歲月新, 釣船猶繫鏡湖濱.

曾穿高帝朝元仗,¹ 却作山陰版籍民.²

留病三分嫌太健,³ 忍飢半日未全貧.

早知晝繡能爲祟,⁴ 翁子終身合負薪.

湖海元爲汗漫遊,⁵ 誤恩四領幔亭秋.⁶

掃空薄祿始無媿, 閉上衡門那得愁.⁷

湯嫩雪濤翻茗椀,⁸ 火溫香縷上衣篝.⁹

牀頭亦有閑書卷, 信手拈來倦卽休.

【해제】

75세 때인 경원慶元 5년1199 가을 산음山陰에서 쓴 것으로, 은거하는 삶의 감회를 나타내고 있다. 총4수 중 제1·2수이다.

【주석】

1 高帝(고제): 송 고종(高宗)을 가리킨다.

   朝元仗(조원장): 조원례(朝元禮). 매년 원단(元旦)에 제후와 신하들이 천자에게 올리는 하례(賀禮)를 가리킨다.

2 版籍(판적): 호적.

3 三分(삼분): 십분의 삼. 그다지 많지 않은 것을 가리킨다.

4 晝繡(주수): 비단옷 입고 낮에 다니다. 성공하여 금의환향(錦衣還鄕)하는

것을 말한다.

5 汗漫(한만) : 이리저리 떠돌다.

6 四領(사령) : 네 번 경험하다. 66세 때인 소희(紹熙) 원년(1190)에 제거건녕 부무이산충우관(提擧建寧府武夷山沖祐觀)에 임명되어 4년을 지낸 것을 가리킨다.

幔亭(만정) : '장막으로 두른 정자'라는 뜻으로, 복건성 무이산(武夷山)을 가리킨다.

7 衡門(형문) : 나무를 가로 놓아 삼은 문. 누추한 집을 가리킨다.

8 茗椀(명완) : 찻잎을 담은 잔. 찻잔을 가리킨다.

9 衣篝(의구) : 옷을 담는 바구니. 옷에 향을 입히는 훈롱(燻籠)을 가리킨다.

【해설】

제1수에서는 관직 생활을 하다 고향으로 돌아오게 되었음을 말하고, 그다지 심하지 않은 질병과 그럭저럭 버틸 수 있는 가난에 감사해하며 종신토록 시골에 묻혀 살고 싶은 바람을 나타내고 있다.

제2수에서는 가장 최근의 무이산에서의 관직 생활을 회상하며 이를 끝내고 돌아오게 된 기쁨을 나타내고 있다. 이어 향 연기 속에서 차를 달여 마시고 한가로이 독서 하는 모습을 통해 은거 생활의 여유와 평온함을 나타내고 있다.

취하여 보 서쪽 주막에 쓰다 2수

새로운 추위 일어 베 갓옷에 들어오는데

우연히 조금 취한 틈타 한가로이 노니네.

단풍과 지는 해에 들녘 다리는 저녁이 되고

외로운 기러기와 습한 구름에 강가 길은 가을일세.

말이 한 번 울었으니 어찌 쫓겨남을 한스러워할 것이며

쇠가 백 번 단련되었으니 어찌 유약함을 허락하리?

모르겠네, 인간 세상 천 년에

우리처럼 강한 이가 또 있을지.

뽕나무 삼나무 어둑하여 이웃과 통하지 않고

술에 빠져 매임 없이 지내니 하나의 늙은 평민이라네.

객 보내고 잠자니 어찌 취한 것이리?

저당잡을 옷 있으니 아직 가난한 것은 아니라네.

석양에 날개 말리며 눈에 익은 갈매기 날아오고

모래밭에 자취 남기며 새로운 기러기 이르렀네.

그대 보게나, 이 사이에 무슨 경계가 있는지?

어리석은 사람이 오히려 수레 방석에 토한 일을 따진다네.

醉題垾西酒家二首

陣陣新寒入布裘,**1** 偶乘小醉得閑遊.

丹楓落日野橋晩, 斷雁濕雲江路秋.

馬得一鳴何恨斥,**2** 金經百鍊豈容柔,

不知千載塵埃裏, 更有吾曹强項不.**3**

桑麻蒙翳不通鄰,**4** 耽酒頹然一老民.**5**

遣客方眠那是醉, 有衣可典未爲貧.

曬翮斜日鷗來熟,**6** 印跡平沙雁到新.

君看此間何境界, 癡人猶說吐車茵.**7**

【해제】

75세 때인 경원慶元 5년1199 가을 산음山陰에서 쓴 것으로, 새로 가을을 맞은 감회를 나타내고 있다.

【주석】

1 陣陣(진진) : 추위나 바람이 일어나는 모양.

2 馬得一鳴(마득일명) : 말이 한 번 울다. 입장마(立仗馬)로 세워 둔 말이 울음 소리를 내며 자신의 존재감을 드러내는 것을 가리킨다.

3 吾曹(오조) : 우리. 자신과 뜻을 같이하는 사람들을 가리킨다.

   强項(강항) : 강직하다.

4 蒙翳(몽예) : 나뭇잎에 덮여 어둑한 모양.

5 頹然(퇴연) : 마음대로 행동하며 매이지 않는 모양.

6 曬翎(쇄령) : 깃을 햇빛에 말리다.

7 吐車茵(토거인) : 수레에 까는 방석에 구토하다. 사소한 잘못을 가리킨다. 『한서(漢書)·병길전(丙吉傳)』에 따르면, 서한의 승상 병길의 마부가 술을 좋아하여 자주 방탕하게 행동했는데, 하루는 술에 만취하여 병길의 수레 방석에 구토하였다. 아전이 이를 아뢰어 그를 내칠 것을 청하였으나, 병길은 술 취해서 한 실수로 사람을 내친다면 사람에게서 어떠한 것도 용납될 수 없음을 말하고 또한 다만 승상의 수레 방식이 더럽혀진 것일 따름이라 말하며 그를 내치지 않았다.

【해설】

제1수에서는 삼베옷 속으로 들어오는 추위에 이제 가을이 왔음을 실감하고 있으며 단풍이 들고 기러기가 날아가고 있는 가을 저녁의 경관을 묘사하고 있다. 이어 크게 울음 운 입장마와 백 번 단련된 쇠에 자신을 비유하며 그 굳은 기개와 강건함에 자부심을 나타내고, 자신과 뜻을 같이하는 사람들이 있는 것에 커다란 위안을 느끼고 있다.

제2수에서는 관직에서 물러나 시골 마을 깊은 곳에서 술과 함께 지내는 자유로운 일상에 그런대로 만족감을 나타내고, 갈매기와 기러기가 날아드는 한적한 강가 마을의 정경을 묘사하며 사소한 잘못조차 그 시비를 가리고 따지는 세속 사람들의 각박함과 용렬함을 비판하고 있다.

가까운 산을 노닐며

여위고 병들어 멀리 노닐며 시 쓰기 어려움을 알기에

그저 좋은 풍경 찾아 편안하게 보낸다네.

어지러운 산과 외로운 주막은 기러기 소리에 저녁 되고

말 한 마리와 두 아이 지나는 개울길은 가을일세.

벽을 쓸고 취한 묵객 구하는 승려는 있건만

누각에 기대어 맑은 시름을 말하는 객은 없네.

남은 생 늘 강건하기 바라며

돌아오는 길 곳곳에서 잠시 머문다네.

遊近山

嬴病知難賦遠遊,¹ 尙尋好景送悠悠.²

亂山孤店雁聲晚, 一馬二童溪路秋.

掃壁有僧求醉墨,³ 倚樓無客話淸愁.⁴

殘年敢望常强健, 到處臨歸爲小留.

【해제】

75세 때인 경원慶元 5년¹¹⁹⁹ 가을 산음山陰에서 쓴 것으로, 가을날 가까운 산을 유람하고 돌아오는 감회를 나타내고 있다.

1 贏病(이병) : 여위고 병들다.

2 悠悠(유유) : 편안하고 한가한 모양.

3 掃壁(소벽) : 벽을 쓸다. 취한 묵객이 벽에 글을 쓸 수 있도록 준비하는 것을 말한다.

4 倚樓(의루) : 누각에 기대다. 나그네가 고향을 그리워하는 모습을 말한다. 앞의 권3 「저녁에 횡계각에 올라 2수(晚登橫溪閣二首)」주석 8 참조.

【해설】

이 시에서는 여위고 병들어 멀리까지 가 노닐 수 없어 가까운 산에라도 나가 풍광을 즐기고 있음을 말하며 산에서 바라본 저물녘 가을 풍경을 묘사하고 있다. 이어 남은 생이 늘 건강하기 바라며 지나치는 모든 사물과 장소에 친근함과 애정을 나타내고 있다.

감회를 쓰다

젊은 시절 망령되이 공명을 스스로 기약하였건만

만년에 실의한 채 살쩍 머리 쇠하였네.

바람 마주한 아로새긴 나팔은 새벽에 세 차례 울리고

눈 섞인 들녘 구름은 차갑게 사방에 드리웠네.

철갑옷은 전투 한창이던 땅을 생각하고

담비 갖옷은 먼 곳 다니던 때를 기억하네.

이 마음 밝게 빛나 헛되이 눈물 흘림을

역사의 다른 때에는 분명 알지 못하리.

書感

壯歲功名妄自期, 晚途流落鬢成絲.**1**

臨風畫角曉三弄,**2** 釀雪野雲寒四垂.

金鎖甲思酣戰地,**3** 皂貂裘記遠遊時.**4**

此心炯炯空添淚,**5** 靑史它年未必知.

【해제】

75세 때인 경원慶元 5년1199 겨울 산음山陰에서 쓴 것으로, 촉蜀 지역에서 종군하던 옛일을 회상하고 있다.

1 　流落(유락) : 실의하여 떠돌다.

2 　畵角(화각) : 아름다운 장식이 새겨져 있는 호각(號角).

3 　金鎖甲(금쇄갑) : 철 갑옷.

4 　皀貂裘(조초구) : 말과 담비의 가죽으로 만든 갖옷.

5 　炯炯(형형) : 밝게 빛나는 모양.

【해설】

　이 시에서는 젊은 시절 품었던 공명 수립의 기대는 무위로 돌아가 버리고 실의에 가득한 채 노년에 이르게 되었음을 탄식하고 있다. 이어 철갑옷과 담비 갖옷을 바라보며 옛날 촉 지역에서 종군하던 일을 회상하고 아무도 알아주지 못할 통한의 눈물을 흘리고 있다.

며칠을 문을 나서지 않다가 우연히 쓰다

호숫가 오두막집은 그나마 나를 포용하건만

한 치 마음은 백 가지 근심의 공격을 어찌하지 못하네.

옷 아직 다 깁지 못했는데 가을 이슬은 닥쳐오고

오지 않는 밥 기다리며 오시의 종소리 듣네.

어린아이는 책 끼고 와 부지런히 질문하고

이웃 노인은 쟁기 풀고 간간이 왔다 가네.

오늘 아침 웃는 이유를 그대는 아는지?

항아리 가득 새로 담근 술이 걸쭉하게 익었다네.

數日不出門偶賦

湖上蝸廬僅自容, 寸懷無奈百憂攻.

補衣未竟迫秋露,[1] 待飯不來聞午鐘.[2]

稚子挾書勤質問, 鄰翁釋耒間過從.[3]

今朝一笑君知否, 滿瓮新醅粥面釀.[4]

【해제】

76세 때인 경원慶元 6년1200 가을 산음山陰에서 쓴 것으로, 시름 속에서도 마을 사람들과 격의 없이 어울려 지내는 모습이 나타나 있다.

총3수 중 제3수이다.

【주석】

1 補衣(보의) : 옷을 보수하다, 깁다.

2 午鐘(오종) : 오시(午時)의 종소리. 한낮이 되었음을 말한다.

3 過從(과종) : 왕래하다.

4 粥面釀(죽면양) : 죽 같은 표면이 생겨나 발효되다.

【해설】

　이 시에서는 오두막집이나마 내 한 몸 거처할 수 있어 다행이지만
마음속에서 생겨나는 온갖 근심은 차마 견딜 수 없음을 말하고 있다.
추위가 닥쳐오도록 아직 옷을 다 깁지 못하고 정오가 되도록 밥조차
먹지 못하고 있는 모습에서 시인의 궁핍한 생활이 나타나고 있으며,
아이와 노인 할 것 없이 모두가 좋아하고 따르는 모습에서 시인의 자
상함과 인자함이 느껴진다.

초겨울

평생 시구에서 흐르는 세월을 담았는데

가장 아끼는 것은 초겨울 온 기와에 내린 서리라네.

시들려 하는 단풍잎은 볼수록 좋고

아직 피지 않은 매화는 생각하면 향기가 먼저 나네.

늙어지면 절로 한가해지니 물러난들 무슨 상관있으리?

짧은 여생 달리 하는 일 없어도 절로 잘 살아진다네.

하물며 이런 흥취를 함께하는 어린아이 있어

같은 창에서 서로 마주하며 붉고 누런 먹물을 찍는다네.

初冬

平生詩句領流光,**1** 絶愛初冬萬瓦霜.

楓葉欲殘看愈好, 梅花未動意先香.

暮年自適何妨退, 短景無營亦自長.**2**

況有小兒同此趣, 一窗相對弄朱黃.**3**

【해제】

77세 때인 가태嘉泰 원년1201 봄 산음山陰에서 쓴 것으로, 노년을 아이와 함께 어울리며 한가롭게 지내는 모습이 나타나 있다.

1 　流光(유광) : 흐르는 세월. 여기서는 살아온 인생을 가리킨다.

2 　短景(단경) : 짧은 남은 날. 여생이 얼마 남지 않은 것을 말한다.

　　自長(자장) : 스스로 자라다. 저절로 잘 살아지는 것을 말한다.

3 　朱黃(주황) : 붉은색과 누런색의 먹물. 여기서는 채색 그림을 그리는 것을 의미한다.

【해설】

　이 시에서는 평생 자신의 삶을 시에 담아 왔지만, 자신이 가장 아끼고 사랑하는 것은 자연의 아름다운 경물임을 말하고 있다. 이어 젊었을 때의 사명감이나 강박감에서 벗어난 노년의 여유와 한가로움을 말하며, 아이와 함께 그림을 그리며 평온한 한 때를 보내고 있다.

지난날의 잘못

이제껏 배부르고 따뜻하게 지내며 도에서 어긋났으니

서생은 소 거적에 눕는 것이 어울린다네.

늙은 여우는 오백 년 전에 잘못 말했고

외로운 학은 삼천 년 후에 돌아왔다네.

혀에 절로 침이 고이면 좋은 음식보다 낫고

허리에 늘 띠 두르기 잊으면 황금 띠가 무슨 소용 있으리.

팽택에서 관직 생활하며 일찍이 무엇을 얻었던가?

도잠은 집으로 돌아오며 지난날의 잘못을 후회했다네.

昨非

溫飽從來與道違, 書生只合臥牛衣.[1]

老狐五百年前錯,[2] 孤鶴三千歲後歸.[3]

舌自生肥勝玉食,[4] 腰常忘帶況金圍.[5]

一官彭澤曾何有, 元亮還家悔昨非.[6]

【해제】

77세 때인 가태嘉泰 원년1201 겨울 산음山陰에서 쓴 것으로, 부귀를 추구했던 지난 잘못을 후회하며 안빈낙도의 삶을 말하고 있다.

『검남시고』에서는 제3구의 '년年'이 '생生'으로 되어 있다.

1 牛衣(우의) : 추위를 막기 위해 소에 덮어 주는 거적.

2 老狐(노호) : 늙은 여우. 잘못 대답하여 여우가 된 사람을 가리킨다. 『오등회원(五燈會元)』에 따르면 홍주(洪州) 백장산(百丈山)의 회해선사(懷海禪師)에게 사람으로 변신한 여우가 찾아 왔다. 여우는 말하기를 자신은 본디 사람이었는데, 수행을 많이 한 사람도 인과에 떨어지는지 묻는 다른 사람의 말에 인과에 떨어지지 않는다고 잘못 대답하여 여우가 되어 오백 년을 지냈다고 하였다.

3 孤鶴(고학) : 외로운 학. 학이 되어 날아갔다가 천 년 만에 돌아온 정령위(丁令威)를 가리킨다. 앞의 권2 「천왕광교원은 즙산 동쪽 산기슭에 있는데,(天王廣敎院在葳山東麓,)」 주석 6 참조. 여기에서는 천 년을 삼천 년으로 잘못 말한 것이다.

4 肥(비) : 침.

5 金圍(금위) : 황금 혁대.

6 元亮(원량) : 도잠(陶潛). 자가 원량(元亮)이다. 팽택현령(彭澤縣令)을 지내다가 「귀거래사(歸去來辭)」를 써서 "지금이 옳고 지난날이 잘못이었음을 깨달았네(覺今是而昨非)"라 하며 지난 관직 생활을 후회하고 전원으로 돌아갈 것을 결심하였다.

【해설】

이 시에서는 일신의 부귀영화만을 좇아 도에 벗어난 삶을 살았던 지난날을 반성하며 빈천하게 사는 것이 서생의 본분임을 말하고, 여우로 변한 사람과 학으로 변한 정령위의 고사를 들어 순간의 잘못에 대한 경계와 인생사의 무상함을 나타내고 있다. 이어 안빈낙도하는 삶의 기쁨을 말하며 관직 생활을 한 도잠이 얻은 것은 다만 지난날의 잘못을 후회한 것뿐이었음을 말하고 있다.

사원에서 저녁에 나와

늙은 몸 고향에서 늙기를 이미 청했건만

잘못 은혜를 입어 다시 비서성을 노닐게 되었네.

나루터에 비 지나가니 다리는 닦은 듯하고

궁궐에 연기 걷히니 기와가 흘러내리려 하네.

관서에서 잠깐 잠드니 종소리는 오시를 알리고

돌아오는 길 약간 차가운데 잎은 가을 되어 날리네.

마구간에 엎드려 천리마의 재능 없음을 마음으로 아니

설령 왕량이 있다 한들 쉬는 것이 어울린다네.

史院晚出[1]

已乞殘骸老故丘,[2] 誤恩重作道山遊.[3]

龍津雨過橋如拭,[4] 鳳闕煙消瓦欲流.[5]

直舍小眠鐘報午,[6] 歸途微冷葉飛秋.

心知伏櫪無千里,[7] 縱有王良也合休.[8]

【해제】

78세 때인 가태嘉泰 2년1202 가을 임안臨安에서 쓴 것으로, 노년에 다시 관직 생활을 하게 된 감회를 나타내고 있다.

1 史院(사원) : 실록원(實錄院). 실록의 편찬을 담당하였다.

2 殘骸(잔해) : 늙은 몸.

3 道山(도산) : 비서성(祕書省). 송인들은 비서성을 '봉래도산(蓬萊道山)'이라 불렀으며, '봉산(蓬山)' 또는 '도산(道山)', '대봉(大蓬)'이라고도 하였다. 비서성은 직책으로 감(監), 소감(少監), 승(丞堂) 각 1인이 있었으며, 궁중의 도서와 국사실록 및 천문역법의 일을 관장하였다.

4 龍津(용진) : 나루터. 도성에 있는 나루터를 가리킨다.

5 鳳闕(봉궐) : 궁궐.

6 直舍(직사) : 입직하는 관사(官舍). 여기서는 비서성을 가리킨다.

7 伏櫪(복력) : 마구간에 엎드리다. 다른 사람의 보양과 보육을 받는 것을 의미한다.
無千里(무천리) : 천 리를 갈 능력이 없다. 천리마와 같은 재능이 없음을 말한다.

8 王良(왕량) : 춘추시기 말을 잘 몰던 사람.

【해설】

당시 육유는 실록원동수찬實錄院同修撰 겸 동수국사同修國史로 부름을 받아 효종孝宗과 광종光宗의 실록편찬을 위해 임안에 머물고 있었으며, 이해 12월에 비서감祕書監으로 임명되었다.

이 시에서는 고향에서 노년을 보내려 하였지만 황제의 부름을 받아 다시 비서성으로 오게 되었음을 말하며, 가을로 접어든 도성의 경관과 그곳에서의 자신의 일상을 나타내고 있다. 이어 자신을 마구간에 누운 노쇠한 말에 비유하며 말을 잘 몰았던 왕량도 어찌하지 못할 만큼 자신의 재능이 부족함을 겸손해하고 있다.

배불리 먹다

배불리 먹으며 공도 없으니 역사에 부끄럽고

등불 앞에서 그림자 돌아보며 쇠락함을 탄식하네.

말은 노쇠해져도 오히려 길러지면 헤매는 곳에서 길을 알고

거북은 오래 살아도 버려지게 되면 영물이 되지 못한다네.

허리 아래 치렁치렁한 인끈을 헛되이 과시하지만

거울 속 성성한 백발을 어찌 멈출 수 있으리?

석범산으로 돌아감이 애초에 멀지 않으니

가을 되면 복령을 베야만 하리.

飽食

飽食無功媿汗靑,[1] 燈前顧影歎伶俜.[2]

馬衰猶養疑知路, 龜久當捐爲不靈.

腰下徒誇綬若若,[3] 鏡中何止髮星星.[4]

石帆回首初非遠,[5] 要及淸秋斸茯苓.[6]

【해제】

79세 때인 가태嘉泰 3년1203 봄 임안臨安에서 쓴 것으로, 관직에서 벗어나 고향으로 돌아가 은거하고 싶은 마음을 나타내고 있다.

1 汗靑(한청) : 불에 구운 죽간(竹簡). '한간(汗簡)'이라고도 하며, 역사서나 전적을 가리킨다.

2 伶俜(영빙) : 늙고 쇠락한 모양.

3 若若(약약) : 아래로 길게 늘어뜨린 모양.

4 星星(성성) : 백발이 성성한 모양.

5 石帆(석범) : 석범산(石帆山). 육유의 고향 산음(山陰)에 있는 산으로, 석벽의 모양이 돛을 펼친 것 같다 하여 명칭이 유래하였다. 여기서는 고향을 가리킨다.

   回首(회수) : 고개를 돌리다. 고향으로 돌아가는 것을 의미한다.

6 斸(촉) : 괭이질하다.

   茯苓(복령) : 버섯의 일종. 소나무 뿌리에 기생하여 자라며, 약재로 사용된다.

【해설】

이 시에서는 공도 없이 편안히 지내고 있는 자신을 부끄러워하며 이미 늙고 쇠락한 자신을 탄식하고 있다. 또한 노쇠한 말도 길을 아는 능력이 있고 오래 사는 거북도 버려지면 영물이 되지 못함을 말하며 늙어도 여전히 부족하기만 한 자신의 식견과 때를 만나지 못한 불우한 운명을 안타까워하고 있다. 이어 아무리 높은 관직에 있어도 늙음을 막을 수 없음을 말하며 가을까지는 반드시 고향으로 돌아가겠다 결심하고 있다.

실제 육유는 이해 4월 실록편찬을 마치고 이내 관직에서 물러나기를 청하여, 5월 초에 산음으로 돌아왔다.

초봄에 감회를 쓰다

칠 구십의 나이는 예부터 참으로 드물었거늘

이제부터는 다만 백 세의 수만 남았네.

먹는 것은 『본초경』을 보니 비록 일은 많아도

취하여 「이소」를 읽으면 절로 빼어남을 느끼네.

세상 밖에 사람이 있음을 한가로워지니 비로소 보게 되고

산중에서 즐거울 수 있음을 늙으니 바야흐로 알게 되네.

무릉이 다행히 천 그루 복숭아 숲에 있으니

짧은 노 저어 찾아가도 아직 늦지는 않다네.

初春書懷

耄及光陰古更稀,¹ 自今惟有數期頤.²

食觀本草雖多事,³ 醉讀離騷自一奇.

物外有人閑始見,⁴ 山中可樂老方知.

武陵好在桃千樹,⁵ 短櫂相尋亦未遲.

【해제】

80세 때인 가태嘉泰 4년1204 봄 산음山陰에서 쓴 것으로, 노년에 산중에서 느끼는 여유와 즐거움이 나타나 있다. 총7수 중 제2수이다.

1 耄(모) : 대략 70세에서 90세에 이르는 나이.

2 期頤(기이) : 백 세의 나이.

3 本草(본초) : 『본초경(本草經)』.『신농본초경(神農本草經)』의 약칭으로 고대 저명한 의약 서적이다. 기록된 각종 약재의 많은 수가 풀로 이루어져 있어 이와 같이 칭하였다.

4 物外有人(물외유인) : 세상 밖에 사람이 있다. 인간 세상에 초연한 사람을 가리킨다.

5 武陵(무릉) : 도화원(桃花源). 도잠(陶潛)의 「도화원기(桃花源記)」에 등장하는 마을이다. 「도화원기」에 따르면, 진(晉)나라 태원(太元) 연간(376~396)에 무릉(武陵)의 한 어부가 시내를 따라가다 갑자기 복숭아나무 숲을 만나게 되었는데 물의 근원이 있는 곳에 산이 하나 있었다. 산에 작은 동굴 같은 구멍이 있어 들어가 보니 평화로운 마을이 있었다. 마을 사람들은 어부를 환대하며 진(秦)나라 때 난리를 피해 이곳으로 왔다가 영영 세상 사람들과 떨어져 지내게 되었다고 말하고, 다른 이들에게 알리지 말 것을 당부했다. 그러나 어부는 그곳을 나오면서 곳곳에 표시를 해두고 태수(太守)를 찾아가 아뢰니 태수가 사람을 보내 그를 따라가게 하였으나 결국 길을 찾지 못했다.

【해설】

이 시에서는 자신의 나이가 이미 세상에서 드문 칠팔 십에 이르러 이제는 백 세를 세는 나이만 남았음을 말하며, 음식을 가려 먹고 독서를 즐기는 정결한 생활을 나타내고 있다. 이어 나이 들어서야 비로소 느껴지는 한가로움과 즐거움이 있음을 말하며, 도화원을 찾아 떠나고 싶은 마음을 나타내고 있다.

오랜 비

매실 익는 시기에 하루에도 몇 번씩 흐렸다 개니

술 마주해도 무료하고 취하지도 않네.

역법에 뛰어난 이도 빗방울 알지 못하는데

거문고는 어찌 알고 계곡물 소리 내는지?

숲 깊어 새는 무수히 날아오고

풀 무성하여 호미와 곰방메 떠나면 이내 자라나네.

내일 구름 개어 만 리 하늘 펼쳐지면

바람 타고 청성산으로 가려 하네.

久雨

梅天一日幾陰晴,**1** 對酒無聊醉不成.

巧曆莫能知雨點,**2** 孤桐那解寫溪聲.**3**

林深鳥爵來無數, 草茂鋤耰去卽生.**4**

明日雲開天萬里, 御風吾欲過靑城.**5**

【해제】

80세 때인 가태嘉泰 4년1204 여름 산음山陰에서 쓴 것으로, 오랜 장맛비 속의 무료함과 권태를 나타내고 있다. 총2수 중 제2수이다.

1 梅天(매천) : 입하(立夏)를 전후로 매실이 누렇게 익어가는 시기. '황매천(黃
梅天)'이라고도 하며, 이때는 우리의 장마철에 해당하여 비가 많이 내린다. 이
때 내리는 비를 매실이 익어갈 때 내리는 비라 하여 '매우(梅雨)'라고 부른다.

2 巧曆(교력) : 역법을 잘 아는 사람.

3 孤桐(고동) : 특별한 오동나무. 『서경(書經)·우공(禹貢)』의 "역산 남쪽의
특별한 오동나무(嶧陽孤桐)"에서 유래한 것으로, 거문고를 가리킨다. 『풍속
통(風俗通)』에 "오동나무가 역산 남쪽의 암석 위에 자라 있는데, 동남쪽으로
뻗은 가지를 잘라 거문고를 만들면 소리가 매우 청량하다(梧桐生於嶧山之
陽, 巖石之上, 采東南孫枝為琴, 聲極清亮)"라 하였다.

4 鋤耰(서우) : 호미와 곰방메. 곰방메는 쟁기질한 후 덩어리진 흙을 잘게 부수
는 농기구이다.

5 御風(어풍) : 바람을 타다. 『장자(莊子)·소요유(逍遙遊)』에 "열자는 바람
을 타고 다니는데 가벼이 날렵하였다(列子御風而行, 泠然善也)"라 하였다.
靑城(청성) : 청성산(靑城山). 성도(成都)에 있는 도가의 명산으로, 이른바 10
대 동천(洞天) 중의 하나이다. 앞의 권3 「장인관 도관 벽에 쓰다(題丈人觀道
院壁)」 주석 2 참조.

【해설】

이 시에서는 오랫동안 이어지는 장맛비에 술로도 가시지 않는 무료
함을 느끼고 거문고 소리를 들으며 스스로를 위안하고 있다. 이어 새

들이 날아드는 깊은 숲과 무성히 자라는 풀의 모습으로 여름의 경관을 나타내고, 날이 개면 바람을 타고 청성산으로 날아가고 싶은 바람을 나타내고 있다.

이튿날 다시 꿈에서의 생각을 정리하여 쓰다

흰 수염에 양 뺨은 붉은 채

매임 없이 행동하며 스스로 방옹이라 이름하였네.

객들은 사직하고 돌아올 때 흩어졌지만

시는 사람들이 좋아하는 곳 없어져 공교해졌네.

부들 돛 높이 걸어 누런 학을 타고

쇠 피리 홀로 불며 무지개다리를 건너갔네.

은자가 세상을 떠도는 것은 예부터 있던 일이건만

원숭이 놀라고 향초 휘장 텅 빌 줄 어찌 알았으리?

明日復理夢中意作

白盡髭鬢兩頰紅, 頹然自以放名翁.**1**

客從謝事歸時散,**2** 詩到無人愛處工.**3**

高挂蒲帆上黃鶴,**4** 獨吹鐵笛過垂虹.**5**

閑人浪迹由來事,**6** 那計猿驚蕙帳空.**7**

【해제】

80세 때인 가태嘉泰 4년1204 가을 산음山陰에서 쓴 것으로, 옛날 관직 생활하던 때의 꿈을 꾸고 감회를 나타내고 있다.

『검남시고』에서는 제6구의 '철鐵'이 '동銅'으로 되어 있다.

1 頽然(퇴연) : 마음대로 행동하며 매이지 않는 모양.

2 謝事(사사) : 관직을 그만두다.

3 無人愛處(무인애처) : 사람들이 좋아하는 곳이 없다. 시에서 사람들이 뛰어
  나다 칭송하는 것이 없어진 것을 말한다.

4 上黃鶴(상황학) : 누런 학을 타다. 여기서는 고향을 떠나가는 것을 말한다.

5 垂虹(수홍) : 무지개 모양의 다리.

6 閑人(한인) : 한가로운 사람. 은자를 가리킨다.

  浪迹(낭적) : 세상을 떠돌다. 여기서는 은거 생활을 그만두고 세상으로 나가
  는 것을 의미한다.

  由來事(유래사) : 예부터 있었던 일.

7 猿驚蕙帳空(원경혜장공) : 원숭이가 놀라고 향초 휘장이 텅 비다. 은자가 떠
  나가 은거지가 적막해진 것을 말한다. 여기서는 공치규(孔稚珪)의 「북산이문
  (北山移文)」에서 "회오리바람은 초막으로 들어오고 피어나는 안개는 기둥 사
  이에서 나오는데, 향초 휘장은 텅 비니 밤에 고니는 원망하고, 산사람 떠나니
  새벽에 원숭이가 놀란다(還飚入幕, 寫霧出楹, 蕙帳空兮夜鵠怨, 山人去兮
  曉猿驚)"라 한 뜻을 차용하여, 자신이 고향에 있다가 실록원동수찬(實錄院同
  修撰)이 되어 임안(臨安)으로 갔던 일을 가리킨다.

【해설】

이 시에서는 옛날 관직에 있을 때 자신을 방옹放翁이라 칭하며 거리

낌 없이 살았던 일을 회상하고, 관직에서 물러난 후 비록 함께 노닐던 사람들은 다 흩어져 버렸지만 자신의 시는 사람들의 칭송을 구하지 않아 오히려 더욱 공교로워졌음을 말하고 있다. 이어 만년에 다시금 관직에 나아가게 된 일을 말하며 은거 생활을 계속하지 못했던 자신의 행동을 후회하고 있다.

여름밤

비단 창에서 뒤척이며 잠 못 이루다가

늙고 병든 몸 지팡이 하나 짚고 행랑을 도네.

달은 떠올라 한 쌍 까치는 가지를 옮겨 잠자고

이슬은 내려 외로운 반딧불은 덩굴에 이어져 빛나네.

우물 긷는 소리에 홀연 놀라니 사람 이미 깨어 있어서이고

문 열고 탄식을 견디니 옛일 다시 살아나서라네.

도사의 털옷과 모자는 내가 좋아 따르는 것이니

백자향 연기 속에 경쇠 소리 일어나네.

夏夜

展轉紗幬睡不成, 一藤扶憊繞廊行.[1]

月昇雙鵲移枝宿, 露下孤螢綴蔓明.[2]

汲井忽驚人已起, 開門堪歎事還生.

羽衣道帽從吾好,[3] 柏子煙中起磬聲.[4]

【해제】

74세 때인 경원慶元 4년1198 여름 산음山陰에서 쓴 것으로, 여름밤 시름에 잠 못 이루는 모습이 나타나 있다. 총4수 중 제3수이다.

1 　扶憊(부비) : 늙고 병든 사람.

2 　綴蔓(철만) : 덩굴에 이어지다. 덩굴마다 반딧불이 반짝이고 있는 것을 말한다.

3 　羽衣道帽(우의도모) : 도사(道士)들이 착용하는 털옷과 모자.

4 　柏子(백자) : 백자향(柏子香). 향의 일종이다.

【해설】

　이 시에서는 시름에 뒤척이며 잠을 이루지 못하다가 지팡이 짚고 행랑을 돌며 여름밤의 경관을 바라보고 있다. 이어 우물 긷는 소리가 들려오는 새벽까지 깨어 있으며 떠오르는 옛 생각에 시름겨워하고, 도가의 경지에서 세상 시름에 초연해지고 싶은 바람을 나타내고 있다.

늙음이 심함을 스스로 읊다 2수

남은 인생 참으로 백 세를 세려 하는데

하는 일 하나 없이도 배부르니 기쁘기만 하네.

몸은 아이들 풀싸움 모임에 끼고

마음은 태곳적 끈 매듭 하던 때와 같다네.

정신은 혼미하여 사람들의 모임에 낄 수 없고

생각은 아둔하여 늙은이의 어리석음을 비웃네.

시장에서 소금과 연유도 사지 않아

나물국 맛이 싱거움을 비로소 안다네.

생을 탐한다며 늘 옛사람의 어리석음을 비웃건만

잠깐 사이 팔십 나이에 이르게 될 줄 어찌 알았으리.

거울 속 살쩍 머리는 흰 점 더한 곳이 없고

술 동이 앞 얼굴은 잠시 붉어지는 때라네.

객들은 죽음을 나무라면서도 늘 병을 핑계 대고

아이들은 지나는 시간에 놀라면서도 시 쓰기를 게을리하네.

시름 물리치고 강건한 날 보내고 있으니

몸은 한가로워 어디 간들 즐겁지 않으리?

老甚自詠二首

殘年眞欲數期頤,**1** 一事無營飽卽嬉.

身入童兒鬪草社, 心如太古結繩時.[2]

騰騰不許諸人會,[3] 兀兀從嘲老子癡.[4]

亦莫城中買鹽酪,[5] 菜羹有味淡方知.

羡生常笑古人癡, 俛仰那知迫耄期.[6]

鏡裏鬢無添白處, 尊前顔有暫丹時.

客瞋終歲常稱疾,[7] 兒詑經旬嬾賦詩.

枉却愁過強健日,[8] 身閑何往不熙熙.[9]

【해제】

80세 때인 가태嘉泰 4년1204 봄 산음山陰에서 쓴 것으로, 나이 팔십에 이르게 된 감회를 나타내고 있다.

『검남시고』에서는 제1수 제3구의 '동이童兒'가 '아동兒童'으로 되어 있다.

【주석】

1   期頤(기이) : 백 세의 나이.

2   結繩(결승) : 끈으로 된 매듭. 문자가 만들어지기 이전에 끈의 매듭을 묶어 의미를 나타낸 것으로, 여기서는 오래전 옛날을 가리킨다.

3   騰騰(등등) : 몽롱하고 혼미한 모양.

4 兀兀(올올) : 머릿속이 텅 비어 있는 모양.

5 鹽酪(염락) : 소금과 유락(乳酪). 유락은 연유를 가리킨다.

6 耄期(모기) : 대략 70세에서 90세에 이르는 나이.

7 瞋(진) : 꾸짖다, 나무라다.

稱疾(칭질) : 병을 핑계 대다. 여기서는 죽음을 싫어하면서도 늘 병이 있음을 핑계로 삼으며 말과 행동이 다른 것을 의미한다.

8 枉却(왕각) : 물리치다, 없애다.

9 熙熙(희희) : 즐겁고 화락한 모양.

【해설】

제1수에서는 백 세를 바라보는 나이에도 아이들과 함께 어울려 놀며 마치 태곳적에 살고 있는 듯한 평온함을 나타내고, 나이가 들어도 여전히 무지하고 어리석기만 한 자신을 말하고 있다.

제2수에서는 옛사람들이 장수를 바란 것을 비웃던 자신이 어느새 팔십의 나이에 이르러 다시 검은 머리가 나고 생기가 돌고 있음을 부끄러워하고 있다. 이어 유한한 삶과 빠르게 지나는 시간을 탓하기만 할 뿐 노력하지 않는 사람들을 경계하고, 시름에서 벗어나 건강하게 살아가고 있는 현재의 삶에 기뻐하고 있다.